Scherz Krimi
Spannung mit Niveau

Von Agatha Christie sind lieferbar:

Alter schützt vor Scharfsinn nicht
Auch Pünktlichkeit kann töten
Der ballspielende Hund
Bertrams Hotel
Der blaue Expreß
Blausäure
Die Büchse der Pandora
Der Dienstagabend-Club
Ein diplomatischer Zwischenfall
Auf doppelter Spur
Dummheit ist gefährlich
Elefanten vergessen nicht
Das Eulenhaus
Das fahle Pferd
Fata Morgana
Das fehlende Glied in der Kette
Feuerprobe der Unschuld
Ein gefährlicher Gegner
Das Geheimnis der Goldmine
Das Geheimnis der Schnallenschuhe
Die Großen Vier
Hercule Poirots Weihnachten
Die ersten Arbeiten des Herkules
Die letzten Arbeiten des Herkules
Sie kamen nach Bagdad
Karibische Affaire
Die Katze im Taubenschlag
Die Kleptomanin
Das krumme Haus
Kurz vor Mitternacht
Lauter reizende alte Damen
Der letzte Joker
Der Mann im braunen Anzug
Die Mausefalle und andere Fallen
Die Memoiren des Grafen
Die Morde des Herrn ABC
Mord im Pfarrhaus
Mord in Mesopotamien
Mord nach Maß
Ein Mord wird angekündigt
Morphium
Mit offenen Karten
Poirot rechnet ab
Der seltsame Mr. Quin
Rächende Geister
Rätsel um Arlena
Rotkäppchen und der böse Wolf
Die Schattenhand
Das Schicksal in Person
Schneewittchen-Party
16 Uhr 50 ab Paddington
Das Sterben in Wychwood
Der Todeswirbel
Der Tod wartet
Die Tote in der Bibliothek
Der Unfall und andere Fälle
Der unheimliche Weg
Das unvollendete Bildnis
Die vergeßliche Mörderin
Vier Frauen und ein Mord
Vorhang
Der Wachsblumenstrauß
Wiedersehen mit Mrs. Oliver
Zehn kleine Negerlein
Zeugin der Anklage

Agatha Christie

Die Kleptomanin

Scherz

Bern · München · Wien

Einzig berechtigte Übertragung aus dem Englischen
Titel des Originals: »Hickory, Dickory, Dock«
Schutzumschlag von Heinz Looser
Foto: Thomas Cugini

14. Auflage 1983, ISBN 3-502-50660-4

Gesamtherstellung: Ebner Ulm

1

Hercule Poirot runzelte die Stirn.
«Miss Lemon», sagte er.
«Ja, Monsieur Poirot?»
«In diesem Brief sind drei Fehler.»
Seine Stimme klang sehr erstaunt, denn die häßliche, aber äußerst tüchtige Miss Lemon machte niemals Fehler. Sie war niemals krank, niemals müde, niemals erregt und niemals ungenau. Sie war im Grunde genommen keine Frau, sondern eine Maschine — sie war die perfekte Sekretärin. Sie wußte alles und tat stets das Richtige. Sie organisierte Hercule Poirots ganzes Leben, und alles lief wie am Schnürchen. Hercule Poirot hatte schon immer den größten Wert auf Ordnung und Planmäßigkeit gelegt. George, der perfekte Diener, und Miss Lemon, die perfekte Sekretärin, sorgten seit vielen Jahren dafür, daß sein Leben geordnet und planmäßig verlief, und Hercule Poirot hatte sich über nichts zu beklagen.
An diesem Morgen jedoch hatte Miss Lemon in einem ganz einfachen Brief drei Tippfehler gemacht und hatte sie nicht einmal bemerkt. Die Sterne am Himmel standen still in ihrem Lauf!
Hercule Poirot hielt ihr den unmöglichen Brief hin. Er war nicht verärgert, sondern nur über die Maßen erstaunt. So etwas *konnte* doch nicht geschehen ... aber es war geschehen!
Miss Lemon nahm den Brief entgegen und betrachtete ihn. Poirot sah sie zum erstenmal in seinem Leben erröten — es war ein häßliches, dunkles Rot, das sich bis zu den Wurzeln ihres gekräuselten, grauen Haares ausbreitete.
«Du liebe Zeit, wie konnte mir das nur passieren?» sagte sie. «Allerdings weiß ich, warum ich so zerstreut war ... wegen meiner Schwester ...»
«Wegen Ihrer Schwester?»
Ein weiterer Schock. Poirot war noch nie auf die Idee gekommen, daß Miss Lemon eine Schwester haben könnte — oder einen Vater, eine Mutter und Großeltern. Für ihn war sie eine Maschine, ein Präzisionsinstrument — der Gedanke, daß sie Gefühle hatte oder Befürchtungen oder Familiensorgen, er-

schien ihm ganz unfaßbar. Es war eine bekannte Tatsache, daß Miss Lemon ihre gesamte Freizeit damit verbrachte, an einem neuen Registratursystem zu arbeiten, das demnächst patentiert werden und ihren Namen tragen sollte.
«Ihre Schwester?» wiederholte Poirot daher mit ungläubiger Stimme.
Miss Lemon nickte zustimmend.
«Ja», sagte sie. «Ich glaube nicht, daß ich sie Ihnen gegenüber jemals erwähnt habe. Sie hat den größten Teil ihres Lebens in Singapur verbracht. Ihr Mann hatte dort mit dem Rohgummigeschäft zu tun.»
Hercule Poirot nickte verständnisvoll. Es erschien ihm logisch, daß Miss Lemons Schwester den größten Teil ihres Lebens in Singapur verbracht hatte — dazu waren Orte wie Singapur da. Schwestern von Frauen wie Miss Lemon heirateten Geschäftsleute in Singapur, damit die Miss Lemons dieser Welt ihren Chefs und deren geschäftlichen Transaktionen ihre ungeteilte Aufmerksamkeit zuwenden konnten — (und in ihrer Freizeit der Erfindung neuer Registratursysteme).
«Ich verstehe», sagte er, «fahren Sie fort.»
«Vor vier Jahren starb ihr Mann; sie hatten keine Kinder. Ich verschaffte ihr eine hübsche, kleine und nicht sehr teure Wohnung . . .»
(Natürlich war es Miss Lemon gelungen, das fast Unmögliche zu erreichen!)
«Es geht ihr finanziell nicht schlecht, obwohl das Geld einen Teil seines Wertes verloren hat, aber sie ist nicht sehr anspruchsvoll; wenn sie vorsichtig wirtschaftet, hat sie genug, um angenehm leben zu können.»
Nach einer kurzen Pause fuhr Miss Lemon fort:
«Aber sie war natürlich sehr einsam. Sie hatte niemals vorher in England gelebt und besaß daher keine alten Freunde und Bekannten. Sie begann sich zu langweilen. Und so erzählte sie mir vor sechs Monaten, daß sie die Absicht hätte, eine Stellung anzunehmen.»
«Eine Stellung?»
«Ja, als Vorsteherin in einem Studentenheim, das einer Halb-Griechin gehörte. Meine Schwester hätte sich um die Bewirt-

schaftung und um die gesamte Leitung des Heims zu kümmern. Es ist ein altmodisches, geräumiges Haus in der Hickory Road – ich weiß nicht, ob Sie die Straße kennen.» Poirot kannte sie nicht. «Es war früher einmal eine vornehme Gegend, und die Häuser sind gut gebaut. Meine Schwester sollte ein Schlafzimmer, ein hübsches Wohnzimmer und eine eigene Küche mit Bad bekommen.»
Miss Lemon machte eine Pause. Poirot räusperte sich ermutigend. Bis zu diesem Punkt der Erzählung schien es sich nicht um irgendwelche Katastrophen zu handeln.
«Ich war nicht ganz sicher, ob ich ihr zureden sollte, die Stellung anzunehmen, aber ich konnte mich den Argumenten meiner Schwester nicht widersetzen. Sie hat es nie gemocht, den ganzen Tag lang mit den Händen im Schoß in einem Sessel zu sitzen, und sie ist eine praktische, tüchtige Frau. Außerdem war es kein großes Risiko – schließlich sollte sie selbst kein Geld investieren. Sie sollte ein Gehalt bekommen – kein sehr hohes Gehalt – aber darauf war sie ja auch nicht angewiesen, und sie würde keine schwere körperliche Arbeit zu verrichten haben. Sie hat schon immer viel Interesse für junge Leute gehabt und es gut verstanden, mit ihnen umzugehen. Da sie lange im Osten gelebt hat, sind ihr Rassenprobleme nicht fremd. Die Studenten in diesem Heim kommen nämlich aus aller Welt; die Mehrzahl sind allerdings Engländer, aber soviel ich weiß, ist einer der jungen Leute sogar kohlschwarz.»
«Ganz natürlich», meinte Poirot.
«Selbst in unseren Krankenhäusern ist heutzutage die Hälfte der Schwestern farbig», sagte Miss Lemon, «aber wie ich höre, sind sie netter und aufmerksamer als die englischen Schwestern. Doch das gehört nicht zur Sache. Wir besprachen die Angelegenheit gründlich, und schließlich zog meine Schwester in das Heim. Weder sie noch ich halten sehr viel von der Eigentümerin, einer Mrs. Nicoletis, die eine sehr launische Person ist; sie kann reizend sein, aber manchmal auch unausstehlich. Außerdem ist sie unpraktisch und geizig. Wenn sie tüchtig wäre, würde sie ja schließlich auch ohne die Hilfe meiner Schwester auskommen. Meine Schwester läßt sich jedoch durch die Launen und Temperamentsausbrüche anderer Leute nicht

aus der Ruhe bringen. Sie kann es mit jedem aufnehmen und läßt sich nichts gefallen.»
Poirot nickte. Miss Lemon und ihre Schwester schienen eine gewisse Ähnlichkeit miteinander zu haben. Die Schwester mochte durch die Ehe und das Klima von Singapur etwas weicher und weiblicher geworden sein, aber sie schien den gleichen gesunden Menschenverstand wie Miss Lemon zu besitzen.
«Ihre Schwester hat die Stellung also angenommen?» fragte er.
«Ja. Sie ist vor etwa sechs Monaten in die Hickory Road gezogen; die Arbeit ist interessant, und es gefällt ihr recht gut.»
Hercule Poirot hörte aufmerksam zu, obwohl die Geschichte von Miss Lemons Schwester bisher reichlich zahm und uninteressant war.
«Aber seit einiger Zeit macht sie sich große Sorgen ... sehr große Sorgen.»
«Weshalb?»
«Weil Dinge vorgehen, die ihr nicht gefallen.»
«Handelt es sich um Studenten beiderlei Geschlechts?» fragte Monsieur Poirot taktvoll.
«O nein, Monsieur Poirot, das meine ich nicht! Auf Schwierigkeiten *dieser* Art ist man ja immer vorbereitet, man erwartet sie sogar. Nein ... es handelt sich darum, daß Sachen verschwunden sind.»
«Verschwunden?»
«Ja. Und die merkwürdigsten Sachen ... und alles auf eine unnatürliche Art und Weise.»
«Meinen Sie, daß die Sachen gestohlen worden sind?»
«Ja.»
«Hat man die Polizei benachrichtigt?»
«Nein. Noch nicht. Meine Schwester hofft, das vermeiden zu können. Sie hat die jungen Leute gern — oder wenigstens einige von ihnen — und sie würde es vorziehen, der Sache selbst auf den Grund zu kommen.»
«Das scheint mir sehr verständlich», sagte Poirot nachdenklich. «Aber ich kann mir Ihre eigene Erregung, die zweifellos durch die Besorgtheit Ihrer Schwester hervorgerufen wurde, nicht recht erklären.»

«Die ganze Angelegenheit gefällt mir nicht, Monsieur Poirot. Ich habe das Gefühl, daß Dinge vorgehen, die ich nicht verstehe. Ich kann mir kein genaues Bild machen und keine Erklärung für die Vorgänge finden.»
Poirot nickte nachdenklich.
Phantasielosigkeit war von jeher Miss Lemons Achillesferse gewesen. Wenn es sich um Tatsachen handelte, war sie unschlagbar, wenn es zu Vermutungen kam, war sie verloren.
«Kein gewöhnlicher Dieb — vielleicht ein Kleptomane?»
«Das glaube ich nicht. Ich habe im Konversationslexikon und in einem medizinischen Nachschlagewerk darüber nachgelesen», sagte die gewissenhafte Miss Lemon, «aber ich bin zu der Überzeugung gekommen, daß es sich nicht um Kleptomanie handelt.»
Hercule Poirot schwieg länger als eine Minute.
Wollte er sich wirklich in die Angelegenheiten von Miss Lemons Schwester einmischen? Was gingen ihn die sonderbaren Vorfälle in einem vielsprachigen Studentenheim an? Aber es war höchst unangenehm, daß Miss Lemon plötzlich Tippfehler machte, und um das zu beseitigen, würde ihm wohl nichts anderes übrigbleiben, als sich einzumischen! Er wollte sich selbst nicht eingestehen, daß er sich in letzter Zeit etwas gelangweilt hatte und daß ihn gerade die scheinbare Unwichtigkeit der Vorgänge im Studentenheim reizte.
«Schmilzt wie die Petersilie in der Butter an einem heißen Tag», murmelte er vor sich hin.
«Petersilie? Butter?» fragte Miss Lemon erstaunt.
«Ein Zitat von einem Ihrer Klassiker», sagte er. «Gewiß sind Ihnen die Abenteuer und Erfolge von Sherlock Holmes bekannt.»
«Sie meinen die Geheimgruppen in der Baker Street und all das», sagte Miss Lemon. «Wie können erwachsene Männer nur so kindisch sein! Aber so sind sie nun einmal; es macht ihnen Spaß, mit den Eisenbahnen ihrer Kinder zu spielen . . . Ich kann nicht behaupten, daß ich jemals die Zeit gefunden hätte, diese Geschichten zu *lesen*. Wenn ich einmal Zeit zum Lesen habe, nehme ich mir ein ernsthaftes Buch vor.»
Hercule Poirot nickte anerkennend.

«Was würden Sie davon halten, Ihre Schwester hierher einzuladen, Miss Lemon, vielleicht zum Nachmittagstee? Vielleicht könnte ich ihr in gewisser Weise behilflich sein.»
«Das ist wirklich nett von Ihnen, Monsieur Poirot — ganz besonders nett. Meine Schwester ist nachmittags immer frei.»
«Wie wäre es in diesem Fall mit morgen nachmittag?»
Die Verabredung wurde getroffen und der wackere George beauftragt, warme Teekuchen, quadratisch geschnittene Sandwiches und alles, was sonst zu einem reichlichen englischen Nachmittagstee gehört, zu besorgen.

2

Mrs. Hubbard sah ihrer Schwester, Miss Lemon, ziemlich ähnlich. Ihre Haut war gelblicher, sie war etwas stärker, ihre Frisur war nicht ganz so streng und ihr Benehmen nicht ganz so schroff, aber die Augen in dem freundlichen, rundlichen Gesicht hatten den gleichen intelligenten Ausdruck wie Miss Lemons Augen hinter ihrem Kneifer.
«Wie nett von Ihnen, mich einzuladen, Monsieur Poirot», sagte sie. Ihr Tee ist einfach köstlich. Ich habe bestimmt viel mehr gegessen als gut für mich ist — vielen Dank — ja, vielleicht noch ein Sandwich und ein halbes Täßchen Tee.»
«Zuerst wollen wir in Ruhe Tee trinken», sagte Poirot, «danach kommt das Geschäftliche.»
Er sah sie liebenswürdig an und zwirbelte seinen Schnurrbart.
Mrs. Hubbard meinte:
«Sie sind genau so, wie ich Sie mir nach Felicitys Beschreibung vorgestellt habe.»
Nachdem er mit einigem Erstaunen festgestellt hatte, daß Felicity der Vorname seiner gestrengen Sekretärin war, erklärte er, daß ihn Miss Lemons genaue und gründliche Beschreibung seiner Person in keiner Weise überraschte.
Mrs. Hubbard nahm sich geistesabwesend ein zweites Sandwich und sagte: «Felicity hat sich niemals für andere Leute interessiert — aber ich tue es, und deshalb bin ich so besorgt.»

«Können Sie mir erklären, worüber Sie sich solche Sorgen machen?»
«Ja, das kann ich. Es wäre ganz natürlich, wenn hin und wieder kleinere Geldsummen verschwinden würden, oder Juwelen, das wäre auch in Ordnung – ich meine das natürlich nicht so wörtlich – aber es würde sich ganz einfach mit Kleptomanie oder mit Unehrlichkeit erklären lassen. Ich habe eine Liste der Dinge gemacht, die abhanden gekommen sind. Ich werde sie Ihnen vorlesen.»
Mrs. Hubbard öffnete ihre Handtasche und holte ein kleines Notizbuch heraus.

«Abendschuhe. (Ein Schuh – es war ein neues Paar.)
Ein Armband. (Unecht.)
Ein Brillantring. (Wurde in einem Teller Suppe wiedergefunden.)
Eine Puderdose.
Ein Lippenstift.
Ein Stethoskop.
Ein Paar Ohrringe.
Ein Feuerzeug.
Ein Paar alte Flanellhosen.
Glühbirnen.
Eine Schachtel Schokolade.
Ein Seidenschal. (Wurde in Stücke geschnitten wiedergefunden.)
Ein Rucksack. (Ebenso.)
Borax.
Badesalz.
Ein Kochbuch.»

Hercule Poirot holte tief Atem.
«Bemerkenswert», sagte er, «faszinierend – wirklich faszinierend.»
Er blickte von Miss Lemons strengem, ablehnendem Gesicht auf das gutmütige, verzweifelte Gesicht von Mrs. Hubbard.
«Ich gratuliere Ihnen», sagte er anerkennend zu Mrs. Hubbard.
Sie sah ihn erstaunt an.

«Aber warum denn, Monsieur Poirot?»
«Ich gratuliere Ihnen zu Ihrem einzigartigen und reizvollen Problem.»
«Vielleicht werden Sie daraus klug, Mr. Poirot, aber ...»
«Ganz und gar nicht. Es erinnert mich höchstens an ein Gesellschaftsspiel, das ich zu Weihnachten mit ein paar jungen Freunden gespielt habe. Das Spiel hieß: *Die drei gehörnten Damen.* Nacheinander mußten alle folgenden Satz sagen: ‹Ich fuhr nach Paris und kaufte ...› und dann mußten sie einen beliebigen Gegenstand nennen. Die nächste Person wiederholte den Satz und fügte einen weiteren Gegenstand hinzu; der Sinn des Spieles war, die Gegenstände in der richtigen Reihenfolge im Gedächtnis zu behalten. Ich muß sagen, daß einige der gewählten Gegenstände im höchsten Maße dumm und lächerlich waren. Ein Stück Seife, ein weißer Elefant, ein Klapptisch und ein Hammelbraten ... Die Schwierigkeit, sich an die Gegenstände zu erinnern, bestand hauptsächlich darin, daß sie in keinerlei Beziehung zueinander standen, genau wie die Gegenstände auf Ihrer Liste. Nachdem, sagen wir, zwölf Gegenstände genannt worden waren, wurde es fast unmöglich, sie in der richtigen Reihenfolge zu wiederholen. Wenn man einen Fehler machte, bekam man ein Papierhorn in die Hand gedrückt und mußte seinen Satz von jetzt an folgendermaßen beginnen: ‹Ich, eine gehörnte Dame, fuhr nach Paris –› und so weiter. Nachdem man drei Hörner erhalten hatte, mußte man sich vom Spiel zurückziehen. Derjenige, der sich am längsten hielt, war natürlich der Sieger.»
«Ich bin davon überzeugt, daß Sie das Spiel gewonnen haben», sagte Miss Lemon mit dem unbedingten Vertrauen der loyalen Sekretärin.
«Allerdings», sagte er. «Mit etwas Erfindungsgabe kann man selbst wild durcheinander gewürfelte Gegenstände in eine gewisse Ordnung und Reihenfolge bringen. Man sagt sich zum Beispiel: ‹Mit einem Stück Seife wasche ich den Schmutz von einem weißen Elefanten, der auf einem Klapptisch steht›, und so fort.»
«Vielleicht könnten Sie das auch mit den Gegenständen auf meiner Liste tun», sagte Mrs. Hubbard respektvoll.

«Zweifellos. Eine Dame, die nur den rechten Schuh anhat, trägt ein Armband am linken Arm. Dann pudert sie sich und schminkt sich die Lippen, geht hinunter zum Abendessen und läßt ihren Ring in die Suppe fallen . . . und so fort. Auf diese Weise könnte ich Ihre Liste im Gedächtnis behalten, aber das würde uns nicht weiterführen. Warum ist diese merkwürdige Ansammlung von Gegenständen gestohlen worden? Weist es auf ein bestimmtes System hin? Oder auf eine fixe Idee? Das haben wir zunächst einmal zu analysieren. Als erstes müssen wir die Liste der Gegenstände gründlich studieren.»

Während sich Poirot mit der Liste beschäftigte, herrschte ein ehrfürchtiges Schweigen. Mrs. Hubbard betrachtete ihn mit der verzückten Aufmerksamkeit eines kleinen Jungen, der einen Zauberkünstler beobachtet und hoffnungsvoll darauf wartet, daß er ein Kaninchen oder zum mindesten lange bunte Bänder aus seinem Hut hervorzaubert. Miss Lemon war nicht so beeindruckt und begann über eine interessante Einzelheit ihres Registratursystems nachzudenken.

Als Poirot schließlich zu sprechen begann, zuckte Mrs. Hubbard zusammen.

«Mir ist vor allen Dingen aufgefallen, daß die meisten der verschwundenen Gegenstände so gut wie keinen Wert haben», sagte Poirot, «mit Ausnahme des Brillanten und des Stethoskops. Im Augenblick möchte ich mich auf den Ring konzentrieren. Sie erwähnten, der Ring wäre wertvoll — wie wertvoll?»

«Das kann ich nicht genau sagen, Monsieur Poirot. Es war ein Solitär, der von einem Kranz kleiner Diamanten umgeben war. Es war, wie ich hörte, der Verlobungsring von Miss Lanes Mutter. Sie war schrecklich aufgeregt, als sie den Verlust des Ringes bemerkte, und wir waren alle sehr erleichtert, als er am selben Abend im Suppenteller von Miss Hobhouse wieder auftauchte. Wir hielten es einfach für einen schlechten Witz.»

«Durchaus möglich. Ich selbst würde dem Diebstahl und dem Wiedererscheinen des Ringes allerdings eine besondere Bedeutung beimessen. Wenn ein Lippenstift, eine Puderdose oder ein Buch verschwinden, wendet man sich nicht an die Polizei — aber ein wertvoller Brillantring ist eine ganz andere Sache.

Alles spricht dafür, daß in einem solchen Fall die Polizei verständigt werden würde — und so gibt man den Ring zurück.»
«Aber warum stiehlt man ihn dann erst?» fragte Miss Lemon stirnrunzelnd.
«Das ist eine berechtigte Frage», gab Poirot zu. «Doch für den Augenblick wollen wir sie beiseite lassen. Ich bin dabei, die Gegenstände zu klassifizieren, und ich beginne mit dem Ring. Wer ist diese Miss Lane, der der Ring gestohlen worden ist?»
«Patricia Lane? Ein sehr nettes Mädel. Studiert, soviel ich weiß, Geschichte und Archäologie.»
«Wohlhabend?»
«Nein. Sie hat ein kleines Privateinkommen, aber sie ist sehr sparsam. Der Ring gehörte, wie ich schon sagte, ihrer Mutter. Sie besitzt noch ein paar gute Schmuckstücke, aber wenig neue Kleider, und in der letzten Zeit hat sie das Rauchen aufgegeben.»
«Wie sieht sie aus? Beschreiben Sie sie mir.»
«Sie hat keine besonders ausgeprägten Züge und sieht eher ein wenig verwaschen aus. Sie ist etwas damenhaft und nicht sehr lebhaft, ich halte sie für einen ernsthaften Menschen.»
«Der Ring wurde also im Suppenteller von Miss Hobhouse gefunden. Wer ist Miss Hobhouse?»
«Valerie Hobhouse? Ein intelligentes, dunkles Mädchen — etwas sarkastisch. Sie arbeitet in einem Salon für Schönheitspflege — ›Sabrina Fair‹ — Sie haben wahrscheinlich davon gehört.»
«Stehen die beiden Mädchen gut miteinander?»
Mrs. Hubbard überlegte einen Augenblick.
«Ich glaube ja, obwohl sie recht verschieden sind. Patricia verträgt sich mit allen gut, ohne jedoch besonders beliebt zu sein. Valerie Hobhouse hat eine scharfe Zunge und einige Feinde; andererseits wird sie von manchen Leuten sehr bewundert. Habe ich mich klar ausgedrückt? Können Sie sich ein Bild von den beiden machen?»
«Ich glaube schon», antwortete Poirot.
Patricia Lane war also nett und langweilig, Valerie Hobhouse dagegen war eine Persönlichkeit. Er begann wieder die Liste der gestohlenen Gegenstände zu studieren.

«Was mich besonders interessiert, ist die Verschiedenartigkeit der Dinge. Einerseits haben wir einige wertlose Kleinigkeiten, wie die Puderdose, den Lippenstift und das Armband, das Badesalz und die Schokolade, die vielleicht ein eitles junges Mädchen mit wenig Geld reizen könnten. Andererseits haben wir das Stethoskop, das vermutlich von einem Mann gestohlen wurde, der die Absicht hat, es zu verkaufen oder zu versetzen. Wem hat es gehört?»
«Es gehörte einem Mr. Bateson, einem freundlichen Jungen.»
«Ist er Medizinstudent?»
«Ja.»
«War er sehr ärgerlich?»
«Er war einfach außer sich, Monsieur Poirot. Er neigt zu Wutausbrüchen, aber wenn er seinem Ärger einmal Luft gemacht hat, beruhigt er sich schnell wieder. Er nimmt es nicht auf die leichte Achsel, wenn ihm Sachen abhanden kommen.»
«Das tun die wenigsten Menschen.»
«Gopal Ram, einer unserer indischen Studenten, lächelt über alles. Er sagt mit einer verächtlichen Geste, daß materielle Dinge unwichtig sind.»
«Ist ihm etwas gestohlen worden?»
«Nein.»
«Aha. Und wem gehörten die Flanellhosen?»
«Einem Mr. McNabb. Es waren alte, abgetragene Hosen, die die meisten Leute längst weggelegt hätten, aber Mr. McNabb hängt sehr an seinen alten Sachen und wirft nie etwas fort.»
«So wären wir also bei den Dingen angelangt, die es sich kaum zu stehlen lohnt – alte Flanellhosen, Glühbirnen, Borax, Badesalz, ein Kochbuch. Sie mögen eine gewisse Bedeutung für uns haben – aber das ist nicht sehr wahrscheinlich. Der Borax ist vielleicht irrtümlich fortgenommen worden, jemand kann die Glühbirne ausgeschraubt und vergessen haben, eine neue einzuschrauben, das Kochbuch könnte sich jemand geborgt haben, der es noch nicht zurückgegeben hat. Und die Hosen hat vielleicht die Putzfrau mitgenommen.»
«Das halte ich für ausgeschlossen: Wir haben zwei sehr zuverlässige Frauen, die bestimmt nichts fortnehmen würden, ohne vorher zu fragen.»

«Wahrscheinlich haben Sie recht. Dann kommen wir zu dem einzelnen Abendschuh — wem gehörte der?»
«Er gehörte Sally Finch, einer amerikanischen Studentin, die ein Fulbright-Stipendium gewonnen hat.»
«Sind Sie ganz sicher, daß sie den Schuh nicht nur verlegt hat? Ich kann mir nicht vorstellen, was man mit einem einzelnen Schuh anfangen könnte.»
«Nein, sie hat ihn nicht verlegt, Monsieur Poirot. Wir haben alles durchsucht, weil Miss Finch zu einer Gesellschaft eingeladen war, zu der sie sich ein Abendkleid anziehen mußte; sie besitzt nur ein Paar Abendschuhe.»
«Es hat ihr also Ärger und Ungelegenheiten bereitet ... ja ... ich verstehe ... vielleicht sollte man da anknüpfen ...»
Er schwieg einen Augenblick, dann fuhr er fort:
«Dann hätten wir noch zwei weitere Gegenstände — einen Seidenschal und einen Rucksack, die beide in Stücke geschnitten wiedergefunden wurden. Hier handelt es sich nun weder um Eitelkeit noch um Profit, sondern höchstwahrscheinlich um einen Racheakt. Wem hat der Rucksack gehört?»
«Die Studenten haben fast alle einen Rucksack, da sie oft wandern und Ausflüge machen. Die meisten Rucksäcke stammen aus demselben Geschäft und sind schwer voneinander zu unterscheiden. Wir sind aber ziemlich sicher, daß dieser Rucksack entweder Leonard Bateson oder Colin McNabb gehört hat.»
«Und der zerschnittene Seidenschal?»
«Gehörte Valerie Hobhouse. Er war ein Weihnachtsgeschenk — smaragdfarbene Seide — sehr gute Qualität.»
«Miss Hobhouse ... aha ...»
Poirot schloß die Augen. Er sah alles wie in einem Kaleidoskop: einen zerschnittenen Rucksack, Seidenfetzen, ein Kochbuch, einen Lippenstift, Badesalz; nirgends ein Zusammenhang, nirgends eine feste Form. Unzusammenhängende Zwischenfälle und Persönlichkeiten wirbelten durch den Raum. Aber Poirot wußte nur zu gut, daß es irgendwo ein bestimmtes Muster geben mußte. Wahrscheinlich verschiedene Muster, wahrscheinlich jedesmal, wenn man das Kaleidoskop schüttelte, ein anderes Muster ... aber eins mußte das richtige Muster sein ... Die Frage war nur, wo man anfangen sollte ...

Er öffnete die Augen.
«Ich muß mir diese Angelegenheit überlegen – gründlich überlegen.»
«Das kann ich mir vorstellen, Monsieur Poirot ... und ich wollte Ihnen auch wirklich keine Mühe machen ...», versicherte Mrs. Hubhard eifrig.
«Machen Sie sich darüber keine Sorgen; ich finde den Fall hochinteressant. Aber während ich darüber nachdenke, könnten wir vielleicht damit anfangen, einige praktische Schritte zu unternehmen ... es ist natürlich nur ein Anfang. Vielleicht könnten wir mit dem Abendschuh beginnen. Miss Lemon ...»
«Ja, Monsieur Poirot?»
Miss Lemon hörte sofort auf, sich mit ihrem Registratursystem zu beschäftigen, und griff automatisch nach Stenogrammblock und Bleistift.
«Mrs. Hubbard wird so gut sein, Ihnen den einen Abendschuh zu geben; dann gehen Sie zum Fundbüro in der Baker Street ... wann ist der Schuh verloren worden?»
Mrs. Hubbard sagte nach kurzer Überlegung: «Ich kann mich leider nicht an das genaue Datum erinnern. Es muß etwa vor zwei Monaten gewesen sein, aber ich könnte Sally Finch fragen, wann die Gesellschaft war.»
«So genau brauchen wir es ja nicht zu wissen.» Monsieur Poirot wandte sich wieder an Miss Lemon. «Am besten sagen Sie, daß Sie den Schuh in der Untergrundbahn liegen gelassen haben, oder vielleicht in einem Autobus. Wie viele Busse fahren durch die Gegend der Hickory Road?»
«Nur zwei, Monsieur Poirot.»
«Gut. Wenn Sie im Fundbüro nichts erreichen sollten, wenden Sie sich an Scotland Yard; sagen Sie, daß der Schuh in einem Taxi verloren worden ist.»
«Aber warum glauben Sie ...», unterbrach ihn Mrs. Hubbard.
«Lassen Sie uns zunächst einmal die Resultate abwarten, Mrs. Hubbard; nachdem wir wissen, ob sie negativ oder positiv ausgefallen sind, werden wir uns weiter unterhalten. Dann können Sie mir alles Notwendige sagen.»
«Ich glaube, daß ich Ihnen bereits alles, was mir bekannt ist, mitgeteilt habe.»

«Ich bin da nicht ganz Ihrer Meinung, Mrs. Hubbard. Junge Mädchen und junge Männer mit verschiedenartigem Temperament leben unter einem Dach zusammen. A liebt B, aber B liebt C; D und E hassen sich — vielleicht wegen A. All das muß ich wissen — die Gefühle, die Eifersüchteleien, die Freundschaften und Feindschaften dieser jungen Menschen.»
«Über diese Dinge kann ich Ihnen leider wenig sagen», erklärte Mrs. Hubbard unangenehm berührt. «Ich mische mich nicht in die Privatangelegenheiten der Studenten ein. Ich leite das Heim und kümmere mich um die Beköstigung — sonst um nichts.»
«Aber Sie haben Interesse für Menschen, das haben Sie mir selbst erzählt, und Sie mögen junge Leute. Sie haben diesen Posten nicht aus finanziellen Erwägungen angenommen, sondern weil Sie sich für menschliche Probleme interessieren. Unter den Studenten müssen einige sein, die Sie gern haben, andere wieder, die Sie nicht mögen oder die Ihnen sogar unsympathisch sind. Das alles werden und müssen Sie mir erzählen! Denn Sie sind nicht nur beunruhigt über das, was sich bisher ereignet hat — sonst wären Sie ja zur Polizei gegangen ...»
«Ich versichere Ihnen, daß Mrs. Nicoletis keinen Wert darauf legt, die Polizei im Haus zu haben.»
Poirot fuhr fort, ohne ihren Einwand zu beachten:
«Sie machen sich einer *bestimmten Person* wegen Sorgen — um jemand, der Ihrer Ansicht nach verantwortlich oder zum mindesten in die Angelegenheit verwickelt ist — um jemand, den Sie gern haben.»
«Aber, Monsieur Poirot!»
«Ganz bestimmt. Und ich glaube, Sie machen sich mit Recht Sorgen — der zerfetzte Seidenschal gefällt mir gar nicht ... und der zerschnittene Rucksack. Der Rest erscheint mir ziemlich kindisch ... aber selbst da bin ich nicht sicher. Nein, ich bin gar nicht sicher.»

3

Mrs. Hubbard ging ziemlich schnell die Stufen hinauf und steckte den Hausschlüssel in die Tür des Hauses Hickory Road Nr. 26. Während sie die Haustür aufschloß, rannte ein junger Mann mit brandrotem Haar hinter ihr die Stufen hinauf.
«Hallo, Muttchen», sagte er – Len Bateson nannte sie meistens ‹Muttchen›. Er war ein freundlicher Bursche mit einem Cockney-Akzent und ohne die Spur eines Minderwertigkeitskomplexes. «Wo haben Sie sich denn herumgetrieben?»
«Ich war zum Tee eingeladen, Mr. Bateson. Bitte halten Sie mich jetzt nicht auf, ich habe mich etwas verspätet.»
«Ich habe eine bildschöne Leiche seziert – einfach fabelhaft», sagte Len.
«Sie erzählen entsetzliche Sachen – eine bildschöne Leiche! Was für eine Idee! Mir wird ganz übel!»
Das Echo von Lens lautem Lachen dröhnte durch die Diele.
«Da hätten Sie erst mal Celia sehen sollen», sagte er. «Ich stattete ihr einen Besuch in der Krankenhaus-Apotheke ab und sagte: ‹Ich wollte dir nur schnell etwas von einer Leiche erzählen.› Daraufhin wurde sie kreideweiß, und ich dachte, sie würde gleich ohnmächtig werden. Wie finden Sie das, Muttchen?»
«Das erstaunt mich gar nicht», sagte Mrs. Hubbard. «Wahrscheinlich dachte Celia, Sie meinten eine echte Leiche.»
«Was wollen Sie damit sagen, Muttchen? Glauben Sie vielleicht, daß unsere Leichen synthetisch sind?»
Ein dünner junger Mann mit langem, unordentlichem Haar kam aus einem Zimmer auf der rechten Seite und sagte vorwurfsvoll:
«Ach, du bist's nur ... ich dachte, es wäre eine ganze Horde von Kraftmenschen ... nach dem Lärm zu urteilen ...»
«Hoffentlich geht dir meine Stimme nicht zu sehr auf die Nerven.»
«Nicht mehr als gewöhnlich», erwiderte Nigel Chapman und ging zurück in sein Zimmer.
«Unser zartes Pflänzchen», bemerkte Len.
«Ihr solltet euch nicht immer streiten», sagte Mrs. Hubbard.

«Die Menschen sind nun einmal verschieden; wir müssen alle etwas Rücksicht aufeinander nehmen.»

«Ich hab' ja gar nichts gegen Nigel», erklärte der kräftige junge Mann mit einem gutmütigen Lächeln.

In diesem Augenblick kam ein Mädchen die Treppe herunter und sagte:

«Ich soll Ihnen etwas bestellen, Mrs. Hubbard. Mrs. Nicoletis möchte Sie sofort sprechen – sie ist in ihrem Zimmer.»

Mrs. Hubbard seufzte und stieg die Treppe hinauf. Das große dunkle Mädchen, das mit ihr gesprochen hatte, lehnte sich gegen die Wand, um sie vorbeigehen zu lassen.

Len Bateson zog seinen Regenmantel aus und sagte: «Was ist denn los, Valerie? Hat sich jemand über uns beschwert? Soll Mrs. Hubbard die Beschwerden an uns weiterleiten?»

Das Mädchen zuckte ihre schlanken, eleganten Schultern. Sie ging die Treppe hinunter und durchquerte die Diele.

«Man kommt sich hier immer mehr wie in einem Irrenhaus vor», sagte sie.

Während sie sprach, ging sie durch eine Tür zur Rechten.

Sie bewegte sich mit der natürlichen Grazie eines berufsmäßigen Mannequins.

Das Haus in der Hickory Road 26 hatte ursprünglich aus zwei Häusern bestanden – Nummer 24 und Nummer 26. Dann hatte man eine Wand im Erdgeschoß abgerissen und so ein großes Eßzimmer und ein gemeinsames Wohnzimmer geschaffen; außerdem waren noch zwei Toiletten und ein kleiner Raum im hinteren Teil des Hauses. Zu den oberen Stockwerken, die nicht miteinander verbunden waren, führten zwei verschiedene Treppen. Die Schlafzimmer der Studentinnen befanden sich auf der rechten Seite des Hauses, die der Männer auf der linken Seite, der ursprünglichen Nummer 24.

«Wahrscheinlich ist sie wieder mal schlechter Laune», murmelte Mrs. Hubbard, als sie an die Tür des Wohnzimmers klopfte.

Mrs. Nicoletis' Zimmer war wie immer überheizt. Der elektrische Ofen war ganz aufgedreht und das Fenster fest verschlossen. Mrs. Nicoletis saß rauchend auf dem Sofa, umgeben von zahlreichen, ziemlich schmutzigen Seiden- und Samtkissen. Sie

war groß und dunkel, eine noch immer gutaussehende Frau mit einem launischen Mund und riesigen braunen Augen.
«Da sind Sie also», sagte Mrs. Nicoletis, es klang vorwurfsvoll. In Mrs. Hubbards Adern rollte das Blut der Lemons; so leicht ließ sie sich nicht aus der Ruhe bringen.
«Jawohl», sagte sie scharf, «ich bin hier. Mir wurde gesagt, daß Sie mich sehen wollten.»
«Ja — allerdings. Es ist unerhört — einfach unerhört!»
«Was ist unerhört?»
«Diese Rechnungen! Ihre Abrechnungen!» Mrs. Nicoletis zog einen Stoß von Papieren mit der Miene eines erfolgreichen Zauberkünstlers unter einem Kissen hervor. «Was geben wir diesen elenden Studenten eigentlich zu essen? Gänseleberpastete und Hummer? Sind wir vielleicht das Ritz? Was erwarten die Studenten von uns?»
«Unsere Studenten sind junge Leute mit einem gesunden Appetit», sagte Mrs. Hubbard. «Wir geben ihnen ein gutes Frühstück und ein kräftiges Abendessen — einfache, nahrhafte Kost. Wir wirtschaften sehr sparsam.»
«Sparsam? Sparsam nennen Sie das? Sie ruinieren mich!»
«Sie verdienen sehr gut an diesem Heim, Mrs. Nicoletis. Die Studenten bezahlen Ihnen verhältnismäßig viel.»
«Aber ist das Haus nicht immer voll? Habe ich nicht jedesmal, wenn ein Zimmer frei wird, zahllose Anfragen? Schicken sie mir nicht alle Studenten zu ... die Stadtverwaltung, die Londoner Universität, die Gesandtschaften?»
«Hauptsächlich, weil es bei uns gute und reichliche Mahlzeiten gibt. Junge Menschen müssen ordentlich essen.»
«Bah! Diese Summen sind lächerlich. Die italienische Köchin und ihr Mann sind schuld — sie beschwindeln uns mit den Preisen der Lebensmittel.»
«Ganz und gar nicht, Mrs. Nicoletis. Verlassen Sie sich darauf, daß ich mir von keinem Ausländer Sand in die Augen streuen lasse.»
«Dann müssen Sie selbst es sein — wahrscheinlich berauben *Sie* mich.»
Mrs. Hubbard ließ sich noch immer nicht aus der Ruhe bringen.

«Diese Anschuldigungen sind ungerecht, und ich muß mich ganz energisch dagegen wehren», erklärte sie im Ton einer altmodischen Gouvernante, die ein ungezogenes Kind abkanzelt. «So etwas sagt man nicht, und Sie werden sich noch einmal in die größten Unannehmlichkeiten stürzen, wenn Sie sich weiter so benehmen.»

«Ach was!» Mrs. Nicoletis warf einen Haufen Rechnungen mit einer dramatischen Geste in die Luft; sie flatterten langsam herunter und verteilten sich über den ganzen Fußboden. Mrs. Hubbard verzog den Mund, bückte sich und begann die Rechnungen aufzuheben. «Sie treiben mich zur Verzweiflung», sagte Mrs. Nicoletis.

«Das glaube ich gern», antwortete Mrs. Hubbard, «aber regen Sie sich nicht zu sehr auf — es bekommt Ihnen nicht und wirkt sich schlecht auf den Blutdruck aus.»

«Geben Sie zu, daß die Summe größer ist als die der vergangenen Woche?»

«Natürlich. Lampsons hatten nämlich in dieser Woche sehr günstige Sonderangebote von Konserven, und ich habe auf Vorrat gekauft. Nächste Woche werden wir entsprechend weniger verbrauchen.»

Mrs. Nicoletis sah mürrisch aus.

«Sie finden auch für alles eine Erklärung.»

Mrs. Hubbard legte die Rechnungen auf einen ordentlichen Haufen. «Sonst noch etwas?» fragte sie.

«Sally Finch, die amerikanische Studentin, hat die Absicht zu kündigen. Aber ich möchte sie nicht verlieren — sie hat ein Fulbright-Stipendium gewonnen, das es ihr ermöglicht, in England zu studieren, und sie kann uns andere amerikanische Studenten empfehlen . . . ich will nicht, daß sie uns verläßt.»

«Warum will sie kündigen?»

Mrs. Nicoletis zuckte die Achseln.

«Ich kann mir nicht alles merken — auf jeden Fall war ihre Begründung nur eine Ausflucht. Ich bin ganz sicher, daß sie mir nicht die Wahrheit gesagt hat.»

Mrs. Hubbard nickte nachdenklich. Sie hielt es für durchaus möglich, daß Mrs. Nicoletis in diesem Punkt recht hatte.

«Mir gegenüber hat Sally nichts davon erwähnt», sagte sie.

«Werden Sie mit ihr reden?»
«Ja, selbstverständlich.»
«Und wenn es wegen der farbigen Studenten sein sollte — wegen der Inder und der Neger —, dann werden wir ihnen ganz einfach kündigen. Die Rassenfrage spielt bei den Amerikanern eine sehr große Rolle. Mir kommt es auf die Amerikaner an; auf die Schwarzen lege ich nicht den geringsten Wert», erklärte Mrs. Nicoletis mit einer wegwerfenden Handbewegung.
«Solange ich dieses Heim leite, kommt das gar nicht in Frage», entgegnete Mrs. Hubbard kalt. «Außerdem haben Sie unrecht. Für unsere Studenten existiert dieses Problem nicht, und Sally hat bestimmt keine Vorurteile. Sie ißt oft mit Mr. Akibombo zu Mittag, und schwärzer als er kann man gar nicht sein.»
«Dann sind es die Kommunisten — Sie kennen ja die Einstellung der Amerikaner in diesem Punkt. Ich denke an Nigel Chapman; er ist bestimmt Kommunist.»
«Das bezweifle ich.»
«Doch, doch. Sie hätten ihn neulich abends hören sollen!»
«Nigel sagt die unmöglichsten Dinge, wenn er Leute ärgern will — eine recht unangenehme Eigenschaft.»
«Sie kennen alle unsere jungen Leute so gut, Mrs. Hubbard — einfach großartig! Wie oft habe ich mich schon gefragt: was würde ich nur ohne Mrs. Hubbard anfangen? Ich verlasse mich vollkommen auf Sie. Sie sind eine wundervolle Frau!»
«So wird die Pille verzuckert», murmelte Mrs. Hubbard.
«Was sagten Sie?»
«Es war ganz unwichtig. Ich werde mein Bestes tun.»
Sie verließ schnell das Zimmer, um weiteren Lobreden zu entgehen.
Welche Zeitverschwendung, dachte sie, als sie über den Korridor zu ihrem eigenen Wohnzimmer ging. Die Frau geht mir auf die Nerven.
Aber Mrs. Hubbard sollte noch nicht zur Ruhe kommen. Ein großes, schlankes Mädchen erhob sich vom Sofa, als Mrs. Hubbard ihr Zimmer betrat und sagte: «Könnte ich ein paar Minuten mit Ihnen sprechen, Mrs. Hubbard?»
«Selbstverständlich, Elizabeth.»

Mrs. Hubbard war ziemlich erstaunt. Elizabeth Johnston kam aus Westindien und studierte Jura. Sie war ehrgeizig, arbeitete viel und war meistens allein. Sie schien ein ruhiger, ausgeglichener Mensch zu sein, und Mrs. Hubbard hatte sie immer für eine der angenehmsten Studentinnen des Heims gehalten.
Auch jetzt war sie sehr ruhig, aber das leichte Zittern ihrer Stimme entging Mrs. Hubbard nicht, obwohl die dunklen Züge des Mädchens keine Aufregung verrieten.
«Ist etwas geschehen?»
«Ja. Würden Sie bitte mit in mein Zimmer kommen?»
«Einen Augenblick, bitte.» Mrs. Hubbard warf ihren Mantel und die Handschuhe auf einen Stuhl; dann ging sie mit dem Mädchen die Treppe hinauf. Elizabeths Zimmer befand sich im obersten Stockwerk. Sie öffnete die Tür, durchquerte das Zimmer und führte Mrs. Hubbard zu einem Tisch am Fenster.
«Diese Artikel und Notizen sind das Werk monatelanger Arbeit», sagte sie. «Bitte überzeugen Sie sich selbst, was man mit meinen Papieren getan hat.»
Mrs. Hubbard hielt erschrocken den Atem an.
Auf dem Tisch war Tinte verschüttet worden; die Papiere waren voll davon und teilweise völlig durchweicht. Mrs. Hubbard berührte sie mit den Fingerspitzen — sie waren noch feucht. Sie wußte selbst, daß ihre Frage töricht war: «Sie haben die Tinte doch nicht selbst verschüttet?»
«Nein. Es ist passiert, während ich weg war.»
«Vielleicht Mrs. Biggs . . .?»
Mrs. Biggs war die Putzfrau, die die Zimmer im obersten Stock saubermachte.
«Nein, Mrs. Biggs war es nicht. Es ist nicht einmal meine eigene Tinte; die steht unberührt auf dem Bücherregal. Jemand muß es absichtlich getan haben.»
Mrs. Hubbard war entsetzt.
«So eine Gemeinheit!»
«Ja — ganz unbegreiflich.»
Das Mädchen sprach mit ruhiger Stimme, aber Mrs. Hubbard beging nicht den Fehler, Elizabeths innere Erregung zu unterschätzen.
«Ich weiß wirklich nicht, was ich dazu sagen soll, Elizabeth.

Ich bin außer mir — einfach außer mir, und ich werde alles daransetzen, herauszufinden, wer diese Gemeinheit begangen hat. Haben Sie irgendeinen Verdacht?»
«Wie Sie sehen, ist die Tinte grün», sagte das Mädchen schnell.
«Ja, das habe ich bemerkt.»
«Ich kenne nur eine Person hier im Heim, die grüne Tinte benutzt — Nigel Chapman.»
«Würden Sie es für möglich halten, daß Nigel so etwas tut?»
«Eigentlich nicht, aber er schreibt seine Briefe und Notizen mit grüner Tinte.»
«Ich werde ihn gründlich ausfragen. Ich kann Ihnen nicht sagen, Elizabeth, so leid es mir tut, daß sich derartige Dinge in diesem Haus ereignen, und ich kann Ihnen nur versprechen, mir die größte Mühe zu geben, der Sache auf den Grund zu kommen.»
«Vielen Dank, Mrs. Hubbard. Es sind ... es sind noch andere Dinge geschehen, nicht wahr?»
«Hm ... ja.»
Mrs. Hubbard verließ das Zimmer und begann die Treppe hinunterzugehen, aber plötzlich kehrte sie um und ging statt dessen den Korridor entlang. Am Ende des Korridors blieb sie stehen und klopfte an eine Tür. Eine weibliche Stimme rief: «Herein!»
Es war ein hübsches Zimmer, und seine Bewohnerin, Sally Finch, war ein nettes, lustiges Mädchen mit einem roten Haarschopf.
Sie schrieb gerade einen Brief und blickte, mit vollem Munde kauend, auf. Sie hielt Mrs. Hubbard eine offene Schachtel entgegen und sagte:
«Bitte bedienen Sie sich — Süßigkeiten von zu Hause!»
«Vielen Dank, Sally — vielleicht später. Im Augenblick bin ich zu nervös.» Sie machte eine Pause. «Haben Sie gehört, was Elizabeth Johnston passiert ist?»
«Was ist denn unserer schwarzen Bess passiert?»
«Die schwarze Bess» war ein freundschaftlicher Spitzname, den Elizabth selbst längst akzeptiert hatte. Mrs. Hubbard beschrieb die Ereignisse, und Sally zeigte sich äußerst empört.
«Das ist wirklich bösartig. Ich hätte es nie für möglich gehal-

ten, daß jemand so gemein zu unserer Bess sein könnte. Sie ist allgemein beliebt, obgleich sie so zurückhaltend ist und man sie nicht oft sieht; aber ich bin überzeugt, daß sie keine Feinde hat.»

«Das hätte ich auch geglaubt.»

«Es hängt eben alles zusammen, nicht wahr? Deshalb will ich auch . . .»

«Deshalb wollen Sie was?» fragte Mrs. Hubbard, als das Mädchen sich plötzlich mitten im Satz unterbrach.

Sally sagte ruhig. «Deshalb will ich ausziehen. Hat Mrs. Nicoletis Ihnen das nicht erzählt?»

«Ja, und sie hat sich sehr darüber aufgeregt. Sie glaubt, daß Sie ihr nicht den wahren Grund gesagt haben.»

«Hab' ich auch nicht. Hätte ja keinen Sinn, einen Wutanfall herauszufordern — Sie kennen sie doch! Der wahre Grund ist, daß mir die Vorgänge in diesem Haus nicht gefallen. Es war sonderbar, daß mein Schuh verlorenging, und dann kam die Sache mit Valeries zerschnittenem Schal und mit Lens Rucksack. Man würde sich nicht weiter wundern, wenn Dinge gelegentlich abhanden kommen — aber was hier vorgeht, ist nicht mehr mit normalen Maßstäben zu messen.» Sie schwieg einen Augenblick, dann fuhr sie lächelnd fort: «Akibombo fürchtet sich. Er hält sich für zivilisiert und überlegen, aber der alte westafrikanische Glaube an Zauberei und Magie sitzt noch ziemlich nah an der Oberfläche.»

«Aberglaube — lächerlich!» sagte Mrs. Hubbard ärgerlich. «Hier handelt es sich nicht um übernatürliche Vorgänge — es handelt sich um ein ungewöhnliches menschliches Wesen, das sich schlecht benimmt.»

Sallys Mund verzog sich. «Gewöhnlich? Das glaube ich nicht. Meiner Ansicht nach befindet sich in diesem Haus eine höchst ungewöhnliche Person.»

Daraufhin verließ Mrs. Hubbard Sally und begab sich in das gemeinsame Wohnzimmer der Studenten im Erdgeschoß, in dem sich zu dieser Stunde nur vier Leute aufhielten. Valerie Hobhouse saß auf dem Sofa und ließ ihre langen eleganten Beine über die Lehne baumeln; Nigel Chapman saß am Tisch und hatte ein dickes Buch vor sich aufgeschlagen; Patricia Lane lehnte sich an den Kaminsims. Ein Mädchen im Regenmantel war eben erst hereingekommen, als Mrs. Hubbard das Zimmer betrat. Das Mädchen war blond und untersetzt, mit weit auseinanderstehenden braunen Augen; ihr Mund war leicht geöffnet, was ihr einen etwas erstaunten Ausdruck verlieh.

Valerie nahm ihre Zigarette aus dem Mund und sagte mit gedehnter Stimme: «Na, Muttchen, haben Sie unserer scheußlichen alten Pensionsinhaberin ein Beruhigungsmittel verabreicht?»

Patricia Lane sagte: «Warum? Dicke Luft?»

«Und ob», meinte Valerie.

«Es hat sich etwas sehr Unangenehmes ereignet», erklärte Mrs. Hubbard, «Sie müssen mir helfen, Nigel!»

«Ich?» fragte Nigel und klappte sein Buch zu. Über sein hageres, boshaftes Gesicht breitete sich plötzlich ein mutwilliges und dabei erstaunlich süßes Lächeln. «Was hab' ich verbrochen?»

«Ich hoffe nichts», sagte Mrs. Hubbard. «Jemand hat absichtlich grüne Tinte auf Elizabeth Johnstons Notizen geschüttet ... und Sie schreiben mit grüner Tinte, Nigel!»

Er starrte sie an, und das Lächeln verschwand von seinem Gesicht.

«Ja, ich benutze grüne Tinte.»

«Wie geschmacklos, Nigel», sagte Patricia. «Mir wäre jede andere Tinte lieber – schrecklich affektiert.»

«Ich lege Wert darauf, affektiert zu sein», bemerkte Nigel. «Vielleicht wäre fliederfarbene Tinte noch besser – ich muß versuchen, welche zu bekommen. Aber nun mal ernsthaft, Muttchen, halten Sie es wirklich für einen Sabotageakt?»

«Ja – ich fürchte, ja. Haben Sie etwas damit zu tun, Nigel?»

«Nein, natürlich nicht. Wie Sie wissen, macht es mir manchmal Spaß, Leute zu necken, aber so eine Gemeinheit würde ich nicht fertigbringen. Und unsere vornehme, zurückhaltende schwarze Bess, an der sich mancher von uns ein Beispiel nehmen könnte, würde ich bestimmt nicht kränken wollen. Wo ist eigentlich meine Tinte? Ich entsinne mich, meinen Füllfederhalter gestern gefüllt zu haben. Meistens steht meine Tinte drüben auf dem Regal.»

Er sprang auf und ging durchs Zimmer. «Hier ist sie.» Er nahm die Flasche in die Hand und stieß einen Pfiff aus. «Sie haben recht! Die Flasche ist fast leer, und sie müßte doch beinahe voll sein.»
Das Mädchen im Regenmantel atmete schwer.
«Du liebe Zeit», sagte sie, «das gefällt mir gar nicht.»
Nigel sah sie herausfordernd an.
«Hast du ein Alibi, Celia?» fragte er drohend.
Das Mädchen seufzte.
«Ich habe es nicht getan — bestimmt nicht. Ich bin ja sowieso den ganzen Tag über im Krankenhaus. Es wäre gar nicht . . .»
«Bitte, Nigel, hören Sie auf, Celia zu necken», sagte Mrs. Hubbard.
Patricia Lane bemerkte ärgerlich: «Ich sehe nicht ein, warum man Nigel verdächtigt — nur weil jemand seine Tinte genommen hat . . .»
«Recht so, mein Kind», meinte Valerie giftig, «verteidige du nur deinen Kleinen!»
«Es ist einfach nicht fair . . .»
«Aber *ich* habe wirklich nichts damit zu tun», erklärte Celia mit Nachdruck.
«Das denkt ja auch niemand», sagte Valerie ungeduldig, und dann mit einem Blick auf Mrs. Hubbard: «Die Sache fängt an, unheimlich zu werden — das ist kein Scherz mehr. Es muß unbedingt etwas geschehen.»
«Und es wird auch etwas geschehen», versicherte Mrs. Hubbard grimmig.

4

«Hier, Monsieur Poirot», sagte Miss Lemon und gab ihm ein in braunes Papier eingepacktes Paket. Er wickelte es aus und betrachtete schmunzelnd einen eleganten silbernen Abendschuh.
«Er war im Fundbüro in der Baker Street — wie Sie angenommen hatten.»

«Das erspart uns viel Mühe und bestätigt meine Theorie», erklärte Poirot.
«Sehr richtig», bestätigte Miss Lemon uninteressiert, denn sie war von Natur aus nicht neugierig; jedoch besaß sie einen stark ausgeprägten Familiensinn. Sie wandte sich an Poirot:
«Ich wollte Ihnen nur mitteilen, daß ich einen Brief von meiner Schwester bekommen habe; scheinbar haben sich inzwischen wieder Dinge ereignet . . .»
«Gestatten Sie, daß ich den Brief lese?»
Sie gab ihm den Brief, und als er ihn gelesen hatte, bat er Miss Lemon sofort, ihre Schwester anzurufen. Nachdem Miss Lemon die Verbindung hergestellt hatte, ergriff Poirot den Hörer:
«Mrs. Hubbard?»
«Ach, Sie sind es, Monsieur Poirot. Wie nett von Ihnen, mich so schnell anzurufen; ich . . .»
Poirot unterbrach sie: «Von wo sprechen Sie?»
«Natürlich von zu Hause – von der Hickory Road Nr. 26 . . . ach, ich verstehe . . . ich bin in meinem Wohnzimmer.»
«Sie haben mehrere Telefonapparate im Haus, nicht wahr?»
«Ja. Unser Haupttelefon ist unten in der Diele.»
«Ist jemand im Haus, der zuhören könnte?»
«Die Studenten sind um diese Zeit alle aus. Die Köchin ist auf den Markt gegangen, und Geronimo, ihr Mann, versteht sehr wenig englisch. Dann ist noch eine Putzfrau da, aber sie ist schwerhörig und würde auch bestimmt kein Interesse haben, zuzuhören.»
«Gut, dann kann ich also offen mit Ihnen reden. Finden bei Ihnen hin und wieder am Abend Vorlesungen, Filmvorführungen oder ähnliche Veranstaltungen statt?»
«Ja. Neulich hat Miss Baltrout, die bekannte Forschungsreisende, bei uns einen Lichtbildervortrag gehalten; an einem anderen Abend hat jemand über das Missionswerk im Fernen Osten gesprochen. Bei dieser Gelegenheit waren die meisten unserer Studenten allerdings nicht anwesend.»
«Sehr schön, dann wird es ganz logisch erscheinen, wenn Sie ankündigen, daß Mosieur Hercule Poirot, der Chef Ihrer Schwester, sich liebenswürdigerweise bereit erklärt hat, heute einen Vortrag über seine interessantesten Fälle zu halten.»

«Das ist sehr nett von Ihnen, aber glauben Sie auch bestimmt . . .»
«Ich *glaube* nicht, ich *weiß.*»
Als die Studenten an diesem Abend das gemeinsame Wohnzimmer betraten, sahen sie einen Anschlag am Schwarzen Brett, das neben der Tür angebracht war:

> Der berühmte Privatdetektiv M. Hercule Poirot hat sich liebenswürdigerweise bereit erklärt, heute abend einen Vortrag zu halten. Er spricht über Theorie und Praxis der Aufklärung von Verbrechen an Hand berühmter Kriminalfälle.

Die Reaktion der Studenten war ziemlich verschieden.
«Wer ist dieser Detektiv?» — «Ich hab' noch nie von ihm gehört.» — «Doch, ich schon. Er war in einen Prozeß verwickelt, in dem ein Mann angeklagt worden war, eine Scheuerfrau ermordet zu haben; dieser Poirot hat im letzten Augenblick den wirklichen Mörder entdeckt, und daraufhin wurde der Angeklagte freigesprochen.» — «Klingt komisch!» — «Könnte ein ganz interessanter Vortrag sein.» — «Das ist etwas für Colin — der ist doch ganz verrückt auf Kriminalpsychologie!» — «Ich weiß nicht, ob er sich gerade damit beschäftigt, aber wahrscheinlich wäre es interessant, sich mit diesem erfahrenen Detektiv über Verbrechen zu unterhalten oder ihm Fragen zu stellen.»
Das Abendessen wurde um halb acht serviert, und die meisten Studenten saßen bereits am Tisch, als Mrs. Hubbard im Eßzimmer erschien, nachdem sie mit dem berühmten Gast in ihrem Zimmer ein Glas Sherry getrunken hatte. Ein kleiner älterer Herr mit verdächtig schwarzem Haar und einem gewaltigen Schnurrbart, den er liebevoll zwirbelte, folgte Mrs. Hubbard auf dem Fuß.
«Darf ich Sie mit unseren Studenten bekannt machen, Monsieur Poirot? Das ist Monsieur Hercule Poirot, der sich freundlicherweise bereit erklärt hat, uns nach dem Essen einen kleinen Vortrag zu halten.»
Man begrüßte sich gegenseitig, und Poirot nahm neben Mrs.

Hubbard Platz. Er mußte sich vorsehen, seinen Schnurrbart nicht in die ausgezeichnete Minestrone zu tunken, die von einem kleinen, lebhaften italienischen Diener aus einer großen Terrine serviert wurde.
Nach der Suppe gab es Spaghetti mit Fleischklößchen, und an diesem Punkt faßte das junge Mädchen, das rechts von Poirot saß, Mut und fragte schüchtern:
«Hat Mrs. Hubbards Schwester wirklich für Sie gearbeitet?»
Poirot wandte sich zu ihr: «Ja, natürlich. Miss Lemon ist seit Jahren meine Sekretärin, und ich kann Ihnen verraten, daß sie ungeheuer tüchtig ist – so tüchtig, daß ich es manchmal mit der Angst zu tun bekomme.»
«Wirklich? Ich wollte nur gern wissen ...»
«Was wollten Sie gern wissen, Mademoiselle?»
Er lächelte ihr auf väterliche Art zu und machte dabei gewisse Beobachtungen. *Hübsches Mädchen. Nervös. Nicht übertrieben intelligent. Verängstigt ...*
Er sagte: «Wie heißen Sie, mein Kind, und was studieren Sie?»
«Ich heiße Celia Austin. Ich studiere nicht. Ich bin Apothekerin und arbeite im St.-Catherine-Krankenhaus.»
«Interessanter Beruf!»
«Ja? Mag sein.» Es klang ziemlich unsicher.
«Können Sie mir vielleicht auch etwas über die anderen erzählen? Ich dachte, hier wären hauptsächlich ausländische Studenten, aber die meisten der jungen Leute scheinen Engländer zu sein.»
«Einige unserer Ausländer sind heute abend ausgegangen – die Inder Chandra Lal und Gopal Ram – Miss Reinjeer, eine Holländerin, und Mr. Achmed Ali, ein Ägypter, der sich nur für Politik interessiert.»
«Vielleicht könnten Sie mir etwas über die Anwesenden erzählen?»
«Also – links von Mrs. Hubbard sitzt Nigel Chapman; er studiert an der Londoner Universität Geschichte des Mittelalters und Italienisch. Das Mädchen mit der Brille neben ihm ist Patricia Lane. Sie studiert Archäologie. Der große rothaarige Bursche heißt Len Bateson und studiert Medizin, das dunkelhaarige Mädchen ist Valerie Hobhouse; sie arbeitet in einem

Salon für Schönheitspflege. Neben ihr sitzt Colin McNabb, der Psychiatrie studiert.»

Poirot bemerkte, daß sich ihre Stimme leicht veränderte, als sie Colin erwähnte; er sah sie von der Seite an und bemerkte, daß sie errötete.

Sie kann es kaum verbergen, daß sie in ihn verliebt ist, dachte er. Außerdem fiel ihm auf, daß der junge McNabb die ihm gegenübersitzende Celia niemals ansah, weil er sich mit einem rothaarigen Mädchen, das neben ihm saß, äußerst angeregt unterhielt.

«Das ist Sally Finch — eine Amerikanerin mit einem Fulbright-Stipendium. Dann sehen Sie dort noch Geneviève Maricaud und René Halle; die beiden studieren Englisch. Das kleine blonde Mädchen ist Jean Tomlinson; sie ist auch im St.-Catherine-Krankenhaus, in der therapeutischen Abteilung. Der Neger heißt Akibombo und kommt aus Westafrika; er ist ganz besonders nett. Elizabeth Johnston ist aus Jamaika und studiert Jura. Neben uns rechts sitzen zwei türkische Studenten, die erst seit einer Woche hier sind und kaum Englisch können.»

«Vielen Dank ... Vertragen Sie sich gut miteinander, oder gibt es oft Streit?»

Er sprach in einem so leichten Ton, daß man seinen Worten kaum eine ernstere Bedeutung beimessen konnte.

«Ach, wir haben alle zuviel zu tun, um uns zu zanken, obwohl ...»

«Obwohl was, Miss Austin?»

«Nigel, der neben Mrs. Hubbard sitzt, macht sich ein besonderes Vergnügen daraus, Leute zu ärgern — und Len Bateson *wird* ärgerlich, er bekommt richtige Wutanfälle — trotzdem ist er ein netter Kerl.»

«Und wird Colin McNabb auch leicht ärgerlich?»

«Keineswegs. Colin hebt höchstens mit einem amüsierten Lächeln die Augenbrauen.»

«Ich verstehe. — Gibt es nicht gelegentlich Mißverständnisse zwischen den jungen Damen?»

«O nein; wir vertragen uns sehr gut. Geneviève ist etwas empfindlich — ich glaube, die meisten Franzosen sind leicht beleidigt ... aber ... entschuldigen Sie ...»

Celia war äußerst verwirrt.
«Ich selbst bin Belgier», erklärte Poirot feierlich. Bevor Celia sich wieder gefaßt hatte, fuhr er schnell fort: «Sie sagten vorhin, daß Sie gern etwas wissen wollten, Miss Austin — was war das?»
Sie zerkrümelte nervös ein Stückchen Brot.
«Ach, eigentlich nichts — gar nichts — nur, daß hier jemand ziemlich alberne Scherze gemacht hat — ich dachte, Mrs. Hubbard . . . aber es spielt wirklich keine Rolle . . .»
Poirot drang nicht weiter auf sie ein. Er wandte sich zu Mrs. Hubbard und begann sich mit ihr und mit Nigel Chapman zu unterhalten. Nigel machte die sonderbare Bemerkung, daß Verbrechen eine Form von schöpferischer Kunst seien und daß nicht die Verbrecher, sondern die Polizisten als Außenseiter bezeichnet werden müßten, weil sie sich ihren Beruf nur erwählt hätten, um ihren verborgenen sadistischen Instinkten frönen zu können. Poirot stellte belustigt fest, daß sich die junge Dame mit der Brille, die neben Nigel saß, die größte Mühe gab, ihm eine harmlose Erklärung von Nigels Theorien zu geben, obwohl Nigel ihre Anwesenheit gar nicht zur Kenntnis zu nehmen schien.
Mrs. Hubbard lächelte freundlich.
«Die jungen Leute von heutzutage beschäftigen sich nur mit Politik und mit Psychologie», sagte sie. «Zu meiner Zeit war das anders; wir waren viel leichtlebiger, wir tanzten und amüsierten uns. Wir brauchten hier nur den Teppich im Wohnzimmer aufzurollen und das Radio anzustellen, aber unsere Leutchen tanzen nie.»
Celia lachte und sagte spitz: «Aber früher hast du getanzt, Nigel, einmal sogar mit mir, obgleich du dich wahrscheinlich nicht daran erinnerst.»
«Ich hätte mit *dir* getanzt?» fragte Nigel erstaunt. «Wo denn?»
«In Cambridge — während der Mai-Woche.»
«Ach, während der Mai-Woche«, sagte Nigel mit einer verächtlichen Geste. «Ein kindischer Zeitvertreib — gottlob geht diese Phase schnell vorbei.»
Nigel war höchstens fünfundzwanzig Jahre alt, und Poirot verbiß sich ein Lächeln.

Patricia Lane sagte ernst: «Wir haben so viel zu tun, Mrs. Hubbard. Wir gehen zu den Vorlesungen, und dann müssen wir zu Hause weiterstudieren; uns bleibt nur Zeit für wirklich wichtige Dinge.»
«Mag sein, meine Liebe, aber man ist nur einmal jung», meinte Mrs. Hubbard.
Auf die Spaghetti folgte eine Schokoladenspeise, und danach gingen alle in das gemeinsame Wohnzimmer und nahmen sich Kaffee aus einem großen Topf, der auf einem Tisch stand. Dann wurde Poirot aufgefordert, seinen Vortrag zu beginnen. Die beiden Türken entschuldigten sich höflich und verließen das Zimmer. Die anderen nahmen Platz.
Poirot erhob sich und begann seinen Vortrag. Er hörte seine eigene Stimme gern und sprach dreiviertel Stunden lang auf seine gewohnt amüsante Weise über verschiedene seiner Erfahrungen — nicht ohne einige Übertreibungen. Es gelang ihm, sich auf diskrete Art als einen Teufelskerl hinzustellen.
Schließlich kam er zum Ende seiner Ausführungen und erklärte:
«Und so sagte ich in leichtem Ton und wie zufällig zu dem Mann, daß er mich an einen Seifenfabrikanten aus Liège erinnere, der seine Frau vergiftet hatte, weil er seine schöne blonde Sekretärin heiraten wollte. Der Mann reagierte sofort. Er drückte mir das gestohlene Geld, das ich gerade wieder beigebracht hatte, in die Hand — er wurde blaß, und die Angst spiegelte sich in seinen Augen. ‹Bitte geben Sie dieses Geld für wohltätige Zwecke aus — machen Sie damit, was Sie wollen›, sagte er. Und ich antwortete ihm bedeutsam: ‹Ich würde Ihnen raten, sehr, sehr vorsichtig zu sein, Monsieur.› Er nickte — er kann kein Wort herausbringen, und beim Verlassen des Zimmers sehe ich, daß er sich den Schweiß von der Stirn wischt. Ich habe ihm einen gewaltigen Schrecken eingejagt, und ich habe ihm das Leben gerettet, denn obwohl er bis über beide Ohren in seine Sekretärin verliebt ist, wird er nun nicht versuchen, seine bornierte, unsympathische Frau zu vergiften. Vorsicht ist besser als Nachsicht! Es ist unsere Aufgabe, Morde zu verhindern und nicht zu warten, bis sie stattgefunden haben.»

Er verbeugte sich und spreizte dabei seine Hände.
«So, und jetzt habe ich Sie lange genug aufgehalten.»
Die Studenten klatschten eifrig und Poirot verneigte sich. Und dann, als er im Begriff war, sich zu setzen, nahm Colin McNabb die Pfeife aus dem Mund und bemerkte:
«Würden Sie uns nun vielleicht mitteilen, warum Sie wirklich hier sind?»
Kurzes Schweigen — dann sagte Patricia vorwurfsvoll:
«Colin!»
«Wir haben es alle längst erraten, nicht wahr?» Er sah sich ärgerlich im Kreise um. «Monsieur Poirot hat uns einen amüsanten kleinen Vortrag gehalten, aber deshalb ist er nicht hergekommen. Er ist beruflich hier. Sie glauben doch nicht, Monsieur Poirot, daß wir das nicht gemerkt haben?»
«Vielleicht *deiner* Meinung nach, Colin», sagte Sally.
«Aber es stimmt, nicht wahr?» beharrte Colin.
Wieder spreizte Poirot seine Hände mit einer graziösen Geste der Zustimmung.
«Ich muß zugeben, daß mir meine liebenswürdige Gastgeberin gestanden hat, daß sie durch gewisse Ereignisse etwas beunruhigt ist.»
Len Bateson stand auf; er sah ärgerlich und aggressiv aus. Er sagte: «Was soll das eigentlich bedeuten? Hat man uns in eine Falle gelockt?»
«Fällt dir das wirklich jetzt erst auf, Bateson?» fragte Nigel mit sanfter Ironie.
Celia sah erschrocken aus und sagte: «Dann hab' ich also doch recht gehabt.»
Mrs. Hubbard erklärte mit ruhiger Autorität:
«Ich bat Monsieur Poirot, uns einen Vortrag zu halten; außerdem wollte ich ihn um Rat bitten, weil sich hier verschiedene unangenehme Dinge zugetragen haben. Es *muß* etwas geschehen, und die einzige andere Möglichkeit wäre die Polizei gewesen.»
Darauf folgte lautes Stimmengewirr. Geneviève brach in einen aufgeregten französischen Redeschwall aus. «So eine Schande! Unerhört! Die Polizei!» Andere Stimmen fielen ein — dafür und dagegen. Nachdem sich die Erregung etwas gelegt hatte,

sagte Leonard Bateson energisch: «Vielleicht könnnten wir uns einmal anhören, wie Monsieur Poirot über unsere Schwierigkeiten denkt.»
Mrs. Hubbard bemerkte: «Ich habe Monsieur Poirot über alles informiert. Ich bin sicher, daß sich keiner von Ihnen weigern wird, etwaige Fragen zu beantworten.»
Poirot verbeugte sich höflich und sagte: «Ich danke Ihnen.» Dann holte er mit der Miene eines Zauberkünstlers ein Paar Abendschuhe hervor und überreichte sie Sally Finch.
«Gehören diese Schuhe Ihnen, Mademoiselle?»
«Ja — allerdings — was, beide? Woher kommt der zweite Schuh?»
«Aus dem Fundbüro in der Baker Street.»
«Aber wie sind Sie darauf gekommen, dort nachzufragen, Monsieur Poirot?»
«Eine sehr einfache Schlußfolgerung. Jemand nimmt einen Schuh aus Ihrem Zimmer. Warum? Bestimmt nicht, weil er ihn tragen oder verkaufen will; da aber das ganze Haus durchsucht werden wird, muß er den Schuh irgendwie aus dem Haus bekommen. Es ist nicht so einfach, einen Schuh zu vernichten — es ist viel einfacher, ihn einzuwickeln und das Paket während der Hauptverkehrszeit in der Untergrundbahn oder im Autobus liegen zu lassen. Das war mein erster Gedanke, und wie Sie sehen, war meine Überlegung richtig. Ich nehme an, daß der Schuh von jemandem gestohlen worden ist, der Freude daran hatte, seine Mitmenschen zu necken.»
Valerie lachte kurz auf.
«Das ist dir wie auf den Leib geschrieben, Nigel.»
Nigel entgegnete mit einem leicht gezierten Lächeln: «Paßt wie die Faust aufs Auge.»
«Unsinn, Nigel hat meinen Schuh nicht genommen», erklärte Sally.
«Natürlich nicht, was für eine lächerliche Idee», sagte Patricia ärgerlich.
«Vielleicht ist sie gar nicht so lächerlich», meinte Nigel. «Aber ich habe es wirklich nicht getan — und das werden wir natürlich alle behaupten.»
Es war, als hätte Poirot gerade darauf gewartet, wie ein Schau-

spieler auf sein Stichwort. Seine Augen verweilten nachdenklich auf Len Batesons hochrotem Gesicht, dann sah er die übrigen Studenten prüfend an. Er sagte: «Ich befinde mich in einer schwierigen Situation. Ich bin ein Gast in diesem Haus — Mrs. Hubbard hat mich aufgefordert, einen angenehmen Abend bei Ihnen zu verbringen — das ist alles. Außerdem wollte ich dieser jungen Dame ein Paar elegante Abendschuhe zurückgeben. Und sonst . . .» Er machte eine kurze Pause. «Monsieur — wie war doch der Name? Bateson — sehr richtig — Monsieur Bateson hat mich gefragt, was ich von . . . von Ihren Unannehmlichkeiten halte. Aber ich würde es als impertinent empfinden, Ihnen meine Meinung aufzudrängen, falls Sie mich nicht alle darum bitten sollten.»

Mr. Akibombo gab seine Zustimmung durch heftiges Nicken seines mit dicht gekräuseltem, schwarzem Haar bedeckten Kopfes zu verstehen.

«Das sein sehr korrekte Prozedur», sagte er. «Echt demokratisch Prozedur mit Abstimmung zu entscheiden.»

«Blödsinn», meinte Sally Finch ungeduldig. «Wir sind hier unter Freunden. Ich schlage vor, daß Monsieur Poirot uns ohne weitere Formalitäten seine Ansicht sagt!»

«Ich bin ganz deiner Meinung, Sally», stimmte Nigel zu.

Poirot neigte den Kopf und erklärte: «Also gut, da Sie mich nach meiner Meinung fragen, werde ich sie Ihnen sagen: bitten Sie Mrs. Hubbard oder Mrs. Nicoletis unverzüglich, die Polizei zu holen. Sie haben keine Zeit zu verlieren.»

5

Das hatte offenbar niemand erwartet. Zwar protestierte keiner, aber es herrschte ein plötzliches betroffenes Schweigen. Mrs. Hubbard ergriff diese Gelegenheit, um Poirot wieder in ihr Wohnzimmer hinaufzuführen. Er sagte zum Abschied nur kurz und höflich: «Ich wünsche Ihnen allen eine gute Nacht.»

Mrs. Hubbard knipste das Licht an, machte die Tür zu und bat Poirot, sich in den Sessel am Kamin zu setzen. Ihr nettes, freundliches Gesicht zeigte Spuren von Angst und Zweifel. Als sie ihm gegenübersaß, sagte sie nach kurzem Zögern: «Wahrscheinlich haben Sie wirklich recht. Vielleicht *sollten* wir zur Polizei gehen — besonders wegen der bösen Sache mit der Tinte; aber ich wünschte, Sie hätten es nicht geradezu herausgesagt.»

«Hätte ich lieber heucheln sollen?» fragte Poirot, zündete sich eine seiner winzigen Zigaretten an und beobachtete, wie der Rauch zur Decke stieg.

«Ich bin gewiß dafür, die Wahrheit zu sagen; aber in diesem Fall wäre es vielleicht besser gewesen, nichts zu sagen und die Polizei zu beauftragen, sich den Täter allein vorzunehmen. Ich meine ... was ich damit sagen will, ist, daß, wer immer es getan hat, nun gewarnt ist.»

«Vielleicht ja.»

«Nicht vielleicht, sondern bestimmt», sagte Mrs. Hubbard ziemlich scharf. «Selbst wenn es sich um einen der Dienstboten handeln sollte oder um einen Studenten, der heute abend nicht hier war — er wird sehr bald davon hören, darauf können Sie sich verlassen.»

«Ich bin davon überzeugt.»

«Und außerdem weiß ich nicht, was Mrs. Nicoletis dazu sagen wird; ihre Reaktionen sind schwer vorauszusehen.»

«Es wird interessant sein, festzustellen, wie sie darüber denkt.»

«Wir können die Polizei natürlich nicht ohne ihre vorherige Zustimmung verständigen. Was ist denn jetzt los?»

Es wurde scharf und gebieterisch zweimal an die Tür geklopft, und fast bevor Mrs. Hubbard irritiert «Herein» sagen konnte, betrat Colin McNabb mit ärgerlich gerunzelter Stirn und einer Pfeife zwischen den Zähnen das Zimmer.

Er nahm die Pfeife aus dem Mund, schloß die Tür und sagte: «Bitte entschuldigen Sie, aber es würde mir viel daran liegen, einen Augenblick mit Monsieur Poirot zu sprechen.»

«Mit mir?» fragte Poirot und sah ihn mit unschuldigem Erstaunen an.

«Jawohl, mit Ihnen», entgegnete Colin grimmig.

Er nahm sich einen ziemlich unbequemen Stuhl und setzte sich Poirot gegenüber.

«Sie haben uns heute abend einen unterhaltenden Vortrag gehalten», sagte er höflich, «und ich kann nicht leugnen, daß Sie ein auf vielen Gebieten erfahrener Mann sind, aber bitte nehmen Sie es mir nicht übel, wenn ich Ihnen sage, daß Ihre Ideen und Ihre Methoden sehr veraltet sind.»
Mrs. Hubbard errötete heftig und rief: «Das geht aber wirklich zu weit, Colin!»
«Ich will Sie nicht beleidigen, Monsieur Poirot, aber ich muß die Dinge klarstellen. Schuld und Sühne — weiter reicht Ihr Horizont nicht.»
«Eine ganz logische Folge», meinte Poirot.
«Sie haben engstirnige und altmodische Ansichten. Heutzutage erwartet man selbst von Juristen, daß sie mit den modernen Theorien über die Ursachen von Verbrechen vertraut sind. Die *Ursachen* sind wichtig, Monsieur Poirot.»
«Aber in diesem Punkt bin ich ganz Ihrer Meinung», sagte Poirot beifällig.
«Dann müssen Sie die Ursachen der Vorgänge in diesem Haus herausfinden — Sie müssen feststellen, *warum* diese Dinge geschehen sind.»
«Ich bin noch immer Ihrer Meinung — natürlich ist das von ausschlaggebender Bedeutung.»
«Denn alles hat seinen Grund, vielleicht einen sehr wichtigen Grund für die betreffende Person.»
Jetzt konnte Mrs. Hubbard sich nicht mehr zurückhalten. «Alles Unsinn», sagte sie scharf.
«Durchaus nicht», entgegnete Colin und drehte sich zu ihr um. «Sie dürfen die psychologischen Hintergründe niemals vergessen.»
«Dieser psychologische Blödsinn macht auf mich keinen Eindruck», erklärte Mrs. Hubbard.
«Weil Sie keine Ahnung davon haben», sagte Colin vorwurfsvoll. Dann wandte er sich wieder an Poirot.
«Ich bin sehr an diesen Dingen interessiert. Ich studiere Psychiatrie und Psychologie. Ich habe Gelegenheit, ungeheuer eigenartige und komplizierte Fälle zu sehen. Meiner Meinung nach ist die Doktrin von ‹Schuld und Sühne› unmodern. Man macht es sich zu leicht, wenn man glaubt, daß ein Mann, der

gegen die Gesetze des Landes verstoßen hat, bestraft werden muß, und daß der Fall damit erledigt ist. Nein, wenn man hofft, den Verbrecher doch noch zu einem nützlichen Mitglied der menschlichen Gesellschaft zu machen, muß man versuchen, die Wurzel des Übels zu finden. In Ihrer Jugend waren diese Theorien gänzlich unbekannt, und ich nehme an, daß es Ihnen schwerfällt, sie zu begreifen ...»

«Stehlen ist stehlen», warf Mrs. Hubbard unbeirrt dazwischen.

«Zweifellos sind meine Ideen altmodisch», sagte Poirot bescheiden, «aber ich bin nur zu gern bereit, mich von Ihnen belehren zu lassen, Mr. McNabb.»

Colin sah angenehm überrascht aus. «Sie sind wirklich sehr fair, Monsieur Poirot, und ich werde mich bemühen, Ihnen unsere Theorien auf leicht verständliche Weise zu erklären.»

«Vielen Dank», sagte Poirot sanft.

«Ich werde der Einfachheit halber mit den Schuhen beginnen, die Sie Sally Finch heute abend zurückgebracht haben. Wie Sie sich entsinnen werden, ist nur ein Schuh gestohlen worden – nur *einer.*»

«Ja, ich erinnere mich; auch mir ist diese merkwürdige Tatsache aufgefallen.»

Colin McNabb beugte sich vor; sein strenges, gutgeschnittenes Gesicht leuchtete vor Eifer.

«Ja, aber Sie haben die *Bedeutung* übersehen. Man könnte sich kaum ein besseres Beispiel wünschen: hier handelt es sich eindeutig um einen Aschenbrödelkomplex. Ich nehme an, daß Ihnen die Geschichte vom Aschenbrödel bekannt ist.»

«*Mais oui* – ein Märchen französischen Ursprungs.»

«Das arme Aschenbrödel, das ohne Bezahlung schwer arbeiten muß, sitzt traurig am Feuer, während ihre Schwestern fein gekleidet zum Ball des Prinzen gehen. Eine gute Fee schickt Aschenbrödel auch auf den Ball, aber um Mitternacht verwandelt sich ihr elegantes Abendkleid wieder in ärmliche Lumpen – sie entflieht und verliert in der Eile einen Schuh. Es handelt sich also hier um eine Person, die sich im Unterbewußtsein wie ein Aschenbrödel vorkommt. Hier haben wir Enttäuschung, Neid, einen Minderwertigkeitskomplex. Ein Mädchen stiehlt einen Schuh. Warum?»

«Ein Mädchen?»
«Natürlich ein Mädchen», erklärte Colin vorwurfsvoll, «das sollte doch dem Unbegabtesten einleuchten.»
«Aber, Colin», sagte Mrs. Hubbard.
«Bitte fahren Sie fort», bat Poirot höflich.
«Sie selbst wird wahrscheinlich *nicht wissen, warum sie es tut;* es handelt sich um einen *Wunschtraum.* Sie möchte eine Prinzessin sein und von dem Prinzen umworben werden. Es ist außerdem bedeutungsvoll, daß der gestohlene Schuh einem reizvollen Mädchen gehört, das gerade auf einen Ball gehen will.»
Colin schwenkte begeistert seine Pfeife, die schon längst ausgegangen war.
«Und jetzt kommen wir zu verschiedenen anderen Ereignissen. Eine diebische Elster stiehlt eine Anzahl von Gegenständen, die alle zur Verschönerung des weiblichen Geschlechts dienen: eine Puderdose, einen Lippenstift, Ohrringe, ein Armband, einen Ring — all das hat eine doppelte Bedeutung . . . das Mädchen will auffallen, und es will sogar bestraft werden; beides kommt bei jugendlichen Verbrechern ziemlich häufig vor. Diese Dinge haben mit gewöhnlichem Diebstahl nichts zu tun. Es handelt sich hier nicht um den Wert der Gegenstände. Es ist der gleiche Vorgang, das gleiche Motiv, aus dem heraus wohlhabende Frauen im Warenhaus Gegenstände stehlen, die sie sich ebenso gut kaufen könnten.»
«Unsinn», sagte Mrs. Hubbard herausfordernd. «Es gibt ganz einfach unehrliche Menschen — das ist alles.»
Monsieur Poirot meinte, ohne Mrs. Hubbards Einwurf zu beachten: «Und trotzdem befand sich unter den gestohlenen Gegenständen ein ziemlich wertvoller Brillantring.»
«Der ist ja sofort wieder aufgetaucht.»
«Und würden Sie ein Stethoskop als einen Gegenstand bezeichnen, der zur Verschönerung des weiblichen Geschlechts dient?»
«Das hat auch eine tiefere Bedeutung. Frauen, die glauben, nicht genügend weibliche Reize zu besitzen, versuchen, ihren Mangel an Anziehungskraft durch eine Karriere zu ersetzen.»
«Und das Kochbuch?»

«Ist ein Symbol für Mann und Familie.»
«Und der Borax?»
«Mein lieber Monsieur Poirot», sagte Colin irritiert. «Glauben Sie wirklich, daß jemand eine Schachtel Borax stehlen würde?»
«Das hab' ich mich auch gefragt. Ich muß zugeben, daß Sie scheinbar auf alles eine Antwort haben, Mr. McNabb. Können Sie mir nun auch die Bedeutung des Diebstahls von einem Paar alter Flanellhosen erklären, *Ihrer eigenen* Hosen, wie ich höre?»
Colin schien zum erstenmal etwas unsicher zu werden. Er errötete und räusperte sich.
«Das kann ich ebenfalls erklären, aber es wäre etwas schwierig ... und ziemlich peinlich.»
«Sie wollen mich also nicht in Verlegenheit bringen.» Poirot beugte sich plötzlich vor und klopfte dem jungen Mann aufs Knie. «Und wie erklären Sie sich die verschüttete Tinte und den zerfetzten Seidenschal? Haben Sie sich darüber nicht den Kopf zerbrochen?»
Colins gelassenes, überlegenes Benehmen veränderte sich plötzlich in einer durchaus nicht unsympathischen Weise.
«Doch — darüber habe ich mir Gedanken gemacht — sehr ernste Gedanken. Sie müßte sich sofort in Behandlung begeben — in ärztliche Behandlung. Das ist kein Fall für die Polizei. Das arme Geschöpf weiß ja gar nicht, worum es sich handelt — es besteht nur aus Hemmungen. Wenn ich ...»
Poirot unterbrach ihn. «Wissen Sie denn, wer es ist?»
«Ich habe einen sehr starken Verdacht.»
Poirot murmelte nachdenklich: «Ein Mädchen, das nicht viel Erfolg bei Männern hat. Ein scheues Mädchen, ein Mädchen, das sich nach Liebe sehnt, ein nicht allzu begabtes Mädchen, das enttäuscht und einsam ist. Ein Mädchen ...»
In diesem Augenblick wurde an die Tür geklopft. Poirot unterbrach sich, es wurde nochmals geklopft, und Mrs. Hubbard rief: «Herein!»
Die Tür öffnete sich, und Celia Austin kam herein.
«Aha — Miss Celia Austin», sagte Poirot und nickte.
Celia sah Colin verzweifelt an.
«Ich wußte nicht, daß du hier bist», sagte sie atemlos, «ich dachte ... ich bin gekommen ...»

Sie holte tief Atem und wandte sich an Mrs. Hubbard.
«Bitte gehen Sie nicht zur Polizei ... bitte, bitte nicht. Ich hab' es getan — ich hab' die Sachen gestohlen — ich weiß selbst nicht, warum — ich hab' keine Ahnung — ich wollte es nicht tun — aber es ... es war ganz einfach stärker als ich.» Sie drehte sich rasch zu Colin um: «So — und jetzt weißt du, wie ich wirklich bin ... wahrscheinlich wirst du nun nie wieder mit mir sprechen ... ich weiß, daß ich unmöglich bin ...»
«Nicht die Spur», sagte Colin herzlich. «Du bist ein bißchen durcheinander — sonst nichts. Es ist wie eine Krankheit, die dadurch entstanden ist, daß du die Dinge nicht klar siehst. Wenn du zu mir Vertrauen hast, Celia, kann ich dich davon heilen.»
«Wirklich Colin?»
Celia sah ihn mit unverhohlener Bewunderung an.
«Ich habe mir die furchtbarsten Sorgen gemacht.»
Er nahm ihre Hand und meinte etwas onkelhaft: «Du brauchst dir keine Sorgen mehr zu machen.» Er stand auf, legte seinen Arm um Celias Schulter und sagte streng zu Mrs. Hubbard:
«Ich hoffe, daß Sie den törichten Gedanken, zur Polizei zu gehen, jetzt endgültig aufgeben werden. Es ist nichts Wertvolles gestohlen worden, und außerdem wird Celia alles zurückgeben.»
«Das Armband und die Puderdose kann ich nicht zurückgeben, weil ich sie in den Rinnstein geworfen habe. Aber ich werde beides ersetzen ...»
«Und wo haben Sie das Stethoskop?» fragte Poirot.
Celia wurde rot.
«Ich habe kein Stethoskop genommen — was sollte ich denn damit anfangen?» Sie errötete noch stärker: «Und ich habe auch keine Tinte auf Elizabeths Papiere geschüttet — so etwas Gemeines würde ich nie tun.»
«Und warum haben Sie den Schal von Miss Hobhouse zerschnitten, Mademoiselle?»
Diese Frage war Celia sichtlich peinlich; sie erwiderte unsicher:
«Das war etwas anderes — Valerie hat sich nichts daraus gemacht.»
«Und der Rucksack?»

«Den hab' ich nicht zerschnitten.»
Poirot zeigte ihr die Liste, die er von Mrs. Hubbards Notizbuch abgeschrieben hatte, und verlangte: «Bitte sagen Sie mir jetzt die Wahrheit: sind Sie für diese Vorfälle verantwortlich oder nicht?»
Celia sah sich die Liste an und antwortete prompt: «Mit dem Rucksack, den Glühbirnen, dem Badesalz und dem Borax hab' ich nichts zu tun, und den Ring hab' ich nur aus Versehen genommen. Sowie ich bemerkte, daß er echt war, hab' ich ihn zurückgegeben.»
«Ich verstehe.»
«Ich wollte wirklich nichts Unehrenhaftes tun ... ich wollte nur ...»
«Nur was?»
«Ich weiß es wirklich nicht», sagte Celia gequält. «Ich bin ganz verwirrt ...»
Colin schaltete sich mit gebieterischer Miene ein.
«Ich wäre Ihnen sehr dankbar, wenn Sie Celia nicht weiter ins Gebet nehmen würden. Ich verspreche Ihnen, daß sich diese Vorfälle nicht wiederholen werden. Von jetzt an bin ich selbst dafür verantwortlich.»
«Du bist wirklich gut zu mir, Colin.»
«Ich möchte, daß du mir viel mehr von dir erzählst, Celia — von deiner Kindheit zum Beispiel — haben sich deine Eltern gut miteinander vertragen?»
«Nein ... zu Hause war es ganz furchtbar ...»
«Das wundert mich gar nicht. Und jetzt ...»
Mrs. Hubbard unterbrach ihn und sagte energisch:
«So, nun aber Schluß. Ich bin sehr froh, daß Sie alles gestanden haben, Celia. Sie haben uns viel Sorgen und Unannehmlichkeiten bereitet ... Sie sollten sich schämen! Aber ich will Ihnen glauben, daß Sie nicht absichtlich Tinte über Elizabeths Papiere gegossen haben — so eine Gemeinheit trau' ich Ihnen nicht zu. Und jetzt hab' ich für heute abend genug von euch beiden. Macht, daß ihr fortkommt.»
Als sich die Tür hinter ihnen geschlossen hatte, stieß Mrs. Hubbard einen tiefen Seufzer aus und meinte: «Was halten Sie davon, Monsieur Poirot?»

Poirot entgegnete mit einem schelmischen Zwinkern: «Ich glaube, wir haben einer Liebesszene im modernen Stil beigewohnt.»
Doch Mrs. Hubbard war offensichtlich anderer Meinung.
«*Autres temps, autres moeurs*», murmelte Poirot. «In meiner Jugend gab man seiner Freundin Bücher über Theosophie, oder man sprach über den ‹*Blauen Vogel*› von Maeterlinck. Man war voller Gefühle und voller Ideale. Heutzutage finden sich junge Menschen, weil sie nicht mit dem Leben fertigwerden können, weil sie Komplexe haben.»
«In meinen Augen ist das alles Unsinn.»
Poirot widersprach. «Nein, es ist nicht alles Unsinn. Es ist im Grunde genommen ein richtiges Prinzip, aber ernsthafte junge Studenten wie Colin sehen *nichts* mehr als Komplexe und die unglückliche Kindheit ihrer Opfer.»
«Celias Vater starb, als sie vier Jahre alt war», berichtete Mrs. Hubbard, «und ihre Kindheit war durchaus nicht tragisch; sie hatte eine liebevolle, allerdings ziemlich dumme Mutter.»
«Aber sie ist klug genug, das in Colins Gegenwart nicht zuzugeben. Sie sagt nur, was er hören will. Sie ist sehr in ihn verliebt.»
«Glauben Sie an diesen Kram?»
«Ich glaube nicht, daß Celia einen Aschenbrödelkomplex hat, oder daß sie nicht wußte, was sie tat, als sie die Sachen entwendete. Sie hat das Risiko, wertlose Kleinigkeiten zu stehlen, auf sich genommen, um Colin McNabbs Aufmerksamkeit zu erregen — und sie hat damit Erfolg gehabt. Wenn sie weiter ein zurückhaltendes, scheues Mädchen geblieben wäre, wäre sie ihm wahrscheinlich niemals aufgefallen. Übrigens hätte meiner Ansicht nach jedes Mädchen das Recht, verzweifelte Maßnahmen zu ergreifen, um den Mann ihrer Wahl zu ergattern.»
«Soviel Verstand hätte ich ihr gar nicht zugetraut», bemerkte Mrs. Hubbard.
Poirot antwortete nicht. Er runzelte die Stirn. Mrs. Hubbard fuhr fort: «Es war also nur ein blinder Alarm, und ich muß mich sehr bei Ihnen entschuldigen, weil ich Ihre kostbare Zeit in dieser unwichtigen Angelegenheit in Anspruch genommen habe. Aber immerhin — Ende gut, alles gut.»

Poirot schüttelte den Kopf. «Ich glaube nicht, daß das bereits das Ende ist. Wir haben bisher nur etwas verhältnismäßig Unwichtiges beseitigt, das im Vordergrund stand. Aber vieles bleibt noch ungeklärt, und ich persönlich fürchte, daß es sich hier um eine sehr ernste Angelegenheit handelt.»
«Glauben Sie wirklich, Monsieur Poirot?» fragte Mrs. Hubbard besorgt.
«Ich habe den Eindruck gewonnen... Könnte ich jetzt vielleicht mit Miss Patricia Lane sprechen? Ich möchte mir gern den Ring ansehen, der ihr abhanden gekommen war.»
«Selbstverständlich, Monsieur Poirot. Ich werde hinuntergehen und sie bitten, zu Ihnen zu kommen. Ich habe inzwischen etwas mit Len Bateson zu besprechen.»
Patricia Lane erschien kurz danach mit erstauntem Gesicht.
«Entschuldigen Sie bitte die Störung, Miss Lane.»
«Ach, das macht gar nichts. Ich war nicht beschäftigt. Mrs. Hubbard sagt, daß Sie meinen Ring sehen wollen.»
Sie streifte den Ring vom Finger und gab ihn Poirot.
«Es ist ein ziemlich großer Brillant — die Fassung ist allerdings etwas altmodisch. Es war der Verlobungsring meiner Mutter.»
Poirot, der den Ring eingehend betrachtete, nickte nachdenklich.
«Ihre Mutter lebt noch?»
«Nein, meine Eltern sind beide tot.»
«Das tut mir sehr leid.»
«Ja, es ist traurig. Beide waren sehr nett, aber leider habe ich ihnen niemals wirklich nahegestanden. Später bedauert man das. Meine Mutter wollte eine hübsche, lebenslustige Tochter haben, ein Mädchen, das Wert auf schöne Kleider und Gesellschaften legt. Sie war sehr enttäuscht, als ich statt dessen begann, mich für Archäologie zu interessieren.»
«Sind Sie schon immer ein ernsthafter Mensch gewesen?»
«Ich glaube ja. Das Leben ist so kurz, und man möchte es nicht mit unwichtigen Dingen verschwenden.»
Poirot betrachtete sie nachdenklich.
Er hielt Patricia Lane für Anfang der dreißig. Sie hatte nußbraunes Haar, das glatt und einfach zurückgekämmt war, und mit Ausnahme des ungeschickt geschminkten Mundes war sie

nicht zurechtgemacht. Sie trug eine Brille, hinter der ihre sympathischen blauen Augen ernsthaft in die Welt blickten.

Pauvre petite, dachte Poirot mitleidig. Und wie sie sich anzieht – *bon Dieu.* Keine Spur von Geschmack.

Auch Patricias monotone, kultivierte Stimme sagte ihm nicht zu. Das Mädchen ist intelligent und gebildet, sagte er sich, und leider – leider wird sie mit jedem Jahr langweiliger werden. Dann dachte er einen Augenblick an die Gräfin Vera Mossakoff. Wie charmant, wie exotisch sie selbst im Alter geblieben war! Diese Mädchen von heute ... Wahrscheinlich empfinde ich das nur, weil ich alt werde, sagte er sich. Selbst dieses brave, langweilige Mädchen mag in den Augen eines anderen Mannes eine Venus sein. Aber er bezweifelte es.

Patricia sagte: «Was man der armen Bess angetan hat, finde ich einfach unerhört; und die grüne Tinte hat man meiner Ansicht nach benutzt, damit Nigel die Schuld zugeschoben wird. Aber ich versichere Ihnen, daß Nigel so etwas nicht tun würde.»

«Sehr interessant», bemerkte Poirot und sah sie aufmerksam an. Sie hatte ein bißchen Farbe bekommen und sagte mit einer etwas lebhafteren Stimme: «Es ist nicht leicht, Nigel zu verstehen – er hat kein sehr glückliches Zuhause gehabt.»

«*Mon Dieu* – noch einer!»

«Was wollen Sie damit sagen?»

«Gar nichts. Bitte sprechen Sie weiter.»

«Ja – Nigel ist schon immer ein schwieriger Mensch gewesen; er war von klein auf ein Rebell. Er ist sehr begabt – hochintelligent, aber ich muß zugeben, daß sein Benehmen manchmal zu wünschen übrig läßt. Er erscheint hochmütig, weil er nicht imstande ist, seine Gefühle zu erklären oder sich zu verteidigen. Selbst wenn alle der Meinung sein sollten, daß er für die Sache mit der Tinte verantwortlich ist, wird er sich nicht die Mühe nehmen, es zu leugnen. Er wird einfach sagen: ‹Laß sie denken, was sie wollen.› Diese Einstellung ist natürlich sehr töricht.»

«Und kann leicht zu Mißverständnissen führen.»

«Es muß eine Art von Stolz sein – weil man ihn so oft mißverstanden hat.»

«Sie kennen ihn schon seit Jahren?»
«Nein, erst seit ungefähr einem Jahr. Wir haben uns auf einer Gesellschaftsreise zu den Loire-Schlössern kennengelernt. Er bekam die Grippe und im Anschluß daran eine Lungenentzündung; ich habe ihn gepflegt. Er ist sehr anfällig und nimmt überhaupt keine Rücksicht auf seine Gesundheit. Obwohl er so unabhängig ist, muß man in gewisser Weise immer auf ihn aufpassen — wie auf ein Kind. Er braucht jemanden, der sich um ihn kümmert.»
Poirot seufzte. Er hatte plötzlich genug von der Liebe. Zuerst Celia mit den flehenden Hundeaugen, und jetzt Patricia mit dem ernsten Madonnenblick. Natürlich ging es nicht ohne Liebe; junge Leute mußten sich kennenlernen und sich ineinander verlieben, aber Gott sei Dank war er selbst an diesen Dingen nicht mehr interessiert. Er stand auf.
«Mademoiselle, würden Sie mir gestatten, Ihren Ring zu behalten? Ich werde ihn bestimmt morgen zurückgeben.»
«Selbstverständlich», sagte Patricia erstaunt.
«Vielen Dank . . . und bitte tun Sie mir einen Gefallen, Mademoiselle: seien Sie sehr vorsichtig!»
«Vorsichtig? Inwiefern?»
«Wenn ich das nur selbst wüßte», seufzte Poirot.
Er war noch immer sehr besorgt.

6

Der folgende Tag wurde fast unerträglich. Mrs. Hubbard war mit einem Gefühl der Erleichterung aufgewacht. Die quälenden Zweifel über die unangenehmen Vorfälle waren so gut wie beseitigt — ein dummes Mädchen, das voll alberner neumodischer Ideen steckte, für die sie, Mrs. Hubbard, kein Verständnis aufbringen konnte, war an allem schuld gewesen. Von jetzt an würde alles wieder wie am Schnürchen gehen.
Mrs. Hubbard ging gut gelaunt hinunter, aber kaum hatte sie sich an den Frühstückstisch gesetzt, als ihr eben erst wiedergefundener Seelenfrieden bereits gestört wurde. Es schien, als

hätten sich sämtliche Studenten vorgenommen, heute ganz besonders unangenehm zu sein.
Mr. Chandra Lal, der von der Tintenaffäre gehört hatte, war erregt und gesprächig. «Unterdrückung — Unterdrückung der farbigen Massen», zischte er. «Klassisches Beispiel von Hochmut, Verachtung, Rassenvorurteilen!»
«Wie können Sie so etwas nur sagen, Mr. Chandra Lal», wies ihn Mrs. Hubbard scharf zurecht. «Niemand weiß, wer es getan hat, und niemand kennt die Gründe.»
«Ach, ich dachte, Celia wäre freiwillig zu Ihnen gekommen und hätte alles gestanden», meinte Jean Tomlinson. «Ich fand das einfach fabelhaft — wir müssen alle sehr nett zu ihr sein.»
«Mußt du deine christliche Nächstenliebe wirklich so zur Schau stellen, Jean?» fragte Valerie Hobhouse ärgerlich.
«Also das ist wirklich eine Gemeinheit!»
«Alles gestanden», sagte Nigel schaudernd, «das klingt ja fürchterlich.»
«Worum handelt es sich eigentlich, Muttchen? Hat Celia wirklich die ganzen Sachen gestohlen? Ist sie deshalb nicht zum Frühstück gekommen?» erkundigte sich Len Bateson.
«Ich bitte nicht verstehen», sagte Mr. Akibombo.
Niemand klärte ihn auf. Alle waren nur darauf bedacht, selbst möglichst schnell zu Wort zu kommen.
«Armes Ding», fuhr Len Bateson fort. «Was war denn los? War sie so abgebrannt?»
«Ich bin eigentlich nicht überrascht», sagte Sally langsam. «Ich fand schon immer . . .»
«Sie glauben, daß Celia die Tinte über meine Papier gegossen hat?» fragte Elizabeth Johnston ungläubig. «Das fände ich sehr erstaunlich und höchst unwahrscheinlich.»
«Celia hat die Tinte *nicht* über Ihre Papiere gegossen», erklärte Mrs. Hubbard, «und ich wünschte, Sie würden jetzt alle aufhören, weiter darüber zu reden. Ich wollte Ihnen später alles in Ruhe erzählen, aber . . .»
«Aber Jean hat gestern abend an der Tür gelauscht», ergänzte Valerie.
«Ich hab' nicht gelauscht, ich bin nur zufällig vorbeigekommen.»

«Du weißt ganz genau, wer die Tinte verschüttet hat, Bess», sagte Nigel. «Ich, der böse Nigel, ich habe meine grüne Tinte über deine kostbaren Papiere gegossen.»
«Unsinn! Das ist doch nur ein Scherz. Wie kannst du nur so albern sein, Nigel!»
«Ich handle nur aus den edelsten Motiven, Pat, um dich vor Verdacht zu schützen. Wer hat sich gestern meine Tinte geborgt? *Du* . . .»
«Ich bitte nicht verstehen», sagte Mr. Akibombo.
«Seien Sie froh», meinte Sally, «ich würde mich an Ihrer Stelle auch gar nicht einmischen.»
Mr. Chandra Lal sprang auf.
«Und Sie fragen noch, warum es gibt Mau-Mau, Sie fragen noch, warum Ägypten den Suezkanal beansprucht für sich?»
«Verflucht noch mal», rief Nigel böse und stellte seine Tasse klirrend auf die Untertasse. «Jetzt wird's mir wirklich zu dumm – Politik am Frühstückstisch.»
Er stand auf, gab seinem Stuhl einen Stoß und verließ das Zimmer.
«Es geht ein kalter Wind, du mußt dir einen Mantel anziehen», sagte Patricia und stürzte ihm nach.
«Kluck, kluck, kluck . . . wie eine alte Henne, die mit den Flügeln schlägt», bemerkte Valerie boshaft.
Geneviève, die Französin, deren Englisch noch nicht so gut war, daß sie einer schnellen Unterhaltung hätte folgen können, hatte sich von René Erläuterungen ins Ohr flüstern lassen. Jetzt begann sie mit schriller Stimme schnell französisch zu sprechen.
«*Comment donc? C'est cette petite qui m'a volé mon compact? Ah, par exemple! J'irai à la police. Je ne supporterai pas une pareille* . . .»
Colin McNabb hatte seit einiger Zeit versucht, sich Gehör zu verschaffen, aber seine tiefe, kultivierte Stimme war von den schrilleren Stimmen der anderen übertönt worden. Als er sah, daß er mit der vornehmen Zurückhaltung nicht weiterkommen würde, schlug er krachend mit der Faust auf den Tisch. Alle schwiegen entsetzt, und ein Glas Orangenmarmelade fiel vom Tisch und zerbrach.
«Wollt ihr gefälligst alle den Mund halten und mich reden las-

sen! Ich habe noch niemals soviel bösartigen Unsinn gehört. Ihr scheint von Psychologie keine blasse Ahnung zu haben! Ich sage euch, daß man das Mädchen auf keinen Fall verurteilen darf; sie hat eine schwere seelische Krisis durchgemacht, und sie muß von jetzt an mit größter Vorsicht, Geduld und Sympathie behandelt werden — sonst wird sie zeitlebens haltlos und unglücklich sein. Ich betone: mit größter Vorsicht.»

«Natürlich muß man sie verständnisvoll behandeln», meinte Jean mit klarer, überlegener Stimme, «aber ich bin grundsätzlich dagegen, Dinge wie Diebstahl zu unterstützen.»

«Diebstahl», wiederholte Colin. «Hier handelt es sich nicht um *Diebstahl.* Habt ihr denn gar kein Verständnis — wißt ihr wirklich nicht, worum es hier geht?»

«Ein interessanter Fall, nicht wahr, Colin?» fragte Valerie mit einem frechen Grinsen.

«Vom psychologischen Standpunkt aus gesehen — ja.»

«Obwohl sie von mir nichts gestohlen hat», erklärte Jean, «glaube ich nicht . . .»

«Nein, dir hat sie allerdings nichts gestohlen», unterbrach sie Colin stirnrunzelnd, «und wenn du dir darüber klar wärest, warum sie das nicht getan hat, würdest du bestimmt nicht gerade erfreut sein.»

«Ich verstehe wirklich nicht . . .»

«Hört doch endlich auf, euch zu zanken», sagte Len Bateson. «Komm, Jean, sonst werden wir beide zu spät kommen.»

Sie gingen zusammen fort. «Bestell Celia, sie soll sich nicht weiter aufregen», meinte Len im Hinausgehen.

«Hiermit wünsche Beschwerde einzulegen», meldete sich Chandra Lal. «Gestohlener Borax von großer Wichtigkeit für meine Augen, sehr entzündet von viel Studieren.»

«Sie werden auch zu spät kommen, Mr. Chandra Lal», sagte Mrs. Hubbard energisch.

«Mein Professor oft selbst unpünktlich», entgegnete Chandra Lal düster, aber er stand auf und ging zur Tür. «Auch wird ungeduldig leicht, wenn ich stelle viele bedeutungsvolle Fragen.»

«*Mais il faut qu'elle me le rende, le compact*», sagte Geneviève.

«Sie müssen unbedingt englisch sprechen, Geneviève; wenn Sie jedesmal in der Aufregung französisch reden, werden Sie nie Englisch lernen. Übrigens haben Sie am Sonntag hier zu Abend gegessen und vergessen, dafür zu bezahlen.»

«Oh ... ich habe jetzt meine Geldtasche nicht mit – heute abend. *Viens, René, nous serons en retard.*»

«Ich bitte nicht verstehen», sagte Mr. Akibombo und sah sich hilfeflehend um.

«Komm, Akibombo, ich werde dir auf dem Weg zum Seminar alles erklären», meinte Sally. Sie nickte Mrs. Hubbard beruhigend zu und führte den verdutzten Akibombo hinaus.

«Ach du liebe Zeit», stöhnte Mrs. Hubbard, «warum habe ich diese Stellung nur angenommen!»

Valerie, die als einzige zurückgeblieben war, grinste freundlich und sagte: «Machen Sie sich keine Sorgen, Muttchen. Ein Glück, daß alles ans Tageslicht gekommen ist. Wir waren schon alle ziemlich nervös geworden.»

«Ich muß sagen, ich war sehr überrascht.»

«Weil es sich herausgestellt hat, daß es Celia war?»

«Ja. Waren Sie nicht auch erstaunt?»

«Nein, eigentlich nicht», sagte Valerie.

«Hatten Sie es schon vermutet?»

«Gewisse Dinge wiesen darauf hin. Auf jeden Fall aber hat sie bei Colin erreicht, was sie wollte.»

«Das stimmt, und ich muß sagen – es gefällt mir nicht.»

«Mit vorgehaltenem Revolver kann man sich einen Mann nicht ergattern», meinte Valerie lachend, «mit einem bißchen Kleptomanie kommt man weiter. Regen Sie sich nicht mehr auf, Muttchen. Sorgen Sie nur dafür, daß Celia Geneviève die Puderdose zurückgibt, sonst haben wir beim Essen keine ruhige Minute mehr.»

Mrs. Hubbard seufzte. «Nigels Untertasse hat einen Sprung, und das Marmeladenglas ist zerbrochen.»

«Ein ungemütlicher Morgen, nicht wahr?» sagte Valerie und verließ das Zimmer. Mrs. Hubbard hörte ihre Stimme aus der Diele: «Guten Morgen, Celia, die Bahn ist frei. Alle wissen Bescheid, und alles ist vergeben und vergessen – auf Befehl des frommen Jean. Und Colin hat deinetwegen bereits wie ein Löwe gebrüllt.»

Celia kam ins Eßzimmer. Ihre Augen waren vom Weinen gerötet.
«Ach, Mrs. Hubbard ...»
«Sie sind zu spät heruntergekommen, Celia. Der Kaffee ist kalt, und es ist auch nicht mehr viel zu essen da.»
«Ich wollte die anderen nicht treffen.»
«Das kann ich mir vorstellen. Aber früher oder später müssen Sie doch mit ihnen zusammenkommen.»
«Ja, ich weiß. Ich dachte nur ... ich dachte, heute abend würde es mir leichter fallen. Und ich werde natürlich nicht hier bleiben, ich werde Ende der Woche ausziehen.»
Mrs. Hubbard runzelte die Stirn.
«Das halte ich durchaus nicht für nötig. Gewisse Unannehmlichkeiten müssen Sie natürlich in Kauf nehmen, das ist nicht anders zu erwarten, aber die meisten unserer jungen Leute sind sehr großzügig. Natürlich müssen Sie versuchen, die Verluste so weit wie möglich wieder gutzumachen.»
Celia unterbrach sie eifrig.
«Das ist ja selbstverständlich, ich wollte es Ihnen eben selbst vorschlagen — hier ist mein Scheckbuch.» Sie senkte den Blick. Sie hielt ihr Scheckbuch und einen Briefumschlag in der Hand. «Ich hatte Ihnen für den Fall, daß ich Sie nicht sehen würde, einen Brief geschrieben, um Ihnen zu sagen, wie leid es mir tut. Eigentlich wollte ich einen Scheck beilegen, damit Sie gleich mit allen abrechnen könnten, aber — aber ich hatte keine Tinte mehr im Halter.»
«Wir müssen eine Liste machen.»
«Das hab' ich schon so weit wie möglich getan, aber ich weiß nicht, ob ich die Sachen kaufen soll oder den Betreffenden einfach das Bargeld geben.»
«Ich werde es mir überlegen — ich kann das nicht so schnell entscheiden.»
«Bitte, kann ich Ihnen nicht gleich einen Scheck geben? Dann würde ich mich wohler fühlen.»
Am liebsten hätte Mrs. Hubbard geantwortet: «Wirklich? Und mit welchem Recht wollen Sie sich wohler fühlen?» Dann aber fiel ihr ein, daß die Studenten immer knapp bei Kassa waren und daß Bargeld die einfachste Lösung wäre. Außerdem würde

das Geneviève beruhigen und sie davon abhalten, Mrs. Nicoletis eine Szene zu machen. (Es würde sowieso Schwierigkeiten geben.)
«Also gut», sagte sie und sah sich die Liste der gestohlenen Gegenstände an. «Aber ich weiß wirklich nicht, wieviel . . .»
«Darf ich Ihnen nicht einfach einen Scheck über eine Summe geben, die Sie für ungefähr angemessen halten, und später können Sie mir entweder den Rest zurückgeben oder mir sagen, was ich Ihnen noch schulde.»
Mrs. Hubbard nannte nach kurzem Zögern eine Summe, die ihr ausreichend erschien, und Celia stimmte sofort zu. Sie öffnete ihr Scheckbuch.
«Ach, mein Füllfederhalter . . .» Sie ging zu dem Regal hinüber, auf dem die Studenten verschiedene Kleinigkeiten aufbewahrten. «Hier scheint nur Nigels gräßliche grüne Tinte zu sein — also gut — dann werde ich die eben benutzen. Nigel wird wohl nichts dagegen haben. Ich darf nicht vergessen, eine Flasche Füllfedertinte zu kaufen, wenn ich ausgehe.»
Sie füllte ihren Federhalter, kam zurück und schrieb den Scheck aus. Als sie ihn Mrs. Hubbard gab, sah sie auf die Uhr.
«Ich werde mich verspäten; ich habe keine Zeit mehr zu frühstücken.»
«Sie müssen unbedingt etwas zu sich nehmen, Celia, wenigstens ein Butterbrot — mit einem leeren Magen soll man nicht ausgehen. Ja? Was wollen Sie?»
Geronimo, der italienische Diener, war hereingekommen; er gestikulierte heftig, und sein blasses Affengesicht war zu einer komischen Grimasse verzogen.
«Die *padrona* — sie eben zurückgekommen — sie will sprechen mit Ihnen . . .» und mit einer weiteren ausdrucksvollen Geste: «Sie sein ganz wild.»
«Ich komme gleich.»
Mrs. Hubbard verließ das Zimmer, während sich Celia eilig und ungeschickt eine Scheibe Brot absäbelte.
Mrs. Nicoletis ging mit großen Schritten im Zimmer auf und ab, wie ein Löwe vor der Fütterung der Raubtiere im Zoologischen Garten.
«Was höre ich?» rief sie erregt, als Mrs. Hubbard eintrat. «Sie

haben, ohne mich zu fragen, die Polizei benachrichtigt? Wofür halten Sie sich eigentlich? Was bilden Sie sich ein?»
«Ich habe die Polizei nicht benachrichtigt.»
«Das ist eine Lüge.»
«So können Sie mit mir nicht reden, Mrs. Nicoletis.»
«O nein, natürlich nicht ... Ich bin an allem schuld, immer ich. Sie machen niemals etwas falsch. Die Polizei in meinem angesehenen Hause ...»
«Es wäre nicht das erste Mal», warf Mrs. Hubbard ein, die an einige unangenehme Zwischenfälle dachte. «Erinnern Sie sich nicht an den westindischen Studenten, der von der Polizei gesucht wurde, weil er seinen Lebensunterhalt auf unmoralische Weise verdiente, und an den berüchtigten jungen Kommunisten, der hier unter falschem Namen wohnte, und ...»
«Also das werfen Sie mir vor? Kann ich etwas dafür, daß mich die Leute belügen, daß sie gefälschte Papier haben und daß sie von der Polizei gesucht werden, weil sie in Mordfälle verwickelt sind? Und Sie wagen es noch, mir Vorwürfe zu machen — nachdem ich derart gelitten habe?»
«Ich denke gar nicht daran, Ihnen etwas vorzuwerfen; ich weise Sie nur darauf hin, daß wir die Polizei nicht zum erstenmal im Haus haben. In einem Studentenheim dieser Art ist das auch wahrscheinlich nicht ganz unvermeidlich. Aber es steht fest, daß niemand die Polizei ‹benachrichtigt› hat. Ein bekannter Privatdetektiv, mit dem ich befreundet bin, hat zufällig gestern hier zu Abend gegessen. Er hat den Studenten einen sehr interessanten Vortrag über Kriminalistik gehalten.»
«Als ob es notwendig wäre, unseren Studenten Vorträge über dieses Thema zu halten! Darüber wissen sie sowieso mehr als genug. Sie stehlen, sie zerstören mein Eigentum, und sie treiben Sabotage, wenn es ihnen in den Kram paßt. Und es geschieht nichts — gar nichts!»
«Ich habe etwas unternommen.»
«Ja, Sie haben Ihrem Freund von unseren Privatangelegenheiten erzählt — ich halte das für einen Vertrauensbruch.»
«Ich bin nicht Ihrer Ansicht. Ich bin verantwortlich für die Vorgänge in diesem Haus, und ich bin froh, Ihnen mitteilen zu können, daß sich inzwischen alles aufgeklärt hat. Eine unserer

Studentinnen hat gestanden, daß sie für das meiste verantwortlich ist.»
«Eine solche Unverschämtheit! Wir müssen sie sofort hinauswerfen.»
«Sie ist von sich aus bereit zu gehen, und sie hat erklärt, daß sie die Verluste wieder gutmachen wird.»
«Was nützt uns das? Mein angesehenes Heim hat jetzt einen schlechten Ruf, und es wird niemand mehr zu uns kommen wollen.» Mrs. Nicoletis setzte sich aufs Sofa und brach in Schluchzen aus. »An meine Gefühle denkt ja keiner», stieß sie unter Tränen hervor. «Man behandelt mich wie ein Stück Dreck — man ignoriert mich — was aus mir wird, interessiert keinen. Wer würde um mich trauern, wenn ich morgen sterben sollte?»
Klugerweise zog es Mrs. Hubbard vor, diese Frage nicht zu beantworten; sie verließ statt dessen das Zimmer.
Möge der liebe Herrgott mir Geduld verleihen, dachte sie. Dann ging sie in die Küche, um mit Maria zu sprechen.
Maria war brummig und keineswegs hilfsbereit. Das Wort «Polizei» hing unausgesprochen in der Luft.
«*Mich* wird man beschuldigen — mich und Geronimo ... *Poverino* ... kann man in einem fremden Land Gerechtigkeit erwarten? Nein, ich kann keinen Risotto kochen, Sie haben mir nicht den richtigen Reis besorgt. Ich werde statt dessen Spaghetti machen.»
«Spaghetti hatten wir gestern.»
«Das ist ganz egal. Bei uns ißt man jeden Tag Spaghetti — jeden Tag. *Basta* — schmeckt immer gut.»
«Ja, aber jetzt leben Sie in England.»
«Gut, dann koche ich eben Stew — richtiges englisches Stew. Es wird Ihnen nicht schmecken — es schmeckt nach nichts — anstatt die Zwiebeln in Olivenöl zu braten, wirft man sie ins Wasser ... Gekochte Zwiebeln und ausgelaugtes Fleisch! Aber wie Sie wollen.» Maria warf Mrs. Hubbard finstere Blicke zu und benahm sich wie ein Mensch, dem man eine schwere und unverdiente Kränkung zugefügt hat.
«Kochen Sie, was Sie wollen», sagte Mrs. Hubbard ärgerlich und ging aus der Küche.

Um sechs Uhr nachmittags hatte Mrs. Hubbard mit ihrer üblichen Umsicht und Tüchtigkeit alles organisiert. Sie hatte allen Studenten ein Briefchen ins Zimmer gelegt, in dem sie sie bat, vor dem Abendessen in ihr Zimmer zu kommen. Als alle versammelt waren, teilte sie ihnen mit, daß Celia sich bereit erklärt habe, den Schaden wieder gutzumachen. Sie fand, daß sich alle sehr nett benahmen; selbst Geneviève, nachdem sie sich von der großzügigen Bewertung ihrer Puderdose überzeugt hatte, sagte liebenswürdig, daß nun alles in Ordnung wäre — *sans rancune* — und fügte hinzu: «Man weiß, diese Nervenkrisen kommen vor. Diese Celia, sie ist reich, hat nicht nötig zu stehlen; nein, nein, es sind nur die Nerven, Mr. McNabb hat so recht.»

Als Mrs. Hubbard zum Abendessen nach unten kam, nahm Len Bateson sie beiseite.

«Ich werde hier in der Diele auf Celia warten, damit wir zusammen ins Eßzimmer gehen können, weil ihr das angenehmer sein wird, als allein hereinzukommen.»

«Das ist sehr nett von Ihnen, Len.»

«Das tu' ich doch gern, Muttchen.»

Etwas später, als die Suppe herumgereicht wurde, hörte man Lens dröhnende Stimme aus der Diele.

«Komm nur herein, Celia, wir sind ja unter Freunden.»

«Der hat seine gute Tat für heute hinter sich», sagte Nigel spitz, aber als Len und Celia hereinkamen, unterdrückte er weitere bösartige Bemerkungen und winkte dem Mädchen freundlich zu.

Es entspann sich eine allgemeine, angeregte Diskussion über die verschiedenartigsten Themen, und alle bemühten sich, Celia in die Unterhaltung zu ziehen.

Es war fast unvermeidlich, daß dieser überlebhaften Unterhaltung ein plötzliches Schweigen folgte. Und in dem Augenblick wandte Mr. Akibombo Celia sein strahlendes Gesicht zu, beugte sich über den Tisch und sagte:

«Sie mir alles gut erklärt haben, was nicht verstanden zuerst. Sie sehr schlau mit Stehlen. Lange hat keiner gewußt! Sehr schlau!»

«Du wirst mich noch zur Verzweiflung bringen, Akibombo»,

stöhnte Sally und bekam einen derartigen Lachkrampf, daß sie das Zimmer verlassen mußte. Damit war das Eis gebrochen, und alle begannen von Herzen zu lachen.
Colin McNabb erschien spät zum Essen. Er war sehr reserviert und noch unzugänglicher als sonst. Als sich die Mahlzeit ihrem Ende näherte und bevor die anderen aufgegessen hatten, stand er auf und stammelte verlegen: «Ich muß noch einmal fortgehen, aber vorher möchte ich euch allen sagen, daß Celia und ich ... daß wir hoffen, im nächsten Jahr, nachdem ich meine Examen bestanden habe, zu heiraten.»
Er wurde blutrot und ließ die Glückwünsche und ironischen Bemerkungen seiner Freunde mit Leidensmiene über sich ergehen, bevor er mit geducktem Kopf aus dem Zimmer schlich. Celia dagegen war ruhig und gefaßt.
«Wieder einer in die Falle geraten», seufzte Len Bateson.
«Ich freue mich sehr, Celia, und ich hoffe, daß du glücklich sein wirst», sagte Patricia.
«Alles hat sich in Wohlgefallen aufgelöst», meinte Nigel. «Morgen werden wir ein paar Flaschen Chianti kaufen und auf dein Wohl trinken. Warum sieht unsere liebe Jean so ernst aus? Bist du im Prinzip gegen die Ehe?»
«Nein, Nigel, natürlich nicht.»
«Ich halte die Ehe für sehr viel besser als die freie Liebe – auch netter für die Kinder, findest du nicht? Schon wegen der Reisepässe ...»
«Aber die Mutter sollte nicht sein zu jung», warf Geneviève ein, «wir lernen das in Physiologiestunde.»
«Willst du damit andeuten, daß Celia noch ein unmündiges Kind ist? Sie ist frei, weiß und mehrjährig.»
«Eine höchst beleidigende Bemerkung», sagte Mr. Chandra Lal.
«Aber keine Spur», beschwichtigte Patricia, «es ist nur so eine Redensart ... ohne jede Bedeutung.»
«Ich nicht verstehen», murmelte Mr. Akibombo. «Wenn Sachen nichts bedeuten, warum dann erst sagen?»
Plötzlich meinte Elizabeth Johnston mit leicht erhobener Stimme: «Es werden manchmal Dinge gesagt, die scheinbar belanglos sind, aber in Wirklichkeit eine tiefere Bedeutung haben.

Nein, ich spreche nicht von dieser amerikanischen Redensart – ich spreche von etwas anderem.» Sie blickte sich am Tisch um. «Ich spreche von etwas, das sich gestern ereignet hat.»
«Was meinst du, Bess?» fragte Valerie scharf.
«Bitte nicht», sagte Celia. «Ich glaube wirklich, daß sich bis morgen alles aufgeklärt haben wird – die Sache mit der Tinte und die alberne Geschichte mit dem Rucksack. Und falls – falls die Person, die es getan hat, ein Geständnis ablegt, dann wird alles in Ordnung sein.»
Sie sprach mit großem Ernst, ihr Gesicht war gerötet, und ein oder zwei Köpfe wandten sich ihr erstaunt zu.
Valerie ergänzte mit einem kurzen Lachen: «Und danach werden alle glücklich und zufrieden sein.»
Dann stand man auf und ging ins Wohnzimmer, wo sich unter den Anwesenden ein edler Wettstreit entspann, Celia ihren Kaffee zu bringen. Etwas später verteilte man sich auf Sofa und Sessel und stellte das Radio an; einige der Studenten hatten noch Verabredungen, andere wollten arbeiten, und schließlich gingen alle Einwohner der Hickory Road Nr. 24 und 26 zu Bett.
Es ist ein langer, anstrengender Tag gewesen, dachte Mrs. Hubbard, als sie langsam die Treppe zu ihrem Schlafzimmer hinaufging. Gottlob, daß er endlich vorbei ist.

7

Miss Lemon war fast nie unpünktlich. Nebel, Stürme, Grippe-Epidemien und Verkehrsstreiks schienen dieser bemerkenswerten Frau nichts anhaben zu können. Aber an diesem Morgen kam Miss Lemon atemlos fünf Minuten nach zehn an, anstatt um Punkt zehn Uhr. Sie entschuldigte sich sehr, und sie war, für ihre Verhältnisse, ziemlich erregt.
«Ich bitte Sie um Entschuldigung, Monsieur Poirot. Als ich gerade im Begriff war, die Wohnung zu verlassen, hat meine Schwester mich angerufen.»
«Ich hoffe, daß sie gesund und munter ist.»
«Offen gesagt – nein.»

Poirot sah sie fragend an.
«Sie ist völlig fassungslos — eine der Studentinnen hat Selbstmord begangen.»
Poirot starrte sie an, dann murmelte er etwas vor sich hin.
«Verzeihung, Monsieur Poirot.»
«Wie heißt die Studentin?»
«Celia Austin.»
«Auf welche Weise?»
«Man glaubt, daß sie Morphium genommen hat.»
«Könnte sie es versehentlich getan haben?»
«O nein, sie scheint einen Abschiedsbrief hinterlassen zu haben.»
Poirot sagte leise: «Das habe ich nicht erwartet . . . das nicht . . . und doch, *irgend etwas habe ich erwartet.*»
Er sah auf und bemerkte, daß Miss Lemon mit Bleistift und Stenogrammblock bewaffnet auf ihn wartete. Er seufzte und schüttelte den Kopf.
«Nein. Ich werde Ihnen die Post überlassen; sehen Sie sie bitte durch und beantworten Sie, was Sie können. Ich selbst werde in die Hickory Road hinübergehen.»
Geronimo öffnete Poirot die Tür. Er erkannte ihn als den Ehrengast von vor zwei Tagen und wurde sofort gesprächig. Er flüsterte mit Verschwörermiene:
«Ah — Sie sind es, Signor. Wir haben hier die Schwierigkeiten — die großen Schwierigkeiten. Die kleine Signorina sein tot in ihr Bett heute morgen. Erst kommen Doktor — schütteln Kopf. Dann kommen Polizei-Inspektor — ist jetzt oben mit der Signora und der Padrona. Warum soll sie sich töten wollen . . . *poverina*? Und gestern abend noch so fröhlich wegen Verlobung!»
«Verlobung?»
«*Si, si*. Mit Mr. Colin — Sie wissen, groß und dunkel, und immer rauchen die Pfeife.»
«Ja, ich weiß.»
Geronimo öffnete die Tür zum Wohnzimmer, setzte zum zweitenmal eine Verschwörermiene auf und führte Poirot hinein.
«Sie bleiben hier, ja? Wenn Polizei fortgehen, ich sagen der Signorina, daß Sie hier sind. Gut, ja?»

Poirot nickte, und Geronimo zog sich zurück. Nachdem er allein war, begann Poirot, der keine übertriebenen Skrupel besaß, das Zimmer aufs genaueste zu untersuchen; seine besondere Aufmerksamkeit galt den Gegenständen, die wahrscheinlich den Studenten gehörten. Der Erfolg war recht mäßig. Die Studenten bewahrten den größten Teil ihrer Sachen und Papiere in ihren eigenen Zimmern auf.
Im oberen Stockwerk saß Mrs. Hubbard Kriminalkommissar Sharpe gegenüber, der ihr mit leiser entschuldigender Stimme Fragen stellte. Er war ein kräftiger, gemütlich aussehender Mann mit einem verdächtig harmlosen Benehmen.
«Ich weiß wie unangenehm und peinlich das alles für Sie ist», sagte er beruhigend, «aber wie Ihnen Dr. Coles bereits sagte, wird eine gerichtliche Untersuchung stattfinden, und wir müssen natürlich so genau wie möglich im Bilde sein. Sie fanden also, daß das Mädchen in der letzten Zeit sehr deprimiert war?»
«Ja.»
«Eine Liebesgeschichte?»
«Eigentlich nicht», entgegnete Mrs. Hubbard zögernd.
«Bitte erzählen Sie mir alles, was Sie wissen», bat Kommissar Sharpe eindringlich. «Wir müssen, wie gesagt, genau im Bilde sein. Sie hatte also einen bestimmten Grund, sich das Leben zu nehmen, oder sagen wir, sie glaubte, einen Grund zu haben, nicht wahr? Besteht die Möglichkeit, daß sie schwanger war?»
«Das halte ich für ganz ausgeschlossen, Herr Kommissar. Ich habe nur gezögert, weil das arme Kind etwas sehr Törichtes getan hat und weil ich hoffte, daß es nicht unbedingt nötig wäre, darüber zu sprechen.»
«Wir werden so diskret wie möglich sein; der Untersuchungsrichter ist ein sehr erfahrener Mann. Aber wir müssen alles wissen.»
«Ja, natürlich. Es war dumm, daß ich Ihnen etwas verschweigen wollte. Es handelt sich darum, daß hier seit zwei oder drei Monaten Sachen verschwunden sind — Kleinigkeiten — nichts wirklich Wertvolles.»
«Nippsachen vielleicht? Modische Kleinigkeiten, Nylonstrümpfe, Geld?»
«Geld nicht — soviel ich weiß.»

«Aha. Und dieses Mädchen ist dafür verantwortlich gewesen?»

«Ja.»

«Haben Sie sie dabei ertappt?»

«Das nicht gerade. Vorgestern abend kam ein Freund von mir zum Abendessen, ein Monsieur Poirot, ich weiß nicht, ob Sie ihn kennen?»

Kommissar Sharpe sah mit großen Augen von seinem Notizbuch auf. Ja, dieser Name war ihm bekannt.

«Monsieur Poirot? Tatsächlich? Außerordentlich interessant . . .» interessant . . .»

«Er hat uns nach dem Essen einen kleinen Vortrag gehalten, und bei dieser Gelegenheit kam die Sprache auf die Diebstähle. Er gab mir in Anwesenheit der anderen den Rat, zur Polizei zu gehen.»

«Wirklich?»

«Danach kam Celia in mein Zimmer und legte ein Geständnis ab. Sie war sehr unglücklich.»

«Sollte sie verklagt werden?»

«Nein, davon war nicht die Rede. Sie wollte alles ersetzen, und die Studenten haben sich ihr gegenüber sehr nett benommen.»

«War sie in Geldnot?»

«Nein. Sie hat einen ganz gut bezahlten Posten als Apothekerin im St.-Catherine-Krankenhaus und außerdem, soviel ich weiß, ein kleines Privateinkommen. Es geht ihr besser als den meisten unserer Studenten.»

«Sie hat also gestohlen, obwohl sie es nicht nötig hatte», sagte der Kommissar und machte sich eine entsprechende Notiz.

«Ja. Es war wohl Kleptomanie», meinte Mrs. Hubbard.

«So wird es manchmal genannt. Meiner Ansicht nach handelte es sich hier ganz einfach um eine Person, die ohne zwingenden Grund stahl.»

«Ich weiß nicht, ob Sie sie nicht zu streng beurteilen. Hier ist nämlich ein junger Mann . . .»

«Der sich gegen sie gestellt hat?»

«O nein, ganz im Gegenteil. Er hat sie nach allen Regeln der Kunst verteidigt, und gestern abend hat er seine Verlobung mit ihr angekündigt.»

Kommissar Sharpe hob überrascht die Augenbrauen. «Und

dann legt sie sich ins Bett und nimmt Morphium? Sehr sonderbar, finden Sie nicht?»
«Ja. Ich kann es mir auch nicht erklären», sagte Mrs. Hubbard verstört.
«Und doch sind die Tatsachen ganz eindeutig.» Sharpe nickte, und sein Blick fiel auf das abgerissene Papierstückchen, das vor ihm auf dem Tisch lag.
«Liebe Mrs. Hubbard», stand auf dem Zettel, *«bitte verzeihen Sie mir, aber es scheint mir das beste zu sein . . .»*
«Keine Unterschrift — sind Sie davon überzeugt, daß es ihre Handschrift ist?»
«Ich glaube ja.»
Mrs. Hubbards Stimme klang unsicher, und sie runzelte die Stirn, während sie auf den Zettel starrte. Warum hatte sie das bestimmte Gefühl, daß irgend etwas nicht in Ordnung war?
«Wir haben einen deutlichen Fingerabdruck der Toten auf dem Zettel gefunden», sagte der Kommissar. «Das Morphium war in einem kleinen Fläschen mit einem Schild, auf dem ‹St.-Catherine-Krankenhaus› stand. Sie haben mir gesagt, daß sie dort in der Apotheke beschäftigt war und also Zutritt zum Giftschrank hatte, aus dem sie es wahrscheinlich gestohlen und gestern mit nach Hause gebracht hat, mit der Absicht, sich das Leben zu nehmen.»
«Ich kann es mir einfach nicht vorstellen. Irgend etwas stimmt nicht. Sie war gestern abend so glücklich.»
«Dann können wir nur annehmen, daß eine ganz plötzliche Reaktion auf die Ereignisse erfolgte, als sie zu Bett ging. Vielleicht gibt es in ihrer Vergangenheit Dinge, von denen Sie nichts wissen. Vielleicht fürchtete sie, daß sie ans Licht kommen würden. Sie glauben, daß sie sehr in diesen jungen Mann verliebt war? Wie heißt er übrigens?»
«Colin McNabb. Er macht sein praktisches Jahr im St.-Catherine-Krankenhaus; später will er Psychiater werden.»
«Ein Arzt? Hm. Und im St.-Catherine-Krankenhaus . . .»
«Celia war sehr in ihn verliebt, meiner Ansicht nach mehr als er in sie. Er ist ein ziemlich egozentrischer junger Mann.»
«Dann ist das wahrscheinlich die Erklärung. Sie hatte das Gefühl, seiner nicht wert zu sein, vielleicht weil sie ihm gewisse

Dinge verschwiegen hatte ... Sie war noch ziemlich jung, nicht wahr?»
«Dreiundzwanzig.»
«In diesem Alter ist man noch idealistisch, und man nimmt die Liebe sehr ernst. Ja, das wird es wohl sein. Ein Jammer.»
Er stand auf. «Ich fürchte, daß wir der Sache auf den Grund gehen müssen, aber wir werden versuchen, die Geschichte nicht an die große Glocke zu hängen. Ich danke Ihnen für Ihre Informationen, Mrs. Hubbard. Im Augenblick brauche ich Sie nicht weiter zu belästigen. Celias Mutter ist vor zwei Jahren gestorben, und die einzige Verwandte, von der wir wissen, ist eine alte Tante in Yorkshire, mit der wir uns in Verbindung setzen werden.»
Er nahm das abgerissene Zettelchen mit Celias Handschrift an sich.
«Mit dem Zettel stimmt etwas nicht», sagte Mrs. Hubbard plötzlich.
«Inwiefern?»
«Ich weiß es nicht, aber ich habe das Gefühl, daß ich es wissen sollte.»
«Sind Sie sicher, daß es Celias Schrift ist?»
«Ja, ganz sicher. Das ist es nicht.» Mrs. Hubbard preßte die Hände auf ihre Augen.
«Ich bin heute wie vor den Kopf geschlagen», erklärte sie entschuldigend.
«Kein Wunder», sagte der Kommissar mitfühlend. «Diese Sache muß Sie ja sehr mitgenommen haben! Im Augenblick brauchen wir Ihre Hilfe nicht mehr in Anspruch zu nehmen, Mrs. Hubbard.»
Kommissar Sharpe öffnete die Tür und stolperte fast über Geronimo, der an der Tür gehorcht haben mußte. «Hallo — ein Horcher an der Wand?» fragte der Kommissar freundlich.
«Nein, nein», protestierte Geronimo mit Unschuldsmiene. «Ich nicht horchen — niemals, niemals. Ich eben komme mit Botschaft.»
«Was für eine Botschaft?»
Geronimo erklärte mürrisch: «Unten sind Herr, um zu sprechen la Signora Hubbard.»

«Gut, mein Lieber. Gehen Sie ins Zimmer zu Mrs. Hubbard und sagen Sie es ihr.»
Er ging an Geronimo vorbei den Korridor entlang; plötzlich drehte er sich um und ging auf Zehenspitzen zurück. Er wollte feststellen, ob der Bursche ihm die Wahrheit gesagt hatte.
Als er zur Tür kam, hörte er Geronimo sagen:
«Unten warten Herr mit Schnurrbart auf Sie — was neulich hier war zum Abendessen.»
«Was? Was sagen Sie?» Mrs. Hubbards Stimme klang zerstreut. «O ja, vielen Dank, Geronimo. Ich komme in einer Minute herunter.»
Sharpe grinste. Herr mit Schnurrbart, dachte er. Kann mir denken, wer das ist. Er ging ins Wohnzimmer hinunter.
«Guten Tag, Monsieur Poirot, wir haben uns lange nicht gesehen», sagte er.
Poirot, der vor dem Regal in der Nähe des Kamins gekniet hatte, stand ohne sichtbare Zeichen der Verlegenheit auf.
«Kommissar Sharpe, wenn ich mich nicht irre? Früher haben Sie doch nicht in diesem Bezirk gearbeitet?»
«Nein, ich bin vor zwei Jahren hierher versetzt worden. Erinnern Sie sich noch an die Sache in Cray Hill?»
«Ja, natürlich. Schon lange her . . . aber Sie sind ja noch ein junger Mann, Herr Kommissar . . .»
«Man wird auch nicht jünger.»
«Ich selbst bin ein alter Mann geworden», seufzte Poirot.
«Aber in gewisser Weise noch immer aktiv?»
«Was wollen Sie damit sagen?»
«Daß ich weiß, warum Sie den Studenten hier neulich abends einen Vortrag über Kriminalistik gehalten haben.»
Poirot lächelte.
«Die Erklärung ist ganz einfach . . . Mrs. Hubbard ist die Schwester von Miss Lemon, meiner bewährten Sekretärin, und als sie mich bat . . .»
«Und als sie Sie bat, die Vorgänge in diesem Heim einmal unter die Lupe zu nehmen, sind Sie hergekommen. Stimmt's?»
«Ganz richtig.»
«Aber warum? Das möchte ich gern wissen.»
«Sie meinen, warum ich mich dafür interessiere?»

«Ja. Ein dummes Kind hat sich ein paar Kleinigkeiten angeeignet — nichts Besonderes — passiert alle Tage. Das ist doch kein Fall für Sie, Monsieur Poirot!»
«Die Sache ist nicht so einfach, wie Sie denken», meinte Poirot kopfschüttelnd.
«Warum nicht? Inwiefern ist der Fall kompliziert?»
Poirot setzte sich auf einen Stuhl und wischte sich den Staub von den Knien.
«Wenn ich das nur selbst wüßte», sagte er schlicht.
Sharpe runzelte die Stirn. «Das verstehe ich nicht.»
«Ich auch nicht», erklärte Poirot kopfschüttelnd. «Es hat keinen Sinn ... die gestohlenen Gegenstände ... es ergibt sich kein Zusammenhang. Es ist, als ob man eine Fußspur verfolgt und entdeckt, daß die Spuren von verschiedenen Füßen sind. Die Spur des — wie Sie sie nennen — ‹dummen Kindes› ist deutlich zu erkennen; aber das ist nicht alles. Es haben sich andere Dinge ereignet, die in die Spur von Celia Austin passen sollten — aber sie passen nicht. Sie erwiesen sich als gegenstandslos — sinnlos. Wir sind auch auf Zeichen gestoßen, die auf Bösartigkeit hindeuten, aber Celia war nicht bösartig.»
«War sie eine Kleptomanin?»
«Das möchte ich bezweifeln.»
«Eine ganz gewöhnliche Diebin?»
«Nicht im üblichen Sinn. Meiner Ansicht nach hat sie alle diese sinnlosen Diebstähle begangen, um die Aufmerksamkeit eines gewissen jungen Mannes auf sich zu lenken.»
«Colin McNabb?»
«Ja. Sie war bis über beide Ohren in ihn verliebt. Colin hat sie nie beachtet, deshalb hat sie sich nicht wie ein nettes, wohlerzogenes junges Mädchen benommen, sondern wie eine interessante jugendliche Verbrecherin — mit zufriedenstellendem Resultat. Colin McNabb ist, wie man sagt, im großen Stil darauf hereingefallen.»
«Dann muß er sehr töricht sein.»
«Ganz und gar nicht. Er ist sehr an Psychologie interessiert.»
«Ach du liebe Zeit», stöhnte Sharpe. «Einer von denen. Jetzt verstehe ich alles. Raffiniertes Mädchen», fügte er mit einem schwachen Lächeln hinzu.

«Erstaunlich raffiniert», wiederholte Poirot nachdenklich.
Kommissar Sharpe sah Poirot scharf an.
«Was wollen Sie damit sagen, Monsieur Poirot?»
«Daß ich mich gefragt habe ... daß ich mich noch immer frage, ob jemand anders sie auf die Idee gebracht hat.»
«Aus welchem Grund?»
«Woher soll ich das wissen? Um ihr zu schaden? Oder aus uneigennützigen Motiven? Ich tappe im dunkeln.»
«Haben Sie eine Ahnung, wer sie auf die Idee gebracht haben könnte?»
«Nein ... außer ... aber nein.»
«Wie dem auch sei», meinte Sharpe, «ich kann die Sache nicht recht begreifen. Wenn sie es mit der Kleptomanie versucht hat und damit erfolgreich war, weshalb sollte sie denn dann noch Selbstmord begehen?»
«Die Antwort ist, daß sie eben keinen Selbstmord begangen haben sollte.»
Die beiden Männer sahen sich an.
«Sind Sie ganz sicher, daß sie es getan hat?» fragte Poirot.
«Ich habe nicht den geringsten Zweifel, Monsieur Poirot. Ich habe keinen Grund, etwas anderes zu vermuten, und ...»
Die Tür wurde geöffnet, und Mrs. Hubbard kam herein. Sie hatte einen triumphierenden Ausdruck.
«Guten Morgen, Monsieur Poirot», sagte sie. «Jetzt weiß ich es, Herr Kommissar — es ist mir ganz plötzlich eingefallen — was mit diesem Abschiedsbrief nicht stimmt, meine ich. Celia kann ihn nämlich gar nicht geschrieben haben!»
«Warum nicht, Mrs. Hubbard?»
«Weil er mit gewöhnlicher, blauschwarzer Tinte geschrieben worden ist und weil Celia ihren Füllfederhalter mit grüner Tinte gefüllt hat, mit der Tinte, die da drüben auf dem Regal steht.»
Kommissar Sharpe rannte sofort aus dem Zimmer und kam wenige Augenblicke später zurück. Er wirkte völlig verändert.
«Das stimmt», sagte er. «Ich habe mich eben davon überzeugt. Der einzige Federhalter im Zimmer des Mädchens lag neben ihrem Bett und war mit grüner Tinte gefüllt. Diese grüne Tinte ist also ...»

Mrs. Hubbard nahm die fast leere Flasche in die Hand und erzählte ihm kurz und klar, was sich am Frühstückstisch abgespielt hatte. Sie schloß mit den Worten:
«Ich glaube bestimmt, daß der Zettel von dem Brief abgerissen worden ist, den sie mir gestern schrieb und den ich niemals geöffnet habe.»
«Können Sie sich erinnern, was sie damit gemacht hat?»
Mrs. Hubbard schüttelte den Kopf.
«Ich habe Celia allein gelassen, weil ich mich um den Haushalt kümmern mußte. Sie muß den Brief hier liegengelassen und ganz vergessen haben.»
«Und jemand hat ihn gefunden, geöffnet . . . jemand . . .»
Poirot unterbrach sich.
«Wissen Sie, was das bedeutet?» fuhr er nach einer kurzen Pause fort. «Mir hat dieser abgerissene Zettel von Anfang an nicht gefallen. Das Mädchen hatte einen ganzen Stoß Briefpapier in ihrem Zimmer; es wäre viel natürlicher gewesen, den Abschiedsbrief darauf zu schreiben. Es bedeutet, daß jemand auf den Gedanken gekommen ist, daß der erste Satz in Celias Brief anders ausgelegt werden könnte . . . daß er auf einen Selbstmord hinweisen könnte . . .»
Er machte eine kurze Pause.
«Und worauf würde das hinauslaufen?»
«Auf einen Mord», sagte Hercule Poirot langsam.

8

Obwohl Poirot kein Anhänger des Fünf-Uhr-Tees war, weil man sich damit den Appetit für die Hauptmahlzeit des Tages verdarb, hatte er sich in der letzten Zeit daran gewöhnt, oft nachmittags Tee servieren zu lassen.
Der vorsorgliche George hatte bei einer dieser Gelegenheiten wirklich starken indischen Tee, frischgebackene kleine Teekuchen, Butterbrot, Marmelade und einen großen Rosinenkuchen bereitgestellt — all das zu Ehren von Kriminalkommissar Sharpe, der sich nun zufrieden zurücklehnte und seine dritte Tasse Tee schlürfte.

«Sie haben doch hoffentlich nichts dagegen, daß ich so einfach hereingeschneit bin, Monsieur Poirot? Ich habe bis zur Rückkunft der Studenten eine Stunde Zeit. Dann muß ich jeden einzelnen ins Verhör nehmen, und, offen gesagt, ich freue mich nicht darauf. Sie haben neulich abend einige der jungen Leute kennengelernt; könnten Sie mir irgendwelche Informationen geben? Hauptsächlich über die Ausländer?»

«Glauben Sie, daß ich besonders geeignet bin, Ausländer zu beurteilen? Es sind doch gar keine Belgier im Studentenheim, *mon cher*.»

«Belgier — wieso? Ach, jetzt begreife ich! Sie wollen damit sagen, daß Ihnen, als Belgier, die anderen Ausländer ebenso fremd sind wie mir. Aber das stimmt wohl doch nicht ganz. Ich nehme an, daß Sie den kontinentalen Typ besser kennen als ich — allerdings nicht die Inder, die Westafrikaner und so fort.»

«Am besten wird Ihnen wahrscheinlich Mrs. Hubbard helfen können, die seit Monaten unter den jungen Leuten lebt. Sie besitzt einen gesunden Menschenverstand, und ich glaube, daß man sich auf ihre Urteilskraft verlassen kann.»

«Ja, ich halte sie auch für eine sehr vernünftige Frau und hoffe, daß sie mir helfen kann. Mit der Besitzerin des Heims, die heute morgen nicht da war, muß ich auch noch reden. Ich höre, daß sie noch mehrere ähnliche Heime und einen Studentenklub besitzt. Sehr beliebt scheint sie nicht zu sein.»

Poirot schwieg einen Augenblick, dann sagte er:

«Waren Sie schon im St.-Catherine-Krankenhaus?»

«Ja, ich habe mit dem Chefapotheker gesprochen, der sich über das traurige Ereignis tief erschüttert zeigte. Er hat mir bereitwillig Auskunft gegeben.»

«Was sagte er über das Mädchen?»

«Sie hat seit über einem Jahr dort gearbeitet und war allgemein beliebt. Er beschrieb sie als etwas schwerfällig, aber gewissenhaft.» Nach einer kurzen Pause fügte Sharpe hinzu: «Das Morphium kam tatsächlich von dort.»

«Sehr interessant — und sehr sonderbar.»

«Es war Morphiumpulver und wurde im Giftschrank der Apotheke aufbewahrt — im obersten Fach, bei den Drogen, die nicht oft gebraucht werden. Morphiumpulver wird nicht sehr viel benutzt; für Einspritzungen verwendet man hauptsächlich Morphium Sulphuricum, oder man verschreibt Tabletten. Selbst die Betäubungsmittel scheinen in gewisser Weise der Mode unterworfen zu sein. Wenn ein Arzt ein bestimmtes Mittel verschreibt, folgen die anderen blindlings seinem Beispiel. Das hat der Apotheker natürlich nicht gesagt — das hab' ich mir selbst zusammengereimt. Ich habe im oberen Fach verschiedene Medikamente gesehen, die früher allgemein verordnet wurden und von denen man jetzt seit Jahren nichts mehr gehört hat.»

«Die Abwesenheit dieses verstaubten Fläschchens mußte also nicht unbedingt sofort bemerkt werden?»

«Nein. Inventuraufnahmen finden nur in bestimmten Abständen statt. Es kann sich niemand an ein Rezept für Morphiumpulver erinnern. Das Fehlen des Fläschchens wäre nur dann bemerkt worden, wenn diese Art Morphium für einen Patienten verordnet worden wäre, oder aber bei der Inventuraufnahme. Alle drei Apotheker besaßen Schlüssel für den Giftschrank und für einen zweiten Schrank, in dem die gefährlichen Drogen aufbewahrt werden. Die Schränke werden im Bedarfsfall aufgeschlossen; wenn viel Betrieb ist — und im Krankenhaus ist meistens viel Betrieb — kommt alle paar Minuten jemand, der etwas aus den Schränken braucht; deshalb bleiben sie dann oft einfach bis zum Wochenende unverschlossen.»

«Wer hatte außer Celia Zutritt zu den Schränken?»

«Die beiden anderen Apothekerinnen, die jedoch keinerlei Verbindung zur Hickory Road haben. Eine von ihnen ist seit vier Jahren da, die andere seit einigen Wochen. Die neu Eingetretene war vorher in einem Krankenhaus auf dem Land tätig und hat ausgezeichnete Zeugnisse. Außerdem gibt es den Chefapotheker und zwei andere ältere Apotheker, die alle seit Jahren im St.-Catherine-Krankenhaus angestellt sind. Das sind die Leute, die offiziell Zutritt zu den beiden Schränken haben. Dann ist da aber noch eine alte Frau, die morgens zwischen neun und zehn den Fußboden scheuert und die sich unter Umständen an einem Medikament vergreifen könnte, während die diensthabenden Apothekerinnen damit beschäftigt sind, den Schwestern oder den Patienten der Poliklinik Medizin auszuhändigen. Diese Frau jedoch arbeitet ebenfalls seit vielen Jahren im Krankenhaus, und es ist kaum anzunehmen, daß sie das Morphium gestohlen hat. Ein Laboratoriumsassistent kommt hin und wieder in die Apotheke und hätte allenfalls Gelegenheit, in einem unbewachten Augenblick etwas aus den Schränken zu nehmen ... aber es ist höchst unwahrscheinlich, daß von den fraglichen Personen jemand so etwas tun würde.»

«Und wer kommt sonst noch in die Apotheke?»

«Eine ganze Reihe von Leuten. Beispielsweise müssen die Reisenden der Drogen-Engrosgeschäfte, die ins Büro des Chefapothekers wollen, durch die Apotheke gehen. Hin und wieder erscheinen natürlich auch Freunde der Apothekerinnen — nicht sehr häufig, aber es kommt vor.»

«Das klingt schon besser. Wer hat Celia Austin in letzter Zeit besucht?»

Sharpe blätterte in seinem Notizbuch.

«Am Dienstag der vergangenen Woche kam ein Mädchen, das Patricia Lane heißt. Sie wollte sich nach Schluß der Arbeit mit Celia zu einem Kinobesuch treffen.»

«Patricia Lane», sagte Poirot nachdenklich.

«Sie war nur fünf Minuten dort und ist nicht in die Nähe der Schränke gekommen; sie stand beim Schiebefenster, durch das die Medikamente hinausgereicht werden. Außerdem kam vor etwa zwei Wochen ein farbiges Mädchen, das einen sehr wohlerzogenen Eindruck machte, zu Besuch. Sie zeigte großes Interesse, stellte verschiedene Fragen und machte sich Notizen. Sie sprach perfekt Englisch.»

«Das muß Elizabeth Johnston gewesen sein ... was für Fragen stellte sie?»

«An dem betreffenden Nachmittag war die Wohlfahrtsklinik geöffnet, und sie interessierte sich sehr für Wohlfahrtspflege; außerdem wollte sie wissen, welche Medizinen den Säuglingen bei Durchfall und bei gewissen Hautkrankheiten verabreicht werden.»

Poirot nickte.

«Sonst noch jemand?»

«Scheinbar nicht.»

«Kommen die Ärzte manchmal in die Apotheke?»

Sharpe grinste.
«Fortwährend — offiziell und inoffiziell. Manchmal, um sich zu erkundigen, ob eine gewisse Medizin vorrätig ist.»
«Ob eine gewisse Medizin vorrätig ist?»
«Ja — das ist mir auch aufgefallen. Manchmal wollen sie wissen, ob ein bestimmtes Medikament, das bei ihren Patienten eine Hautreizung oder eine Magenverstimmung hervorgerufen hat, durch ein anderes ersetzt werden kann. Manchmal erscheint auch einer der Ärzte, wenn er gerade ein paar freie Minuten hat, nur um sich mit den Mädchen zu unterhalten. Es kommt auch häufig vor, daß die jungen Ärzte einen Kater haben und sich Aspirin oder Gelonida holen, oder sie wollen ganz einfach mit den Apothekerinnen ein bißchen flirten. Das liegt nun mal in der menschlichen Natur. Aber ich fürchte, daß uns das nicht viel weiter bringen wird.»
«Wenn ich mich recht erinnere», sagte Poirot, «arbeiten ein oder zwei der Studenten aus der Hickory Road in diesem Krankenhaus. Ein großer rothaariger Bursche — wie heißt er doch gleich — Bates — Bateman —»
«Leonhard Bateson — das stimmt. Und Colin McNabb macht dort sein praktisches Jahr. In der therapeutischen Abteilung arbeitet ein junges Mädchen aus dem Studentenheim — Jean Tomlinson . . .»
«Nicht so einfach», meinte Poirot.
«Weiß Gott nicht! Keinem würde es auffallen, wenn einer der vielen Angestellten des Krankenhauses einen Blick in den Giftschrank werfen würde. Niemand würde sich daran erinnern, ob und wann sich jemand — sagen wir nach flüssigem Arsen — erkundigt hätte.»
Sharpe machte eine kurze Pause, dann fuhr er fort:
«Wir halten es beide für möglich, daß jemand Celia Austin Morphium gegeben und später das leere Fläschchen und den halb zerrissenen Brief in ihr Zimmer gelegt hat, damit das Ganze wie ein Selbstmord wirkt. Aber warum, Monsieur Poirot, warum?»
Poirot schüttelte den Kopf.
Sharpe sagte:
«Sie gaben mir heute morgen zu verstehen, daß ein anderer

Celia Austin auf den Gedanken gebracht haben könnte, sich als Kleptomanin auszugeben.»
«Das war nur eine Vermutung – weil ich bezweifle, daß sie klug genug war, selbst darauf zu kommen.»
«Aber wer könnte es gewesen sein?»
«Meiner Ansicht nach wären höchstens drei Studenten imstande, auf eine solche Idee zu kommen. Leonhard Bateson besitzt die nötige Sachkenntnis, und er weiß, daß Colin sich ganz besonders für Psychopathen interessiert. Er könnte Celia – halb im Scherz – diesen Vorschlag gemacht haben und ihr vielleicht sogar erklärt haben, wie sie ihre Rolle spielen müßte. Aber ich kann mir kaum vorstellen, daß er sich monatelang mit dieser Sache beschäftigt haben würde, wenn er nicht irgendwelche mir unbekannten Motive gehabt hätte oder eben ein ganz anderer Mensch ist, als er zu sein scheint. (Und diese Möglichkeit darf man nie außer acht lassen!) – Nigel Chapman ist mutwillig und manchmal sogar bösartig. Wenn er es für einen guten Witz gehalten hätte, würde er wahrscheinlich keine Skrupel empfunden haben. Er ist eine Art erwachsenes *enfant terrible.* – Die dritte Person, an die ich denke, ist Valerie Hobhouse. Sie ist ein intelligentes junges Mädchen mit modernen Ideen; wahrscheinlich hat sie sich lange mit Psychologie beschäftigt, um Colins Reaktionen beurteilen zu können. Wenn sie Celia gern hatte, könnte sie sich einen Scherz daraus gemacht haben, Colin zum Narren zu halten.»
«Leonhard Bateson, Nigel Chapman, Valerie Hobhouse», wiederholte Sharpe und schrieb sich die Namen auf. «Vielen Dank für den Tip, den ich beim Verhör im Auge behalten werde. Und was halten Sie von den Indern? Einer von ihnen ist Medizinstudent.»
«Der interessiert sich ausschließlich für Politik; abgesehen davon leidet er an Verfolgungswahn», sagte Poirot. «Ich glaube nicht, daß er daran interessiert gewesen wäre, Celia Austin vorzuschlagen, sich als Kleptomanin auszugeben, und Celia würde seinen Vorschlag nicht ernst genommen haben.»
«Und sonst können Sie mir gar nicht helfen, Monsieur Poirot?» fragte Sharpe, indem er sich erhob und sein Notizbuch in der Rocktasche verstaute.

«Ich glaube kaum. Aber ich bleibe weiter persönlich an dem Fall interessiert — falls Sie nichts dagegen einzuwenden haben.»
«Durchaus nicht. Warum sollte ich?»
«Dann werde ich auf meine dilettantische Art weiter versuchen, Ihnen zu helfen. Für mich gibt es da, glaube ich, nur einen Weg . . .»
«Und der wäre?»
«*Conversation,* mein Freund. Lange, eingehende Unterhaltungen. Alle Mörder, denen ich in meinem Leben begegnet bin, haben gern geredet. Meiner Ansicht nach begeht der starke, in sich gekehrte Mann selten ein Verbrechen; wenn er es doch tut, ist es unkompliziert, blutrünstig und leicht zu durchschauen. Aber der kluge, spitzfindige Verbrecher ist so stolz auf seine Tat, daß er über kurz oder lang etwas Unvorsichtiges sagt und sich damit selbst eine Falle stellt. Unterhalten Sie sich mit diesen Leuten, *mon cher,* geben Sie sich nicht mit einem gewöhnlichen Verhör zufrieden! Bitten Sie sie, Ihnen zu helfen, fragen Sie sie nach ihren Ansichten, erkundigen Sie sich nach ihren Vermutungen — *mais, bon Dieu* — wie komme ich eigentlich dazu, Ihnen Ratschläge zu erteilen? Ihre große Umsicht und Ihre Tüchtigkeit sind mir ja seit langem bekannt.»
«Sie haben aber recht — auch ich habe schon oft festgestellt, daß man mit Liebenswürdigkeiten viel erreichen kann», sagte Sharpe.
Die beiden Männer lächelten einander verständnisvoll zu.
«Man muß von der Voraussetzung ausgehen, daß jeder einzelne ein potentieller Mörder ist», bemerkte Sharpe nachdenklich.
«Ganz meine Meinung», pflichtete Poirot bei. «Leonhard Bateson neigt beispielsweise zu Temperamentsausbrüchen; er mag sich nicht immer in der Gewalt haben. Valerie Hobhouse ist hochintelligent und imstande, raffinierte Pläne zu entwickeln. Nigel Chapman ist ziemlich kindisch und unberechenbar. Die junge Französin könnte möglicherweise einen Mord begehen, wenn große Geldsummen auf dem Spiel stehen. Patricia Lane ist ein mütterlicher Typ, und mütterliche Frauen sind fast immer rücksichtslos. Sally Finch, die Amerikanerin, ist ein nettes, lustiges Mädchen, das mehr als einer der anderen die Fähig-

keit besitzt, eine angenommene Rolle zu spielen. Jean Tomlinson scheint besonders brav und rechtschaffen zu sein, aber es hat schon immer Mörder und Verbrecher gegeben, die jeden Sonntag morgen zur Kirche gingen. Die Westinderin Elizabeth Johnston hat wahrscheinlich mehr Verstand als alle anderen. In ihrem Fall hat der Verstand sogar über ihr Gefühlsleben gesiegt – und das ist gefährlich. Dann wäre da noch der nette junge Afrikaner, der vielleicht aus uns unbegreiflichen Motiven morden könnte. Und Colin McNabb – der Psychologe. Kennen wir nicht jeder Psychologen und Irrenärzte, zu denen man sagen möchte: ‹Kurieren Sie sich erst einmal selbst, Herr Doktor!›»

«Hören Sie auf, Poirot. Mir schwirrt schon der Kopf! Ist denn niemand unfähig, einen Mord zu begehen?»

«Das habe ich mich auch schon oft gefragt», sagte Hercule Poirot.

9

Kommissar Sharpe seufzte, lehnte sich in seinen Stuhl zurück und wischte sich mit einem Taschentuch über die Stirn. Er hatte eine ärgerliche, verweinte Französin verhört, einen hochmütigen und unzugänglichen jungen Franzosen, einen soliden und mißtrauischen Holländer, und einen gesprächigen und aggressiven Ägypter. Dann hatte er kurz mit zwei nervösen jungen Türken gesprochen, die gar nicht verstanden, worum es sich handelte, und dasselbe galt für einen charmanten jungen Mann aus Irak. Es war so gut wie sicher, daß keiner von diesen etwas mit Celia Austins Tod zu tun hatte oder ihm in irgendeiner Weise behilflich sein könnte, den Mörder zu finden. Er hatte einen nach dem anderen mit einer liebenswürdigen Bemerkung entlassen, und er war gerade im Begriff, dasselbe mit Mr. Akibombo zu tun.

Der junge Afrikaner sah ihn lächelnd an; seine weißen Zähne leuchteten, und seine dunklen Kinderaugen blickten leicht vorwurfsvoll in die Welt.

«Ich bitte gern helfen möchte — bitte», sagte er. «Sie sehr nett zu mir ist, dieses Fräulein Celia. Sie mir einmal gegeben Pfefferminzstange aus Edinburg — was noch niemals gegessen habe. Sehr traurig, daß getötet worden ist. Blutrache — vielleicht? Oder vielleicht Vater und Onkel sind gekommen, sie zu töten, weil haben gehört unwahre Geschichten, daß kein braves Mädchen war?»

Kommissar Sharpe versicherte ihm, daß diese Dinge wohl kaum in Betracht kämen. Der junge Mann schüttelte traurig den Kopf.

«Warum ist dann nur passiert?» fragte er. «Ich kann nicht verstehen, warum jemand hier sie töten wollte. Aber Sie mir einfach geben Stückchen Haar und Stückchen Fingernagel — ich versuchen möchte herauszufinden auf eigene Weise. Nicht wissenschaftlich, nicht modern, aber sehr erfolgreich in meine Heimat.»

«Vielen Dank, Mr. Akibombo; aber ich glaube, das wird nicht notwendig sein. Wir — wir haben hier andere Methoden.»

«Ich verstehe. Nicht modern. Nicht Atomzeitalter. Auch zu Hause nicht mehr von Polizei angewandt — nur von alten Männern aus Busch. Neue Methode ausgezeichnet — ich ganz überzeugt bin — und wird bestimmt erfolgreich sein.» Mr. Akibombo verbeugte sich höflich und wandte sich zur Tür.

«Ich hoffe sehr, daß wir erfolgreich sein werden», murmelte Sharpe, «schon aus Prestigegründen.»

Sein nächstes Interview war mit Nigel Chapman, der dazu neigte, die Unterhaltung an sich zu reißen.

«Eine ganz außergewöhnliche Angelegenheit, nicht wahr?» sagte er. «Ich selbst hatte von Anfang an das Gefühl, daß Sie auf der falschen Fährte waren, als Sie darauf bestanden, daß es Selbstmord war. Ich persönlich finde es recht interessant, daß soviel von der Tatsache abhängt, daß sie ihren Füllfederhalter mit meiner grünen Tinte gefüllt hat. Gerade diese Kleinigkeit konnte der Mörder nicht voraussehen. Ich nehme an, daß Sie versucht haben, den *Grund* des Verbrechens zu entdecken?»

«Ich stelle die Fragen, Mr. Chapman», bemerkte Kommissar Sharpe trocken.

«Aber selbstverständlich», erwiderte Nigel liebenswürdig. «Ich habe ja nur versucht, die Prozedur etwas abzukürzen, aber wahrscheinlich müssen wir den ganzen bürokratischen Kram über uns ergehen lassen ... Mein Name ist Nigel Chapman. Ich bin fünfundzwanzig Jahre alt und, soviel ich weiß, in Nagasaki geboren. Ein alberner Geburtsort, finden Sie nicht? Was meine Eltern in Nagasaki zu tun hatten, wird mir immer ein Rätsel bleiben. Wahrscheinlich waren sie auf einer Weltreise. Deshalb bin ich aber noch lange nicht Japaner. Ich studiere an der Londoner Universität Geschichte; das Bronzezeitalter und das Mittelalter sind mein Spezialgebiet. Möchten Sie sonst noch etwas wissen?»

«Würden Sie mir Ihre Privatadresse geben?»

«Ich hab keine Privatadresse. Mit meinem Vater bin ich verkracht, und daher habe ich kein Heim. Aber Sie können mich immer entweder in der Hickory Road 26 oder durch die Coutts Bank in der Leadenhall Street erreichen — wie man so schön zu Reisebekanntschaften sagt, die man nie wieder zu sehen hofft.»

Kommissar Sharpe reagierte in keiner Weise auf Nigels impertinentes Benehmen. Er war diesem Typ schon oft begegnet, und er nahm klugerweise an, daß sich hinter Nigels Arroganz nur eine verständliche Nervosität verbarg. Schließlich war es nicht angenehm, im Zusammenhang mit einem Mordfall verhört zu werden.

«Wie gut kannten Sie Celia Austin?» erkundigte er sich.

«Das ist eine schwierige Frage. Ich kannte sie insofern sehr gut, als ich sie täglich sah und mit ihr auf freundschaftlichem Fuß stand, aber wirklich *gekannt* habe ich sie nicht. Ich habe mich nie besonders für sie interessiert, und ich glaube, daß sie nicht viel von mir gehalten hat. Ihre Einstellung zu mir war nicht sehr positiv.»

«Aus einem besonderen Grund?»

«Erstens hatte sie keinen Sinn für meinen Humor, und außerdem bin ich nicht finster, unhöflich und unverschämt wie Colin McNabb. Diese Art von Unhöflichkeit scheint eine magische Anziehungskraft auf Frauen auszuüben.»

«Wann haben Sie Celia Austin zum letzten Male gesehen?»

«Gestern beim Abendessen. Wir haben uns alle sehr um sie bemüht, und schließlich stand Colin auf und sagte stammelnd

und stotternd, daß er und Celia sich verlobt hätten. Dann haben wir ihn alle ein bißchen geneckt — und das war alles.»
«War das beim Abendessen oder im Wohnzimmer?»
«Beim Abendessen. Später gingen wir dann ins Wohnzimmer, und Colin ging irgendwo anders hin.»
«Und alle anderen tranken im Wohnzimmer Kaffee?»
«Wenn man diese Flüssigkeit als Kaffee bezeichnen kann, ja», sagte Nigel.
«Hat Celia Austin Kaffee getrunken?»
«Ich nehme an. Es ist mir nicht direkt aufgefallen, aber ich glaube bestimmt, daß sie Kaffee getrunken hat.»
«Aber Sie selbst haben ihr den Kaffee nicht gereicht?»
«Das ist ja eine schauderhafte Anspielung! Als Sie mir diese Frage stellten und mich dabei so durchdringend ansahen, hatte ich für einen Moment das Gefühl, Celia ihren mit Strychnin gewürzten Kaffee persönlich überreicht zu haben. Hypnotische Wirkung, nehme ich an. Aber in Wirklichkeit bin ich natürlich gar nicht in ihre Nähe gekommen; ich habe wirklich keine Ahnung, ob sie Kaffee getrunken hat oder nicht, und ich versichere Ihnen, daß ich niemals leidenschaftlich in Celia verliebt war. Die Ankündigung ihrer Verlobung mit Colin hat in mir weder Eifersucht noch mörderische Instinkte erweckt.»
«Das behaupte ich ja auch gar nicht, Mr. Chapman», sagte Sharpe sanft. «Wenn ich mich nicht irre, hat das Ganze gar nichts mit Liebe und Eifersucht zu tun, sondern damit, daß irgend jemand Celia aus dem Weg räumen wollte. Aber warum?»
«Ich habe keinen Schimmer, Herr Kommissar. Es erscheint so unwahrscheinlich, weil Celia ein besonders harmloses, liebes Geschöpf war. Ein bißchen schwerfällig — verstehen Sie? — und ein bißchen langweilig und ganz besonders nett.»
«Waren Sie überrascht, als Sie hörten, daß Celia Austin für das Verschwinden der gestohlenen Gegenstände verantwortlich war?»
«Ich war einfach erschlagen — ich hielt es kaum für möglich.»
«Haben Sie sie vielleicht selbst auf die Idee gebracht, es zu tun?»
Nigels Erstaunen schien echt zu sein.

«Ich? Warum sollte ich sie denn auf diese Idee gebracht haben?»
«Das frage ich mich auch. Manche Leute scheinen jedoch eine sonderbare Vorstellung von Humor zu haben.»
«Aber ich bitte Sie! Vielleicht bin ich begriffsstutzig, doch ich kann diese albernen kleinen Diebstähle wirklich nicht komisch finden.»
«Sie halten es für einen schlechten Witz?»
«Ich wäre wirklich nie daraufgekommen, es komisch zu finden. Das Motiv für die Diebstähle muß doch unbedingt psychologischer Natur gewesen sein, glauben Sie nicht?»
«Sie sind also fest davon überzeugt, daß Celia Austin eine Kleptomanin war?»
«Das ist doch wohl die einzige Erklärung.»
«Vielleicht sind Ihnen noch nicht so viele Kleptomanen über den Weg gelaufen wie mir, Mr. Chapman.»
«Mit fällt wirklich keine andere Erklärung ein.»
«Sie glauben also nicht, daß jemand Celia diesen Gedanken suggeriert haben könnte, damit es ihr gelingen würde, Mr. McNabbs Aufmerksamkeit auf sich zu lenken?»
«Das ist ja eine höchst interessante Theorie, Herr Kommissar», meinte Nigel. «Wenn ich's mir recht überlege, halte ich das gar nicht für unwahrscheinlich. Und Colin würde natürlich glatt darauf hereingefallen sein.» Nigel schwieg sichtlich belustigt, aber dann schüttelte er den Kopf.
«Celia würde nicht mitgemacht haben; sie war ein viel zu ernsthafter Mensch. Sie würde Colin auf keinen Fall zum besten gehalten haben, weil sie viel zu sehr in ihn verliebt war.»
«Sie haben also keine eigene Theorie über die Vorgänge in diesem Haus, Mr. Chapman? Zum Beispiel über die Tinte, die absichtlich auf Miss Johnstons Papier geschüttet wurde?»
«Wenn Sie glauben, daß ich es getan habe, irren Sie sich gewaltig, Herr Kommissar. Ich weiß, es war meine Tinte, aber das hat man aus Gemeinheit getan. Jemand hat absichtlich meine Tinte benutzt, damit man denken sollte, daß ich es gewesen bin. Es gehen hier Dinge vor . . .»
Der Kommissar sah ihn scharf an. «Was für Dinge?»
Aber Nigel machte sofort einen Rückzieher und sagte unver-

bindlich: «Ach, nichts Besonderes. Wenn ein Haufen Leute unter einem Dach zusammenleben, spielen sich unweigerlich kleine Intrigen ab.»
Leonhard Bateson war der Nächste auf Sharpes Liste.
Len Bateson war noch unsicherer als Nigel, obwohl es bei ihm auf eine andere Weise zum Ausdruck kam. Er war mißtrauisch und aggressiv.
«Also gut», erklärte er wütend, nachdem die Routinefragen erledigt waren, «also gut, *ich* habe Celia den Kaffee eingegossen, und *ich* habe ihn ihr gegeben. Na und?»
«Wollen Sie damit sagen, daß Sie ihr nach dem Abendessen den Kaffee gereicht haben, Mr. Bateson?»
«Ja natürlich. Ich habe ihre Tasse aus dem Kaffeetopf gefüllt und sie ihr gegeben; aber ob Sie's glauben oder nicht – Morphium hab ich nicht hineingetan.»
«Haben Sie gesehen, wie sie den Kaffee getrunken hat?»
«Nein, das habe ich nicht gesehen. Wir waren fast alle im Wohnzimmer, und es ging sehr lebhaft zu. Ich werde gleich danach in eine heftige Diskussion mit jemand verwickelt und weiß daher nicht, wann sie ihren Kaffee getrunken hat. Außerdem war Celia von anderen Leuten umgeben.»
«Aha. Wollen Sie damit sagen, daß jeder der Anwesenden Morphium in ihre Tasse geschüttet haben könnte?»
«Versuchen Sie mal, unter solchen Umständen etwas in eine Tasse zu schütten! Es würde doch von allen bemerkt werden.»
«Nicht unbedingt», meinte Sharpe.
«Verflucht noch mal, warum sollte ich denn das arme Kind vergiftet haben wollen?» schrie Len plötzlich wütend. «Ich hatte doch nichts gegen Celia.»
«Ich habe auch gar nicht angedeutet, daß Sie sie vergiften wollten.»
«Sie muß das Zeug selbst genommen haben – das ist die einzige Erklärung.»
«Das würde ich auch glauben, wenn wir den gefälschten Abschiedsbrief nicht gefunden hätten.»
«Gefälscht – das ist gut! Es war doch ihre Handschrift.»
«Es war der Teil eines Briefes, den sie am Morgen geschrieben hatte.»

«Sie hätte ja ein Stückchen davon abreißen und als Abschiedsbrief benutzen können.»
«Aber Mr. Bateson! Wenn Sie einen Abschiedsbrief schreiben wollten, würden Sie es tun; Sie würden nicht einen Brief, den Sie an jemand anderen geschrieben hatten, nehmen und sorgfältig einen bestimmten Satz herausreißen.»
«Vielleicht doch. Man tut manchmal die merkwürdigsten Sachen.»
«Wo wäre in diesem Fall der Rest des Briefes?»
«Woher soll ich das wissen? Das herauszufinden ist Ihre Aufgabe — nicht meine.»
«Sehr richtig, und Ihre Aufgabe ist es, meine Fragen höflich zu beantworten, Mr. Bateson.»
«Also was wollen Sie wissen? Ich habe das Mädchen nicht umgebracht, und ich hätte auch keinen Grund gehabt, es zu tun.»
«Hatten Sie sie gern?»
«Ich hatte sie sehr gern», sagte Len in weniger aggressivem Ton. «Sie war ein nettes Mädchen — bißchen dumm — aber nett.»
«Haben Sie ihr geglaubt, als sie erklärte, die Diebstähle begangen zu haben?»
«Ja, natürlich hab ich ihr geglaubt. Aber es kam mir sehr merkwürdig vor.»
«Sie hätten es ihr nicht zugetraut?»
«Nein — eigentlich nicht.»
Jetzt, nachdem er sich nicht mehr zu verteidigen brauchte, war Lens Widerstand gebrochen, und er beschäftigte sich ernsthaft mit dem Problem.
«Sie war nicht der Typ einer Kleptomanin, verstehen Sie? Auch keine typische Diebin.»
«Und Sie haben keine Ahnung, ob sie es aus einem anderen Grund getan haben könnte?»
«Aus einem anderen Grund? Was für einen Grund könnte sie gehabt haben?»
«Sie hätte, zum Beispiel, den Wunsch haben können, Colins Aufmerksamkeit zu erregen.»
«Das ist aber wirklich ein bißchen weit hergeholt.»
«Immerhin hat sie seine Aufmerksamkeit tatsächlich erregt.»

«Ja, das stimmt allerdings. Der gute Colin ist ganz versessen auf psychologische Anomalien.»
«Na also . . . und falls Celia Austin das bekannt war . . .»
Len schüttelte den Kopf.
«Sie irren sich. Sie wäre nicht imstande gewesen, sich so etwas auszudenken — solche Pläne zu schmieden. Sie wußte über diese Dinge nicht Bescheid.»
«Aber *Sie* wissen darüber Bescheid, nicht wahr?»
«Was wollen Sie damit sagen?»
«Damit will ich sagen, daß Sie ihr, mit den besten Absichten, den Vorschlag gemacht haben könnten.»
Len lachte kurz auf. «Halten Sie mich für einen solchen Narren? Das ist ja lächerlich.»
Der Kommissar änderte seine Taktik.
«Glauben Sie, daß Celia Austin die Tinte über Elizabeth Johnstons Papiere geschüttet hat oder jemand anders?»
«Jemand anders. Celia hat gesagt, daß sie es nicht getan habe, und ich glaube ihr. Celia hat sich, im Gegensatz zu verschiedenen anderen, nie über Elizabeth geärgert.»
«Wer hat sich über sie geärgert — und warum?»
«Sie hat so eine Art, die Leute abzukanzeln, wissen Sie.» Len dachte einen Augenblick nach, dann fuhr er fort: «Wenn jemand eine übereilte Feststellung macht, sieht sie ihn über den Tisch hinweg strafend an und sagt in ihrer präzisen Art: ‹Ich fürchte, das entspricht nicht den Tatsachen. Es ist statistisch festgestellt worden, daß . . .› Oder so etwas Ähnliches. Na, und das kann einen ärgern, besonders Leute wie Nigel Chapman, die leicht etwas Unüberlegtes sagen.»
«Ja natürlich — Nigel Chapman.»
«Und dann war es ja auch grüne Tinte.»
«Sie glauben also, daß Nigel es getan hat?»
«Ich halte es nicht für ausgeschlossen. Er ist ein boshafter Kerl, und außerdem hat er als einziger unter uns gewisse Rassenvorurteile.»
«Wen könnte Miss Johnston mit ihrer lehrerinnenhaften Art sonst noch verärgert haben?»
«Colin McNabb hat sich hin und wieder über sie geärgert, und Jean Tomlinson hat ihr ein paarmal die Meinung gesagt.»

Sharpe stellte dann noch einige belanglose Fragen, auf die Len Bateson keine rechte Antwort zu geben wußte.
Die nächste war Valerie Hobhouse.
Valerie war kühl, elegant und gelangweilt. Sie war lange nicht so nervös wie die beiden Männer. Sie sagte, daß sie Celia sehr gern gehabt hätte, daß sie nicht besonders intelligent gewesen sei und Colin McNabb auf eine fast rührende Weise geliebt habe.
«Glauben Sie, daß sie eine Kleptomanin war, Miss Hobhouse?»
«Ich nehme es an, ja. Aber ich verstehe nicht viel davon.»
«Glauben Sie, daß sie von jemand anderem auf die Idee gebracht worden ist?»
Valerie zuckte die Achseln.
«Um die Aufmerksamkeit von Colin — diesem eingebildeten Affen — auf sich zu lenken?»
«Genau das, Miss Hobhouse — Sie haben es erfaßt! Sie haben sie nicht vielleicht selbst auf den Gedanken gebracht?»
Valerie sah belustigt aus.
«Das dürfte wohl kaum zutreffen — bedenken Sie, daß mein Lieblingsschal in Streifen zerschnitten worden ist. So uneigennützig bin ich denn doch nicht.»
«Glauben Sie, daß es ihr von jemand anderem suggeriert worden ist?»
«Das ist nicht sehr wahrscheinlich. Ich nehme an, daß sie von selbst darauf gekommen ist.»
«Glauben Sie wirklich?»
«Ich halte es für durchaus möglich. Als die Aufregung wegen Sallys Schuh begann, hatte ich zum erstenmal den Verdacht, daß es Celia gewesen sein könnte. Ich spreche von Sally Finch ... sie ist bei weitem das reizvollste Mädchen hier, und Colin war sehr von ihr beeindruckt. An dem Abend, an dem Sallys Schuh verschwand, mußte sie in ihren alten schwarzen Schuhen und einem schwarzen Kleid zu einer Gesellschaft gehen, und Celia sah wie ein zufriedenes Kätzchen aus, das gerade eine Schüssel Sahne ausgeschleckt hat. Aber ich bin natürlich nicht auf die Idee gekommen, daß sie auch die Puderdose und das Armband gestohlen haben könnte.»
«Wem hätten Sie das sonst zugetraut?»

Valerie zuckte die Achseln.
«Keine Ahnung ... vielleicht einer der Putzfrauen.»
«Und der zerschlissene Rucksack?»
«Ach ja, der zerschlissene Rucksack – den hatte ich ganz vergessen. Das hatte ja nun wirklich keinen Sinn und Verstand.»
«Sie wohnen schon ziemlich lange hier, nicht wahr, Miss Hobhouse?»
«O ja. Ich darf wohl sagen, daß ich ‹die älteste Einwohnerin› bin. Ich lebe seit zweieinhalb Jahren in diesem Heim.»
«Und daher wissen Sie hier wahrscheinlich besser Bescheid, als irgendein anderer.»
«Ich glaube schon.»
«Haben Sie eine eigene Theorie über Celia Austins Tod? Und aus welchen Motiven die Tat begangen wurde?»
Valerie schüttelte den Kopf; dann sagte sie ernst:
«Nein ... Es ist zu furchtbar, und ich kann mir nicht vorstellen, wer ein Interesse daran gehabt haben sollte, Celia aus dem Weg zu schaffen. Sie war ein liebes, harmloses Geschöpf, und sie hatte sich gerade verlobt, und ...»
«Und?» fragte Sharpe ermutigend.
«Möglicherweise war das der Grund – ich meine, die Verlobung», sagte Valerie langsam. «Weil sie den Gedanken, glücklich zu sein, nicht ertragen konnte. Aber das würde bedeuten, daß sie geistesgestört war», stellte sie mit einem leichten Schaudern fest.
Kommissar Sharpe betrachtete sie nachdenklich.
«Ja, die Möglichkeit von Irrsinn dürfen wir nicht außer acht lassen», sagte er. Dann fuhr er fort: «Und was halten Sie von der Sache mit der Tinte auf Elizabeth Johnstons Papieren?»
«Gar nichts. Das war einfach eine Gemeinheit, und ich halte es für ausgeschlossen, daß Celia so etwas getan haben könnte.»
«Haben Sie eine Ahnung, wer es getan haben könnte?»
«Eigentlich nicht.»
«Eigentlich ...?»
«Es ist nur so ein Gefühl – wenn Sie das hören wollen ...»
«Doch, natürlich, das ist für mich sogar besonders interessant. Aber ich verstehe, daß es sich nur um eine Vermutung handelt, und ich verspreche Ihnen, daß es unter uns bleiben wird.»

«Ich kann mich natürlich irren, aber ich habe so ein Gefühl, daß Patricia Lane es getan hat.»

«Wirklich? Das erstaunt mich sehr, Miss Hobhouse. Auf Patricia Lane wäre ich nicht gekommen; sie scheint ein so netter und ausgeglichener Mensch zu sein.»

«Ich will nicht behaupten, daß sie es getan hat — es ist, wie gesagt, nur eine Vermutung.»

«Aus irgendeinem bestimmten Grund?»

«Patricia konnte die schwarze Bess nicht leiden, weil Bess Patricias geliebtem Nigel so oft die Meinung sagte, wenn er eine seiner dummen und unüberlegten Bemerkungen machte.»

«Und Sie glauben, daß es eher Patricia gewesen sein könnte als Nigel selbst?»

«O ja. Ich glaube nicht, daß Nigel sich die Mühe nehmen würde, so etwas zu tun — und schon gar nicht mit seiner eigenen Lieblingstinte — dazu ist er viel zu intelligent. Aber Patricia würde das glatt fertigbringen und nicht einmal auf den Gedanken kommen, daß dadurch ein Verdacht auf ihren geliebten Nigel fallen könnte.»

«Oder vielleicht war es jemand, der Nigel Chapman eins auswischen wollte . . .»

«Ja, das wäre auch eine Möglichkeit.»

«Wer kann Nigel Chapman nicht leiden?»

«Jean Tomlinson zum Beispiel. Und mit Len Bateson steht er auch auf Kriegsfuß.»

«Und haben Sie eine Ahnung, auf welche Weise man Celia Austin Morphium gegeben haben könnte?»

«Darüber zerbreche ich mir schon die ganze Zeit den Kopf. Das Nächstliegende wäre natürlich der Kaffee. Wir waren alle im Wohnzimmer. Celias Tasse stand auf einem kleinen Tischchen in ihrer Nähe; sie ließ ihren Kaffee immer erst kalt werden, bevor sie ihn trank. Wahrscheinlich hätte jeder von uns, der den Mut dazu aufbrachte, ihr eine Tablette in die Tasse tun können, aber es wäre ziemlich riskant gewesen — ich meine, es hätte sehr leicht bemerkt werden können.»

«Das Morphium war nicht in Tablettenform», sagte Sharpe.

«Nein? War es in Pulverform?»

«Ja.»

Valerie runzelte die Stirn.
«Das wäre ja noch schwieriger gewesen, nicht wahr?»
«Irgendwelche anderen Möglichkeiten — abgesehen vom Kaffee?»
«Sie hat manchmal vorm Schlafengehen ein Glas heiße Milch getrunken. Aber an diesem Abend nicht, soviel mir bekannt ist.»
«Können Sie mir genau beschreiben, was an diesem Abend im Wohnzimmer vor sich ging?»
«Wir saßen wie gesagt alle herum und unterhielten uns; jemand hatte das Radio angestellt. Die meisten der Jungen gingen, soweit ich mich erinnere, später aus. Celia zog sich früh zurück, und Jean Tomlinson auch. Sally und ich blieben ziemlich lange im Wohnzimmer. Ich schrieb Briefe, und Sally brütete über ihren Notizen. Ich glaube, ich ging als letzte zu Bett.»
«Es war also ein ganz normaler Abend?»
«Zweifellos, Herr Kommissar.»
«Ich danke Ihnen, Miss Hobhouse. Würden Sie so freundlich sein, mir jetzt Miss Lane hereinzuschicken?»
Patricia Lane sah unsicher, aber nicht ängstlich aus. Fragen und Antworten ergaben nicht viel Neues. Als sie nach der über Elizabeth Johnstons Papiere gegossenen Tinte gefragt wurde, meinte sie, daß Celia ihrer Ansicht nach dafür verantwortlich wäre.
«Aber sie hat es aufs energischste geleugnet, Miss Lane.»
«Das wundert mich nicht; sie hat sich natürlich geschämt. Aber es paßt doch alles zusammen, finden Sie nicht?»
«Wissen Sie, daß ich festgestellt habe, daß in diesem Fall gar nichts zusammenpaßt?»
Patricia errötete und sagte: «Wahrscheinlich glauben Sie, daß sich Nigel an Elizabeths Papieren vergriffen hat — wegen der Tinte. Aber das ist ganz bestimmt Unsinn, denn Nigel hätte in einem solchen Fall sicher nicht seine eigene Tinte benutzt. So dumm wäre er nicht gewesen. Aber er hat es sowieso auf keinen Fall getan.»
«Er versteht sich nicht sehr gut mit Miss Johnston, nicht wahr?»
«Sie ist manchmal sehr aggressiv, aber Nigel macht sich nicht viel daraus.» Plötzlich sagte Patricia sehr ernst: «Ich möchte

Ihnen gern ein oder zwei Dinge erklären, Herr Kommissar — im Zusamenhang mit Nigel Chapman. Nigel steht sich selbst im Weg, er ist sein eigener Feind. Ich gebe zu, daß er sich manchmal etwas merkwürdig benimmt; dadurch haben manche Leute ein Vorurteil gegen ihn. Er ist frech und sarkastisch und macht sich über andere lustig — natürlich macht er sich dadurch unbeliebt. Aber in Wirklichkeit ist er nicht so, wie er sich gibt. Er ist ein scheuer, unglücklicher Mensch, der gern beliebt sein möchte und der aus reinem Widerspruchsgeist immer das Gegenteil von dem tut, was er eigentlich tun will.»

«Hm ... kein sehr angenehmer Zug», bemerkte Kommissar Sharpe.

«Nein, aber er kann nichts dafür. Es kommt daher, daß er eine sehr unglückliche Kindheit hatte. Sein Vater war hart und streng und hat ihn nie verstanden. Außerdem behandelte der Vater die Mutter sehr schlecht. Nach ihrem Tode haben sie sich entsetzlich gezankt; Nigel wurde von seinem Vater hinausgeworfen, nachdem dieser ihm versichert hatte, daß er nicht einen Pfennig von ihm bekommen würde. Nigel sagt, daß er die Hilfe seines Vaters auch keinesfalls angenommen hätte. Seine Mutter hatte ihm eine kleine Summe hinterlassen; seinen Vater hat er seit dem erwähnten Vorfall niemals wiedergesehen und ihm auch nicht geschrieben. Ich finde das natürlich sehr bedauerlich, aber ich bin davon überzeugt, daß sein Vater ein sehr unangenehmer Mensch ist. Kein Wunder, daß Nigel bitter und manchmal unverträglich ist! Seitdem seine Mutter tot ist, hat sich niemand mehr um ihn gekümmert. Seine Gesundheit läßt zu wünschen übrig. Er ist ein hochbegabter Junge, der gegen viele Schwierigkeiten anzukämpfen hat und sich nicht so geben kann, wie er wirklich ist.»

Patricia Lane sah nach dieser langen Rede etwas erhitzt aus, und Kommissar Sharpe betrachtete sie nachdenklich. Ihm waren schon viele Patricia Lanes begegnet. Sie ist in ihn verliebt, dachte er. Er macht sich wahrscheinlich nichts aus ihr, läßt sich gerne bemuttern. Der Vater ist vielleicht wirklich ein unsympathischer Kerl, und die Mutter wird wohl eine törichte Person gewesen sein, die ihren Sohn verwöhnt hat und dadurch das Verhältnis zwischen ihm und seinem Vater noch weiter verschlechterte. Sharpe fragte sich auch, ob Nigel Chapman sich vielleicht für Celia Austin interessiert hatte, und kam zu dem Schluß, daß dies nicht sehr wahrscheinlich, aber doch immerhin möglich sei. Patricia Lane wäre darüber natürlich empört gewesen — so empört, daß sie den Wunsch gehabt hätte, Celia zu verletzen ... Aber sie zu ermorden? Ausgeschlossen. Zudem hätte ja nach Celias Verlobung mit Colin McNabb kein Motiv für einen Mord mehr bestanden. Er entließ Patricia Lane und ließ Jean Tomlinson kommen.

10

Jean Tomlinson war eine ernsthafte junge Dame von siebenundzwanzig Jahren; sie hatte blondes Haar, regelmäßige Züge und einen etwas-spitzen Mund. Sie setzte sich und sagte steif:
«Womit kann ich Ihnen helfen, Herr Kommissar?»
«Ich weiß nicht, ob Sie uns in dieser tragischen Angelegenheit helfen können, Miss Tomlinson.»
«Grauenhaft, ganz grauenhaft», bemerkte Jean. «Es war schlimm genug, als wir dachten, Celia hätte sich das Leben genommen, aber jetzt, nachdem man annimmt, daß es sich um einen Mord handelt ...»
Sie unterbrach sich und schüttelte resigniert den Kopf.
«Wir sind ziemlich sicher, daß sie sich nicht vergiftet hat», erklärte Sharpe. «Wissen Sie, woher das Gift kam?»
Jean nickte.
«Aus dem St.-Catherine-Krankenhaus, in dem sie angestellt war. Aber sieht das nicht doch nach Selbstmord aus?»
«Es sollte den Eindruck erwecken», berichtigte der Kommissar.
«Aber wer — abgesehen von Celia selbst — hätte sich das Gift verschaffen können?»
«Eine ganze Reihe von Leuten, wenn sie es darauf abgesehen hätten. Ihnen selbst wäre es auch möglich gewesen.»
«Wie können Sie nur so etwas sagen, Herr Kommissar», rief Jean empört.
«Sie sind doch ziemlich oft in der Apotheke gewesen, nicht wahr, Miss Tomlinson?»

«Ja, ich habe Mildred Carey manchmal besucht. Aber es wäre mir doch nicht im Traum eingefallen, an den Giftschrank zu gehen.»
«Aber Sie hätten die Möglichkeit gehabt?»
«Ganz bestimmt nicht.»
«Ich bitte Sie, Miss Tomlinson. Wenn Ihre Freundin gerade damit beschäftigt gewesen wäre, die Medikamente in den für den Krankensaal bestimmten Korb zu packen, und das andere Mädchen am Schiebefenster zur Poliklinik gestanden hätte — hätten Sie dann nicht wie zufällig um das Regal mit den Medizinflaschen in der Mitte des Raumes herumgehen und schnell und unbemerkt ein Fläschchen aus dem Giftschrank einstecken können? Glauben Sie wirklich, daß die beiden Apothekerinnen das bemerkt hätten?»
«Ich finde diese Anschuldigung geradezu empörend, Herr Kommissar!»
«Aber es ist ja gar keine Anschuldigung, Miss Tomlinson, weit davon entfernt. Sie müssen mich nicht falsch verstehen. Sie haben gesagt, daß es Ihnen unmöglich gewesen wäre, so etwas zu tun, und ich habe versucht, Ihnen das Gegenteil zu beweisen. Ich behaupte nicht einen Moment, daß Sie es getan *haben*. Warum sollten Sie auch?» fügte er hinzu.
«Allerdings. Scheinbar wissen Sie nicht, daß ich mit Celia befreundet war.»
«Es ist schon oft jemand von einem Freund vergiftet worden. Wir müssen uns eine bestimmte Frage vorlegen: wann wird ein Freund zum Feind?»
«Celia und ich haben uns nicht gezankt — in keiner Weise. Ich hatte sie sehr gern.»
«Hatten Sie aus irgendeinem Grund vermutet, daß Celia für die Diebstähle verantwortlich war?»
«Nein. Ich bin noch nie in meinem Leben so überrascht gewesen. Ich hatte Celia immer für einen hochanständigen Menschen gehalten.»
«Kleptomanen können einfach nicht gegen ihren Trieb zum Stehlen ankämpfen», erklärte Sharpe und beobachtete sie scharf.
Jean kniff ihre dünnen Lippen zusammen. Dann sagte sie: «Ich

kann nicht behaupten, daß ich Ihrer Meinung bin, Herr Kommissar. Ich habe scheinbar altmodische Ansichten, und Stehlen bleibt für mich Stehlen.»

«Sie glauben also, daß Celia die Sachen ganz einfach gestohlen hat, weil sie sie haben wollte?»

«Ja.»

«Sie halten es für einen gewöhnlichen Diebstahl?»

«Leider ja.»

«Schlimm, schlimm», meinte Kommissar Sharpe und schüttelte den Kopf.

«Ja, es war eine große menschliche Enttäuschung für mich.»

«Ich höre, daß man die Polizei eigentlich schon früher zuziehen wollte.»

«Ja, und das wäre, meiner Ansicht nach, auch das einzig Richtige gewesen. Man darf es diesen Leuten nicht zu leicht machen . . .»

«Mag schon sein. Auf jeden Fall ging niemand zur Polizei, und statt dessen löste sich alles in Wohlgefallen und in einer Verlobung auf.»

«Bei Colin McNabb muß man natürlich auf alles gefaßt sein», sagte Jean Tomlinson giftig. «Ich bin davon überzeugt, daß er Atheist ist — ein ungläubiger, sarkastischer, unangenehmer junger Mann. Außerdem ist er zu uns allen unverschämt. Ich persönlich halte ihn für einen Kommunisten!»

«Schlimm, schlimm», wiederholte Kommissar Sharpe und schüttelte den Kopf.

«Wahrscheinlich hat er Celias Partei genommen, weil er selbst keinen Sinn für Privateigentum hat. Er nimmt wohl an, daß sich jeder einfach nehmen sollte, was er braucht.»

«Aber schließlich hat Miss Austin ein Geständnis abgelegt», meinte Sharpe.

«Nachdem man herausgefunden hatte, daß sie es war», sagte Jean scharf.

«Wer hat es herausgefunden?»

«Dieser — wie heißt er doch — dieser Monsieur Poirot.»

«Wie kommen Sie nur darauf? Davon war keine Rede. Er war nur dafür, die Polizei zu verständigen.»

«Er muß ihr zu verstehen gegeben haben, daß er Bescheid wußte. Sie war sich zweifellos darüber klar, daß das Spiel aus war, und deshalb hat sie schnell ein Geständnis abgelegt.»

«Und die Sache mit der Tinte auf Elizabeth Johnstons Papieren? Hat sie das auch gestanden?»

«Das weiß ich wirklich nicht, aber ich nehme an, daß sie es getan hat.»

«Ihre Annahme ist falsch», erklärte Sharpe. «Sie hat es aufs energischste zurückgewiesen, etwas damit zu tun zu haben.»

«Vielleicht hat sie es tatsächlich nicht getan, aber ich halte es nicht für sehr wahrscheinlich.»

«Halten Sie es für wahrscheinlicher, daß es Nigel Chapman war?»

«Nein, Nigel würde so etwas nicht tun — dann schon eher Mr. Akibombo.»

«Wirklich? Warum sollte er?»

«Aus Eifersucht. Diese Farbigen sind alle aufeinander eifersüchtig und sehr hysterisch.»

«Das ist alles sehr interessant, Miss Tomlinson. Wann haben Sie übrigens Celia Austin zum letztenmal gesehen?»

«Am Freitag nach dem Abendessen.»

«Wer ist zuerst ins Bett gegangen? Celia oder Sie?»

«Ich.»

«Sind Sie in Celias Zimmer gewesen oder haben Sie sie noch gesehen, nachdem Sie das Wohnzimmer verlassen hatten?»

«Nein.»

«Und Sie haben keine Ahnung, wer ihr das Morphium in den Kaffee getan haben könnte — falls man es ihr auf diese Weise gegeben hat?»

«Keine Ahnung.»

«Haben Sie das Morphium irgendwo im Haus, vielleicht in einem der Schlafzimmer, herumliegen sehen?»

«Nein. Nein, ich glaube nicht.»

«Sie glauben nicht? Was wollen Sie damit andeuten, Miss Tomlinson?»

«Nichts Besonders; ich dachte nur an diese alberne Wette . . .»

«Welche Wette?»

«Zwei — nein — eigentlich drei Studenten hatten sich gestritten . . .»

«Worüber?»
«Auf welche Weise die meisten Morde geschehen; es handelte sich hauptsächlich um Giftmorde.»
«Wer war an dieser Diskussion beteiligt?»
«Also Colin und Nigel fingen damit an, und dann mischte sich Len Bateson ein, und Patricia beteiligte sich auch.»
«Können Sie sich noch genau daran erinnern, worüber bei dieser Gelegenheit gesprochen wurde – wie die Diskussion verlief?»
«Es begann, glaube ich, mit einer Unterhaltung über Giftmorde, über die Schwierigkeit, sich das Gift zu verschaffen. Es war davon die Rede, daß man dem Mörder meistens auf die Spur komme, wenn man festgestellt habe, wo das Gift gekauft worden sei, oder wie er es sich sonst verschafft habe. Nigel sagte, daß man das nicht unbedingt zu entdecken brauche; er wüßte mindestens drei verschiedene Wege, auf denen man sich Gift verschaffen könne, ohne daß es jemals herauskommen würde. Darauf sagte Len Bateson, daß das Unsinn wäre. Nigel sagte: ‹Durchaus nicht›, und er wäre bereit, seine Theorie zu beweisen. Pat sagte, daß Nigel natürlich recht habe. Sie meinte, daß Len und Colin, wahrscheinlich auch Celia, sich jederzeit Gift aus dem Krankenhaus verschaffen könnten. Und Nigel sagte, daß er *das* nicht meine, und daß es in absehbarer Zeit bemerkt werden würde, wenn etwas aus der Apotheke fehlte. Darauf bemerkte Pat, daß man immer eine Flasche ausleeren und etwas anderes hineintun könnte, und dann würde es niemandem auffallen. Colin lachte und sagte, daß man in diesem Fall ernsthafte Beschwerden von seiten der Patienten zu erwarten hätte. Aber Nigel meinte, daß er natürlich nicht von außergewöhnlichen Gelegenheiten gesprochen hätte. Er selbst, obwohl er im St.-Catherine-Krankenhaus weder als Arzt noch als Apotheker beschäftigt sei, halte drei verschiedene Methoden für möglich. ‹Und was für Methoden sind das?› fragte Len Bateson, und Nigel entgegnete: ‹Das will ich euch jetzt nicht erklären, aber ich wette mit dir, daß ich dir innerhalb von drei Wochen drei tödliche Gifte vorlegen kann.› Und Len Bateson sagte, gut, dann wollten sie um fünf Pfund wetten, daß es Nigel nicht gelingen würde . . .»

«Und?» fragte Kommissar Sharpe, nachdem Jean verstummt war.
«Eine Zeitlang ereignete sich weiter nichts, aber eines Abends, als wir in unserem gemeinsamen Wohnzimmer waren, sagte Nigel: ‹Hier, Jungens, ich hab' die Wette gewonnen›, und er legte drei Gegenstände auf den Tisch: Eine Tube mit Hyozin-Tabletten, eine Flasche Digitalis-Tinktur und ein winziges Fläschchen mit Morphiumpulver.»
«Morphiumpulver? War ein Schild auf dem Fläschchen?»
«Ja: St.-Catherine-Krankenhaus stand drauf — ich kann mich erinnern, weil mir das natürlich gleich auffiel.»
«Und die andern Gifte?»
«Daran kann ich mich nicht mehr erinnern — wahrscheinlich kamen sie auch aus dem Krankenhaus.»
«Was geschah dann?»
«Dann entspann sich natürlich eine lange Unterhaltung mit viel Hin und Her, und schließlich meinte Len Bateson: ‹Wenn du einen Mord begangen hättest, würde das schnell genug auf deine Spur führen›, und Nigel sagte: ‹Ganz und gar nicht. Ich bin ein Laie. Ich stehe mit keiner Klinik und mit keinem Krankenhaus in Verbindung, und niemand würde im Zusammenhang damit auf mich kommen. Und ich habe die Medikamente nicht in einer Apotheke gekauft.› Dann nahm Colin McNabb seine Pfeife aus dem Mund und bemerkte: ‹Das glaub' ich gern, diese Sachen würde dir auch kein Apotheker ohne Rezept verkaufen.› Na, und dann stritten sie sich noch ein Weilchen, und Len Bateson meinte schließlich, daß er seine Wette wohl verloren hätte. Er würde seine Schulden bezahlen, aber nicht sofort, weil er gerade etwas knapp bei Kasse sei; auf jeden Fall wäre es Nigel gelungen, seine Theorie zu beweisen. Dann sagte er: ‹Was tun wir jetzt mit dem gefährlichen Beweismaterial?› Nigel grinste und sagte, daß man es loswerden müßte, bevor ein Unglück geschehen könne. Sie leerten die Tube und warfen die Tabletten ins Feuer, und das Morphiumpulver auch. Die Digitalis-Tinktur schütteten sie ins Klosett.»
«Und die Behälter?»
«Das weiß ich nicht; wahrscheinlich haben sie sie in den Papierkorb geworfen.»

«Aber das Gift selbst wurde vernichtet?»
«Ja, das hab ich selbst gesehen.»
«Und wann war das?»
«Vor etwa vierzehn Tagen.»
«Aha. Vielen Dank, Miss Tomlinson.»
Jean zögerte; sie wollte offensichtlich noch etwas beifügen.
«Halten Sie diese Wettgeschichte für wichtig?»
«Vielleicht. Schwer zu sagen.»
Kommissar Sharpe blieb einen Augenblick in Gedanken versunken sitzen, dann ließ er Nigel Chapman noch einmal kommen.
«Ich habe gerade eine interessante Unterhaltung mit Jean Tomlinson gehabt», begann er.
«So? Und über wen hat sie giftige Bemerkungen gemacht? Über mich?»
«Sie hat im Zusammenhang mit Ihnen über Gifte gesprochen.»
«Über Gifte? Was soll das bedeuten?»
«Stimmt es, daß Sie vor ein paar Wochen mit Mr. Bateson eine Wette abgeschlossen haben? Sie behaupteten, imstande zu sein, sich dreierlei Gifte zu verschaffen, ohne daß man Ihnen auf die Spur kommen könne.»
Plötzlich schien sich Nigel zu erinnern. «Ach, das», sagte er. «Ja, natürlich. Komisch, daran hab' ich gar nicht mehr gedacht. Ich erinnere mich nicht einmal, daß Jean dabei war. Sie glauben doch nicht, daß es damit eine besondere Bewandtnis hat?»
«Das kann man nie wissen. Sie geben die Tatsache also zu?»
«Selbstverständlich. Wir haben uns gestritten. Colin und Len waren ziemlich skeptisch, und ich sagte, daß man sich mit ein bißchen Scharfsinn jedes gewünschte Gift verschaffen könnte; ich behauptete sogar, daß ich es auf drei verschiedene Arten fertigbringen könnte. Ich erklärte, ich wäre bereit, diese Behauptung praktisch zu beweisen.»
«Was Sie dann auch taten?»
«Was ich dann auch tat.»
«Können Sie mir diese drei Methoden beschreiben, Mr. Chapman?»
Nigel legte den Kopf etwas zur Seite und meinte:
«Würde das nicht bedeuten, daß ich unter Umständen den Ver-

dacht der Polizei auf mich lenke? Wäre es nicht Ihre Pflicht und Schuldigkeit, mich davor zu warnen?»

«So weit sind wir noch nicht, Mr. Chapman; aber es kann Sie natürlich niemand dazu zwingen, den Verdacht auf sich zu lenken — um Ihre eigenen Worte zu gebrauchen. Sie haben selbstverständlich das Recht, sich zu weigern, meine Fragen zu beantworten.»

«Ich habe nicht die Absicht, mich zu weigern.» Nigel dachte einen Augenblick nach; dann sagte er mit einem leichten Lächeln: «Ich habe dabei natürlich gegen das Gesetz verstoßen, und Sie könnten mich deswegen belangen. Da es sich aber andererseits um einen Mord handelt und im Zusammenhang mit dem Tod der armen kleinen Celia irgendeine Bedeutung haben könnte, muß ich es Ihnen wohl sagen.»

«Das ist bestimmt der einzig richtige Standpunkt.»

«Also gut, ich werde es Ihnen erzählen.»

«Was waren die drei Methoden?»

Nigel lehnte sich in seinem Stuhl zurück. «Man liest doch so oft in der Zeitung, daß Ärzten gefährliche Medikamente aus dem Auto gestohlen wurden, nicht wahr?»

«Ja.»

«Ich hielt es also für ganz einfach, aufs Land zu fahren, einem Arzt bei seiner Besuchsrunde zu folgen, auf eine günstige Gelegenheit zu warten, dann schnell die Wagentür aufzumachen und mir das Gewünschte aus der Arzttasche zu nehmen. In diesen Landbezirken braucht der Arzt seine Tasche nicht jedesmal mit hineinzunehmen — es kommt ganz darauf an, was für einen Patienten er besucht.»

«Und?»

«Und ... das ist alles. Das wäre die erste Methode. Ich mußte drei Ärzte verfolgen, bis ich schließlich einen fand, der nicht allzu vorsichtig war. Der Coup selbst war ein Kinderspiel. Der Wagen stand vor einem ziemlich einsam gelegenen Bauernhaus. Ich öffnete die Tür, besah mir den Inhalt der Arzttasche, nahm eine Tube Hyozin heraus — und das war alles.»

«Und die zweite Methode?»

«Zu diesem Zweck mußte ich mich an die arme Celia heranmachen. Sie schöpfte nicht den geringsten Verdacht. Ich habe

Ihnen ja gesagt, daß sie ein dummes Geschöpf war; sie hatte keine Ahnung, was ich vorhatte. Ich unterhielt mich einfach mit ihr über die Art, wie Ärzte ihre Rezepte ausschreiben, über die unleserlichen Handschriften und die geheimnisvollen lateinischen Bezeichnungen. Dann fragte ich sie, ob sie mir spaßeshalber ein Rezept für Digitalis geben könnte. Sie ging auf den Scherz ein und schrieb mir das gewünschte Rezept. Danach mußte ich mir nur noch einen Arzt aus dem Telefonbuch heraussuchen, der in einem weit von hier entfernten Londoner Bezirk praktiziert, und seine unleserliche Unterschrift unter das Rezept setzen. Dann ging ich in eine Apotheke in einem sehr belebten Stadtteil; ich nahm an, daß die Unterschrift des Arztes dort kaum bekannt sein würde. Ich hatte keinerlei Schwierigkeiten — das Rezept hatte ich auf Hotelbriefpapier geschrieben. Digitalis wird bei Herzkrankheiten in ziemlich großen Dosen verschrieben.»

«Sehr raffiniert», bemerkte Kommissar Sharpe trocken.

«Jetzt haben Sie wirklich Verdacht geschöpft — ich höre es Ihrer Stimme an!»

«Und die dritte Methode?»

Nigel antwortete nicht gleich. Dann sagte er: «Auf was lasse ich mich da eigentlich ein? Welche Folgen kann das für mich haben?»

«Ihre Art, sich das Hyozin anzueignen, kann man nur als Diebstahl bezeichnen», sagte Kommissar Sharpe. «Die Fälschung eines ärztlichen Rezeptes . . .»

«Es handelt sich wohl kaum um eine Fälschung . . . und meine Unterschrift war keine Imitation einer mir bekannten Arztunterschrift. Wenn ich ein Rezept ausschreibe und es mit H. R. James unterzeichne, kann man doch nicht behaupten, daß ich die Unterschrift eines bestimmten Dr. James fälsche, nicht wahr? Verstehen Sie, was ich meine? Ich stecke meinen Kopf sozusagen in die Schlinge . . . wenn Sie die Absicht haben sollten, mir Unannehmlichkeiten zu bereiten, sitz' ich in der Tinte. Andererseits . . .»

«Ja, Mr. Chapman, andererseits?»

«Ich hasse den Gedanken an Mord», brach Nigel plötzlich leidenschaftlich aus. «Es ist furchtbar, grauenhaft. Die arme kleine Celia hat es nicht verdient, ermordet zu werden. Ich will gerne zur Aufklärung dieses Verbrechens beitragen. Aber wird es helfen, wenn ich Ihnen meine Abenteuer erzähle?»

«Die Polizei ist da ziemlich frei, Mr. Chapman. Es bleibt uns überlassen, gewisse Dinge als Lausbubenstreiche zu betrachten. Ich bin bereit, Ihnen zu glauben, daß Sie uns bei der Aufklärung dieses Mordfalles helfen wollen. Bitte fahren Sie fort und beschreiben Sie mir die dritte Methode.»

«Die dritte Methode ist eine ziemlich heikle Sache», gestand Nigel, «etwas riskanter als die beiden anderen Methoden, aber viel amüsanter. Wie Sie wissen, habe ich Celia einige Male in der Apotheke besucht, und ich wußte Bescheid . . .»

«Und so konnten Sie ohne allzu große Schwierigkeiten ein Fläschchen aus dem Giftschrank stehlen?»

«Nein, nein, so einfach war es denn doch nicht, und das wäre auch von mir aus gesehen unfair gewesen. Übrigens — wenn ich das Gift wirklich für einen Mord hätte verwenden wollen, würde ich damit zu rechnen gehabt haben, daß mich jemand gesehen hat. Tatsächlich war ich seit ungefähr sechs Monaten nicht mehr in Celias Apotheke gewesen . . . Ich wußte, daß Celia immer gegen elf Uhr morgens ins Hinterzimmer ging, um dort eine Tasse Kaffee zu trinken; meistens gingen die Mädchen zu zweit, und das dritte Mädchen blieb in der Apotheke zurück. Ich wußte, daß vor kurzer Zeit ein junges Mädchen engagiert worden war, das mich noch nicht vom Sehen kannte. Ich zog mir also einen weißen Arztkittel an, hängte mir ein Stethoskop um den Hals und schlenderte in die Apotheke. Die Neue stand am Schiebefenster und gab Medizin für die Patienten der Poliklinik aus. Während sie also mit dem Rücken zu mir stand, ging ich zum Giftschrank, nahm eine kleine Flasche heraus und steckte sie ein. Dann schlenderte ich zu der Neuen hinüber und fragte: ‹Haben Sie Adrenalin auf Lager?› Sie nickte. Danach bat ich sie, mir zwei Gelonida-Tabletten zu geben, weil ich einen fürchterlichen Kater hätte. Ich schluckte die Tabletten und verließ die Apotheke. Sie hatte nicht den geringsten Verdacht, denn sie hielt mich natürlich für einen Studenten oder einen jungen Arzt. Es war kinderleicht, und Celia hatte keine Ahnung von meinem Besuch.»

«Ein Stethoskop?» fragte Kommissar Sharpe neugierig. «Woher hatten Sie das Stethoskop?»
Nigel grinste und sagte: «Das hatte ich Len Bateson geklaut.»
«Was? Hier aus dem Haus?»
«Ja.»
«Das erklärt das Verschwinden des Stethoskops; dafür war Celia also nicht verantwortlich.»
«Weiß Gott nicht! Können Sie sich vorstellen, daß eine Kleptomanin ein Stethoskop stiehlt? Ich nicht!»
«Was haben Sie später damit angefangen?»
«Ich mußte es versetzen», sagte Nigel entschuldigend.
«War das nicht ziemlich unfair gegen Bateson?»
«Sehr sogar. Da ich jedoch nicht die Absicht hatte, ihm meine Methoden zu erklären, blieb mir nichts anderes übrig. Aber ich hab' ihn kurz danach eingeladen und bin im großen Stil mit ihm ausgegangen», fügte Nigel lachend hinzu.
«Sie sind ein leichtsinniger junger Mann», sagte Kommissar Sharpe.
«Sie hätten die Gesichter sehen sollen, als ich die drei Präparate auf den Tisch legte», erzählte Nigel strahlend, «und als ich ihnen sagte, daß es mir gelang, ihrer habhaft zu werden, ohne daß es irgend jemandem auffiel.»
«Damit haben Sie also zugegeben, daß Sie in der Lage waren, drei verschiedene Personen mit drei verschiedenen Medikamenten zu vergiften, und daß es in keinem der Fälle möglich gewesen wäre, den Diebstahl der Gifte auf Sie zurückzuführen.»
Nigel nickte.
«Allerdings», sagte er, «und wie die Dinge liegen, war es mir nicht gerade angenehm, das zuzugeben. Aber es steht fest, daß die verschiedenen Gifte alle vor mindestens zwei Wochen vernichtet worden sind.»
«Das glauben Sie, Mr. Chapman, aber in Wirklichkeit mag es sich anders verhalten.»
Nigel starrte ihn erstaunt an. «Was wollen Sie damit sagen?»
«Wie lange waren die Medikamente in Ihrem Besitz?»
«Die Tube mit den Hyozin-Tabletten etwa zehn Tage, das Morphiumpulver vier Tage, und die Digitalis-Tinktur hatte ich mir erst am selben Nachmittag verschafft.»

«Wo hatten Sie die Hyozin-Tabletten und das Morphium aufbewahrt?»
«In der untersten Schublade meiner Kommode — unter den Socken versteckt.»
«Hat irgend jemand gewußt, daß diese Medikamente dort aufbewahrt wurden?»
«Nein, nein, ich glaube bestimmt nicht.»
Kommissar Sharpe meinte eine leichte Unsicherheit aus Nigels Stimme zu hören, aber im Augenblick ging er nicht weiter darauf ein.
«Haben Sie niemandem etwas über Ihre verschiedenen Methoden erzählt?»
«Nein ... wenigstens ... nein, bestimmt nicht.»
«Was soll das Wort ‹wenigstens› in diesem Zusammenhang bedeuten?»
«Gar nichts; ich wollte nur sagen, daß ich eigentlich vorhatte, es Pat zu erzählen, aber dann fiel mir ein, daß Patricia sehr strenge Prinzipien hat und wahrscheinlich nicht das richtige Verständnis aufbringen würde.»
«Sie haben ihr nicht erzählt, daß Sie die Pillen aus dem Auto des Arztes stahlen und das Morphium aus dem Krankenhaus oder daß Sie ein Rezept fälschten?»
«Doch; später habe ich ihr dann erzählt, daß ich ein Rezept ausgeschrieben hätte und auf diese Weise von einem Apotheker die Digitalis-Tinktur bekam und daß ich mich im Krankenhaus als Arzt verkleidet hatte. Ich muß leider zugeben, daß Pat das gar nicht komisch fand. Von den gestohlenen Tabletten hab' ich ihr nichts erzählt, weil ich fürchtete, daß sie darüber zu empört sein würde.»
«Haben Sie ihr gesagt, daß Sie vorhatten, die Medikamente zu vernichten, sowie Ihre Wette gewonnen war?»
«Ja. Und sie hat sich entsetzlich aufgeregt und darauf bestanden, daß ich das Zeug wieder zurückbringen sollte — oder so was Ähnliches.»
«Auf diesen Gedanken wären Sie selbst gar nicht gekommen?»
«Natürlich nicht, das wäre ja eine Katastrophe gewesen und hätte mich in die größten Unannehmlichkeiten bringen können. Nein, wir haben das Zeug einfach ins Feuer geworfen und

die Flüssigkeit ins Klosett gegossen, und damit war der Fall erledigt.»

«Das sagen Sie so, Mr. Chapman, aber es ist durchaus möglich, daß der Fall damit nicht erledigt war und daß Sie großes Unheil angerichtet haben.»

«Aber wieso denn? Ich hab' Ihnen doch gesagt, daß alles vernichtet worden ist!»

«Sind Sie wirklich nicht auf den Gedanken gekommen, daß jemand vielleicht sah, wohin Sie die Gifte versorgten, oder sie fand, und daß jemand den Inhalt der Morphiumflasche geleert und etwas anderes hineingetan haben könnte?»

«Großer Gott! An so etwas hab' ich nicht gedacht.» Nigel starrte ihn entsetzt an. «Und ich halte es auch nicht für möglich.»

«Aber die Möglichkeit besteht, Mr. Chapman.»

«Es ist ganz ausgeschlossen, daß es jemand gewußt hat.»

«Sagen Sie das nicht, Mr. Chapman. Sie würden staunen, wieviel die Leute in einem Haus wie diesem wissen!»

«Wollen Sie damit sagen, daß einem hier nachspioniert wird?»

«Ja.»

«Da mögen Sie recht haben.»

«Wer hat normalerweise zu Ihrem Zimmer Zutritt?»

«Ich teile das Zimmer mit Len Bateson, und die meisten der anderen Studenten sind hin und wieder erschienen ... natürlich nicht die Mädchen. Die Mädchen dürfen den ersten Stock auf der Seite des Hauses, in dem sich unsere Schlafzimmer befinden, nicht betreten. Weil sich das nicht schicken würde!»

«Es ist nicht gestattet, aber ich nehme an, daß es trotzdem hin und wieder passiert, nicht wahr?»

«Möglich ist alles», gab Nigel zu, «besonders am Tag. Nachmittags ist eigentlich nie jemand oben.»

«Kommt Miss Lane manchmal in Ihr Zimmer?»

«Ich hoffe, Sie meinen das nicht ... Sie wissen schon wie, Herr Kommissar. Pat kommt höchstens in mein Zimmer, wenn sie mir Strümpfe, die sie für mich gestopft hat, zurückbringt. Sonst nie.»

Kommissar Sharpe beugte sich vor und sagte: «Sind Sie sich darüber klar, Mr. Chapman, daß Sie selbst derjenige sind, für den es nur zu leicht gewesen wäre, den Inhalt des Morphium-

fläschchens umzufüllen und etwas anderes in das Originalfläschchen zu tun?»
Nigels Gesicht sah plötzlich hart und entstellt aus.
«Ja, das ist mir genau vor einer Minute klargeworden», sagte er. «Das hätte ich allerdings tun können. Aber ich habe nicht den geringsten Anlaß gehabt, das arme Geschöpf aus dem Weg zu räumen. Ich habe es nicht getan, Herr Kommissar. Aber ich weiß, daß alles davon abhängt, ob Sie bereit sind, mir zu glauben.»
Len Bateson und Colin McNabb bestätigten die Wettgeschichte und auch, daß die Gifte vernichtet worden waren. Sharpe bat McNabb, noch zu bleiben. Nachdem die anderen gegangen waren, sagte er:
«Ich werde mir die größte Mühe geben, Ihnen weiteren Kummer zu ersparen. Es muß ein furchtbarer Schlag für Sie gewesen sein, als Ihre Braut am Morgen nach der Verlobung vergiftet aufgefunden wurde.»
«Darauf möchte ich jetzt nicht weiter eingehen», erwiderte Colin McNabb mit starrem Gesicht. «Auf meine Gefühle brauchen Sie keine Rücksicht zu nehmen. Stellen Sie mir ruhig alle Fragen, die Ihnen wichtig erscheinen.»
«Glauben Sie, daß Celia Austins Handlungen psychologisch bedingt waren?»
«Darüber besteht meiner Ansicht nach nicht der geringste Zweifel», erklärte Colin McNabb. «Wenn ich Ihnen meine Theorie etwas ausführlicher auseinandersetzen dürfte ...»
«Nein, nein», sagte Kommissar Sharpe schnell. «Da Sie Psychologie studieren, verlasse ich mich auf Ihr Urteil.»
«Sie hatte eine besonders unglückliche Kindheit, die einen Leerlauf der Gefühle hinterlassen hat, und ...»
«Natürlich — ich verstehe», versicherte Kommissar Sharpe, der sich um keinen Preis noch eine unglückliche Kindheitsgeschichte anhören wollte — die von Nigel hatte ihm reichlich genügt.
«Hatten Sie sich schon seit längerer Zeit für Celia Austin interessiert?»
«Genau genommen nicht», meinte Colin nach reiflicher Überlegung. «Diese Dinge brechen manchmal mit erstaunlicher Schnelle über einen herein. Im Unterbewußtsein muß ich mich

wohl schon lange zu ihr hingezogen gefühlt haben, ohne mir jedoch darüber klar gewesen zu sein. Da ich ursprünglich nicht beabsichtigte, jung zu heiraten, hatte ich gegen diesen Gedanken wahrscheinlich einen beträchtlichen inneren Widerstand aufgebaut.»

«Ja, natürlich. – War Celia Austin glücklich über die Verlobung? War sie unsicher? Hatte sie irgendwelche Zweifel? Wollte sie Ihnen noch irgend etwas gestehen?»

«Sie hat mir ein volles Geständnis abgelegt, und sie hatte keinen Grund zur Beunruhigung.»

«Und wann wollten Sie heiraten?»

«Wir hatten noch keine Pläne gemacht, da ich vorläufig nicht in der Lage bin, einen Haushalt zu finanzieren.»

«Hat Celia hier im Heim Feinde gehabt?»

«Das kann ich mir kaum vorstellen; obwohl ich viel darüber nachgedacht habe. Celia war allgemein beliebt; ich bin der Ansicht, daß ihr trauriges Ende nichts mit persönlichen Dingen zu tun hat.»

«Was meinen Sie mit ‹persönlichen Dingen›?»

«Darauf möchte ich im Augenblick nicht näher eingehen. Ich habe eine bestimmte Vermutung, aber ich bin mir selbst darüber noch nicht im klaren.»

Mehr konnte der Kommissar nicht aus ihm herausholen.

Die beiden letzten Interviews waren mit Sally Finch und mit Elizabeth Johnston. Zuerst kam Sally Finch an die Reihe.

Sally war ein reizvolles Mädchen mit einem roten Haarschopf und strahlenden, intelligenten Augen. Nachdem sie die üblichen Fragen beantwortet hatte, ergriff Sally plötzlich die Initiative.

«Wissen Sie, was ich gern tun möchte, Herr Kommissar? Ich möchte Ihnen meine persönliche Meinung sagen. In diesem Haus gehen Dinge vor, die mir nicht gefallen – ganz und gar nicht gefallen.»

«Im Zusammenhang mit Celia Austins Tod?»

«Nein, es begann schon vorher. Ich spürte es schon seit einiger Zeit, und es war mir unheimlich; da war zum Beispiel die Sache mit dem zerschnittenen Rucksack und Valeries zerfetztem Schal, und die Tinte auf Elizabeth Johnstons Papieren ...

Ich wollte eigentlich so schnell wie möglich ausziehen, und das habe ich natürlich auch jetzt noch vor — sobald Sie es mir gestatten.»

«Weil Sie Angst haben, Miss Finch?»

Sally nickte.

«Ja, ich habe Angst. Hier ist irgend etwas nicht in Ordnung; hier gibt es jemanden, der über Leichen geht. Ich weiß nicht, wie ich es Ihnen erklären soll ... der Schein trügt. Es gibt hier Leute ... Ich spreche nicht etwa von Kommunisten ... ja, ich weiß, daß Ihnen das Wort auf der Zunge liegt, Herr Kommissar, aber von Kommunisten spreche ich nicht. Vielleicht handelt es sich nicht einmal um einen Verbrecher, ich weiß es wirklich nicht, aber ich wette mit Ihnen, daß diese scheußliche alte Frau weiß, was vorgeht.»

«Welche alte Frau? Meinen Sie etwa Mrs. Hubbard?»

«Nein — nicht Muttchen Hubbard, die ist doch goldig. Ich meine die alte Nicoletis — diese Hexe!»

«Das ist sehr interessant, Miss Finch. Können Sie mir etwas Näheres über Mrs. Nicoletis sagen?»

Sally schüttelte den Kopf.

«Nein, das kann ich leider nicht. Ich kann nur sagen, daß es mich jedesmal kalt überläuft, wenn ich sie sehe. Irgend etwas ist hier nicht geheuer, Herr Kommissar.»

«Ich wünschte, Sie könnten sich ein wenig präziser ausdrükken.»

«Ich auch. Sie müssen mich für überspannt halten — vielleicht stimmt's sogar. Aber ich bin nicht die einzige, die ein unheimliches Gefühl hat. Akibombo fürchtet sich auch und die schwarze Bess ebenfalls, sie will es nur nicht zugeben. Und ich glaube, daß Celia auch etwas geahnt hat, Herr Kommissar.»

«Wovon?»

«Das ist es ja eben — wovon? Aber am letzten Tag hat sie so merkwürdige Sachen gesagt, daß sie noch verschiedenes klären müßte ... sie hatte zwar alles, was sie selbst betraf, gestanden, aber sie deutete an, daß sie auch noch andere Dinge wisse, die sie klarstellen wollte. Ich glaube, sie hat etwas über eine bestimmte Person gewußt, und deshalb ist sie ermordet worden.»

«Aber wenn es etwas wirklich Ernsthaftes war . . .»
Sally unterbrach ihn.
«Ich glaube, sie hatte keine Ahnung, wie ernst es war. Sie war nicht übertrieben intelligent. Sie hat irgend etwas entdeckt und nicht erkannt, wie gefährlich es war. Das ist jedenfalls meine Theorie . . .»
«Eine sehr interessante Theorie . . . vielen Dank. Sie haben Celia Austin zum letztenmal gestern nach dem Abendessen im gemeinsamen Wohnzimmer gesehen, nicht wahr?»
«Stimmt . . . das heißt, eigentlich habe ich sie danach noch einmal gesehen.»
«Danach? Wo? In ihrem Zimmer?»
«Nein. Als ich nach oben in mein Schlafzimmer gehen wollte, sah ich sie, gerade in dem Augenblick, als ich aus dem Wohnzimmer kam, durch die Haustür gehen.»
«Durch die Haustür? Auf die Straße?»
«Ja.»
«Das ist allerdings erstaunlich. Das hat bisher noch niemand erwähnt.»
«Wahrscheinlich hat es niemand gewußt. Sie hat uns allen gute Nacht gewünscht und gesagt, daß sie zu Bett gehen wolle; wenn ich sie nicht selbst gesehen hätte, würde ich natürlich auch angenommen haben, daß sie in ihr Zimmer ging.»
«Während sie in Wirklichkeit nur nach oben ging, um sich einen Mantel zu holen. Und danach hat sie das Haus verlassen, stimmt das?»
Sally nickte.
«Ich glaube, daß sie ausging, um sich mit jemandem zu treffen.»
«Aha. Glauben Sie, daß es jemand aus diesem Haus gewesen sein könnte?»
«Ich vermute ja; wenn sie sich mit jemandem allein unterhalten wollte, wäre es hier im Hause unmöglich gewesen. Deshalb mag sie sich mit der betreffenden Person außerhalb des Hauses verabredet haben.»
«Und wann kam sie wohl wieder nach Hause?»
«Keine Ahnung.»
«Könnte der Hausdiener Geronimo das vielleicht wissen?»

«Nur wenn sie nach elf Uhr zurückkam, weil dann die Haustür von innen zugeriegelt ist; bis dahin schließen wir die Tür mit unseren eigenen Schlüsseln auf und brauchen nicht zu klingeln.»

«Wissen Sie genau, wieviel Uhr es war, als Sie Celia aus dem Haus gehen sahen?»

«Es muß gegen zehn gewesen sein, vielleicht ein paar Minuten später.»

«Aha. Haben Sie vielen Dank für Ihre Informationen, Miss Finch.»

Zum Abschluß sprach Kommissar Sharpe mit Elizabeth Johnston, deren ruhige, intelligente Art ihm sofort angenehm auffiel. Sie beantwortete seine Fragen kurz und präzise und wartete dann auf die nächste Frage.

«Celia Austin hat es entschieden abgestritten, Tinte über Ihre Papiere gegossen zu haben», sagte der Kommissar. «Was halten Sie davon, Miss Johnston?»

«Ich glaube nicht, daß Celia es getan hat.»

«Wissen Sie, wer es getan hat?»

«Es würde auf der Hand liegen, Ihnen zu antworten: Nigel Chapman, aber mir erscheint das doch recht unwahrscheinlich. Nigel ist nicht dumm; er würde bestimmt nicht seine eigene Tinte benutzt haben.»

«Wer könnte es sonst gewesen sein?»

«Das ist eine schwierige Frage, aber ich glaube, Celia hat gewußt, wer es war — oder es wenigstens vermutet.»

«Hat sie Ihnen das erzählt?»

«Sie hat sich nicht festgelegt, aber am Abend bevor sie starb, ist sie vor dem Abendessen in mein Zimmer gekommen, um mir zu sagen, daß sie zwar die Diebstähle begangen habe, aber für die Sache mit der Tinte nicht verantwortlich gewesen sei. Ich sagte, daß ich ihr glaubte, und ich fragte sie, ob sie wüßte, wer es getan hätte.»

«Und was hat sie geantwortet?»

Elizabeth sagte nach einer kurzen Pause, in der sie sich anscheinend bemühte, sich möglichst genau an Celias Worte zu erinnern: «Sie hat gesagt: ‹*Ich bin nicht ganz sicher ... vielleicht war es ein Fehler oder ein Versehen ... ich bin davon überzeugt, daß, wer immer es getan hat, sehr unglücklich ist und am liebsten ein Geständnis ablegen möchte!›* Dann sagte sie noch: ‹*Verschiedenes kann ich nicht verstehen . . . die Sache mit den Glühbirnen am Tag, an dem die Polizei kam.*›»

«Was ist das mit der Polizei und den Glühbirnen?»

«Ich weiß es nicht; Celia bemerkte nur: ‹Ich hab' sie nicht herausgenommen.› Und dann sagte sie: ‹Ich möchte nur wissen, ob es etwas mit dem Paß zu tun hat . . .› Ich fragte: ‹Um welchen Paß handelt es sich?› Und sie antwortete: ‹Vielleicht hat jemand einen gefälschten Paß.›»

Der Kommissar schwieg einen Augenblick. Endlich schien die Sache einigermaßen Formen anzunehmen . . . ein Paß . . .

Dann fragte er: «Was hat sie noch gesagt?»

«Das war alles. Sie fügte nur noch hinzu: ‹Morgen werde ich mehr darüber wissen.›»

«Das hat sie gesagt? *Morgen werde ich mehr darüber wissen.* Das ist eine sehr wichtige Bemerkung, Miss Johnston.»

«Ja.»

Der Kommissar schwieg und dachte über Verschiedenes nach.

Die Sache mit dem Paß . . . der Besuch der Polizei . . . Bevor er in die Hickory Road ging, hatte er die Akten sorgfältig durchstudiert. Heime, in denen ausländische Studenten lebten, wurden ziemlich scharf kontrolliert. Das Heim in der Hickory Road 26 hatte einen guten Namen. Die wenigen Einzelheiten, die er den Akten entnahm, waren nicht sehr aufschlußreich. Die Polizei in Sheffield hatte sich für einen westafrikanischen Studenten interessiert, der scheinbar ein Zuhälter gewesen war; er hatte aber nur ein paar Tage in der Hickory Road gewohnt und war dann umgezogen und bald darauf verhaftet und deportiert worden. Außerdem hatte die Polizei sämtliche Heime und Pensionen nach einem Halbeuropäer durchsucht, der in einen Mordfall verwickelt war. Dieser Fall erledigte sich damit, daß der Gesuchte sich freiwillig bei der Polizei in Cambridge stellte und ein Geständnis ablegte. Dann war da noch eine Sache wegen Studenten, die revolutionäre Flugschriften verteilt haben sollten. Alle diese Ereignisse hatten aber vor geraumer Zeit stattgefunden und konnten unmöglich mit Celia Austins Tod in Zusammenhang gebracht werden.

Er seufzte, blickte auf und bemerkte, daß Elizabeth Johnstons intelligente dunkle Augen forschend auf ihm ruhten.
Einem plötzlichen Impuls gehorchend, sagte er: «Ich möchte Sie etwas fragen, Miss Johnston: haben Sie jemals das Gefühl oder einen Verdacht gehabt, daß hier im Haus etwas ‹Unheimliches› vor sich geht?»
Sie sah ihn erstaunt an.
«Inwiefern unheimlich?»
«Das kann ich Ihnen nicht sagen, ich denke nur an eine Bemerkung, die Sally Finch gemacht hat.»
«Oh ... Sally Finch!»
Sie sprach in einem Ton, aus dem er nicht recht klug wurde; er fuhr erklärend fort:
«Ich hatte den Eindruck, daß Miss Finch die Dinge aufmerksam und klug beobachtet. Sie scheint davon überzeugt zu sein, daß in diesem Haus etwas Sonderbares vorgeht, obgleich sie nicht erklären kann, *was* es ist.»
«Das ist typisch amerikanisch», sagte Elizabeth scharf. «Diese Amerikaner sind alle gleich ... nervös, reizbar und mißtrauisch. Es ist ja nur zu bekannt, wie lächerlich sie sich mit ihren Hexenjagden machen, mit ihrer hysterischen Angst vor Spionen und ihren fixen Ideen über Kommunisten. Und Sally Finch hat natürlich die gleiche Einstellung.»
Das Interesse des Kommissars wuchs. Elizabeth konnte Sally also nicht leiden ... warum? Weil Sally Amerikanerin war? Oder mochte sie die Amerikaner nicht leiden, weil Sally Finch Amerikanerin war? Hatte sie persönlich etwas gegen das hübsche Rotköpfchen? Vielleicht war es ganz einfach weibliche Eifersucht.
Er entschloß sich, eine Taktik anzuwenden, mit der er schon oft Erfolge erzielt hatte. Er sagte liebenswürdig:
«Wie Sie selbst wissen, ist der Intelligenzgrad der Bewohner dieses Heims sehr verschieden. Den meisten Leuten stellen wir nur einfache Fragen, aber wenn wir auf jemanden stoßen, der eine mehr als durchschnittliche Intelligenz besitzt ...»
Er unterbrach sich. Würde sie auf seine schmeichelhafte Anspielung reagieren?
Nach einer kurzen Pause tat sie es.

«Ich glaube, ich weiß, was Sie meinen, Herr Kommissar. Die Mehrzahl der Studenten hier ist nicht besonders intelligent. Nigel Chapman hat eine gute Auffassungsgabe, aber ist sehr oberflächlich. Len Bateson ist ein Arbeitstier — sonst nichts. Valerie Hobhouse hat gesunden Menschenverstand, aber eine sehr kommerzielle Einstellung, und sie ist zu träge, sich mit wirklich wichtigen Dingen zu beschäftigen. Sie brauchen einen Menschen, der imstande ist, logisch zu denken.»
«Einen Menschen wie Sie, Miss Johnston.»
Sie nahm das Kompliment ohne Widerspruch entgegen. Er stellte mit Interesse fest, daß sich hinter ihrem bescheidenen Benehmen eine arrogante junge Frau verbarg, die sehr stolz auf ihre geistigen Fähigkeiten war.
«Was Ihre Kollegen anbetrifft, bin ich ganz Ihrer Meinung, Miss Johnston. Chapman ist intelligent, aber kindisch. Valerie Hobhouse hat Verstand, aber eine blasierte Einstellung zum Leben. Wie Sie selbst sagen, sind Sie imstande, logisch zu denken, und deshalb lege ich großen Wert auf Ihre Ansichten — auf die Ansichten einer intelligenten, überlegenen Frau.»
Einen Augenblick fürchtete er, daß er zu weit gegangen sei, aber seine Befürchtungen waren unbegründet.
«Hier im Heim ist alles in Ordnung, Herr Kommissar. Hören Sie nicht auf Sally Finch. Ich bin davon überzeugt, daß Sie in unserem Haus keine umstürzlerischen Aktivitäten entdecken werden.»
Kommissar Sharpe war etwas überrascht.
«An umstürzlerische Aktivitäten habe ich eigentlich auch gar nicht gedacht.»
«Ach so ...» Sie schien ein wenig verwirrt. «Ich habe Celias Bemerkung über den Paß damit in Verbindung gebracht. Aber wenn ich mir das Ganze unvoreingenommen betrachte und den Tatbestand noch einmal sondiere, komme ich zu der Überzeugung, daß die Motive für Celias Tod privater Natur gewesen sein müssen — möglicherweise eine Liebesgeschichte. Ich bin sicher, daß ihr Tod nichts mit dem Studentenheim als solchem zu tun hat. Hier geht bestimmt nichts Unheimliches vor. Mir wäre so etwas sicher aufgefallen, denn ich bin eine gute Beobachterin.»

«Davon bin ich überzeugt. Vielen Dank, Miss Johnston, Sie haben mir sehr geholfen.»
Elizabeth Johnston erhob sich und verließ das Zimmer. Kommissar Sharpe starrte unbeweglich auf die Tür, und Wachtmeister Cobb mußte zweimal laut räuspern, um sich bemerkbar zu machen.
«Nun? Was gibt's, Cobb?»
«Das war die letzte, Herr Kommissar.»
«Ja, und was haben wir herausbekommen? Verflucht wenig. Aber eins sage ich Ihnen, Cobb: morgen werde ich mit einem Haussuchungsbefehl bewaffnet hierher zurückkommen. Wir werden uns jetzt mit ein paar liebenswürdigen Worten empfehlen, damit sie glauben, daß alles vorbei ist. *Aber irgend etwas geht hier vor.* Morgen werde ich dieses Haus von oben bis unten durchsuchen — keine leichte Sache, wenn man nicht weiß, wonach man sucht, aber vielleicht werde ich etwas finden, das mir einen Anhaltspunkt geben wird. — Das Mädchen, das eben aus dem Zimmer ging, war interessant. Sie hat das Ego eines Napoleon, und ich habe den starken Verdacht, daß sie etwas weiß.»

11

Hercule Poirot war dabei, Briefe zu diktieren; plötzlich jedoch unterbrach er sich mitten im Satz. Miss Lemon sah ihn fragend an.
«Ja, Monsieur Poirot?»
«Meine Gedanken wandern», sagte Poirot mit einer ausdrucksvollen Geste. «Aber dieser Brief ist ja nicht wichtig. Würden Sie so freundlich sein, mich mit Ihrer Schwester zu verbinden, Miss Lemon?»
«Jawohl, Monsieur Poirot.»
Einige Augenblicke später durchquerte Poirot das Zimmer und nahm seiner Sekretärin den Hörer aus der Hand.
«Hallo», sagte er.
«Ja, Monsieur Poirot?»

Mrs. Hubbard schien außer Atem zu sein.
«Störe ich Sie auch nicht, Mrs. Hubbard?»
«Mich kann nichts mehr stören», versetzte Mrs. Hubbard.
«Sind neue Schwierigkeiten aufgetaucht?» fragte Poirot vorsichtig.
«Schwierigkeiten, Monsieur Poirot? Das kann man wohl sagen! Nachdem Kommissar Sharpe gestern sämtliche Studenten verhört hat, ist er heute mit einem Haussuchungsbefehl wiedergekommen, und ich muß Mrs. Nicoletis beruhigen, die einen hysterischen Anfall bekommen hat.»
Poirot schnalzte mitfühlend mit der Zunge. Dann erklärte er:
«Ich möchte Sie nur eine Kleinigkeit fragen. Sie schickten mir eine Liste, auf der eine Anzahl von Dingen, die vermißt wurden, verzeichnet waren und auf der Sie einige sonderbare Vorkommnisse erwähnten. Ich wollte Sie nun fragen, ob die Gegenstände auf dieser Liste in chronologischer Reihenfolge angeordnet waren.»
«Was meinen Sie damit?»
«Ich meine, ob Sie die Gegenstände in der Reihenfolge ihres Verschwindens aufgeschrieben haben.»
«Nein, das hab' ich nicht getan; ich habe sie in der Reihenfolge niedergeschrieben, wie sie mir in den Kopf kamen. Tut mir leid, wenn ich Sie dadurch auf eine falsche Fährte gebracht habe.»
«Ich hätte Sie schon vorher danach fragen sollen», meinte Poirot, «aber bisher schien es mir nicht sehr wichtig zu sein. Ich habe Ihre Liste hier: ein Abendschuh, ein Armband, ein Brillantring, eine Puderdose, ein Lippenstift, ein Stethoskop und so weiter. Die Gegenstände sind also nicht in dieser Reihenfolge verschwunden?»
«Nein.»
«Wäre es Ihnen möglich, sich jetzt noch an die genaue Reihenfolge zu erinnern?»
«Das kann ich Ihnen nicht versprechen, Monsieur Poirot; es ist ja schon eine ganze Weile her. Ich müßte es mir gründlich überlegen. Nachdem ich neulich mit meiner Schwester gesprochen hatte und wußte, daß ich zu Ihnen kommen würde, hab' ich mich hingesetzt und ganz einfach eine Liste in der Reihen-

folge gemacht, wie sie mir in Erinnerung war. Wahrscheinlich hab' ich zuerst an den einen Abendschuh gedacht, weil das so sonderbar war, und dann an das Armband und an die Puderdose und das Feuerzeug und den Brillantring, weil sie mir wichtig erschienen und weil sie scheinbar darauf hinwiesen, daß wir einen richtigen Dieb im Haus hatten. Später fielen mir die unwichtigen Dinge ein, und ich fügte sie hinzu ... ich meine das Boraxpulver, die Glühbirnen und den Rucksack. Sie waren so unwichtig, daß sie mir nur so ganz nebenbei einfielen.»

«Aha — ich verstehe», sagte Poirot. «Und jetzt würde ich Sie bitten, sich hinzusetzen, falls Sie einen Augenblick Zeit haben sollten ...»

«Wenn ich Mrs. Nicoletis ins Bett gebracht und ihr ein Betäubungsmittel gegeben habe und wenn es mir gelingen sollte, Maria und Geronimo zu beruhigen, werde ich vielleicht etwas Zeit haben. Was soll ich dann tun?»

«Sie sollen sich hinsetzen und versuchen, mir die Ereignisse in ihrer chronologischen Reihenfolge aufzuschreiben.»

«Ich werde es versuchen, Monsieur Poirot. Das erste war, glaube ich, der Rucksack, und dann die Glühbirnen — die wohl mit den anderen Dingen wirklich nichts zu tun hatten — und dann das Armband und die Puderdose — nein, zuerst der Abendschuh. Aber es hat ja keinen Sinn, weiter am Telefon darüber zu diskutieren. Ich werde es Ihnen, so gut ich kann, aufschreiben.»

«Vielen Dank, Madame, ich bin Ihnen sehr verbunden.»

Poirot legte den Hörer auf.

«Ich ärgere mich über mich selbst», bemerkte er zu Miss Lemon, «weil ich mich nicht an meine Prinzipien gehalten habe. Alles muß nach einer bestimmten Methode und in einer bestimmten Ordnung geschehen, und das hätte ich Ihrer Schwester von Anfang an klarmachen müssen.»

«Ach du liebe Zeit», sagte Miss Lemon ungerührt. «Wollen Sie jetzt weiter Briefe diktieren, Monsieur Poirot?»

Aber Poirot schüttelte nur ungeduldig den Kopf.

Als Kommissar Sharpe am Samstag vormittag mit dem Haussuchungsbefehl in der Hickory Road erschien, bat er um ein

Interview mit Mrs. Nicoletis, die jeden Samstag kam, um mit Mrs. Hubbard die Bücher durchzusehen.
Mrs. Nicoletis protestierte heftig, als sie von Sharpes Vorhaben erfuhr. «Aber das ist eine Beleidigung. Alle meine Studenten werden kündigen. Ich bin ruiniert . . .»
«Nein, nein, das glaube ich nicht. Sie werden bestimmt vernünftig sein; es handelt sich ja schließlich um einen Mord.»
«Es war kein Mord, sondern ein Selbstmord.»
«Aber ich bin sicher, daß sich niemand dagegen wehren wird, nachdem ich alles geklärt habe.»
Mrs. Hubbard fügte beruhigend hinzu:
«Es werden bestimmt alle vernünftig sein; vielleicht mit Ausnahme von Mr. Achmed Ali und Mr. Chandra Lal.»
«Die sind doch sowieso ganz unwichtig», sagte Mrs. Nicoletis verächtlich.
«Ich werde hier in Ihrem Wohnzimmer beginnen», verkündete Kommissar Sharpe. Dieses Ansinnen stieß jedoch von neuem auf heftigen Widerstand.
«Suchen Sie, wo Sie wollen – aber nicht *hier*», ereiferte sich Mrs. Nicoletis. «Eine Durchsuchung dieses Zimmers werde ich nie zulassen!»
«Tut mir leid, Mrs. Nicoletis, ich muß das Haus von oben bis unten durchsuchen.»
«Meinetwegen – aber nicht mein Zimmer. *Ich* stehe über dem Gesetz.»
«Niemand steht über dem Gesetz. Ich muß Sie leider bitten, mir nichts in den Weg zu legen.»
«Das ist ja unerhört», brach Mrs. Nicoletis aus. «Das ist die größte Unverschämtheit, die ich je erlebt habe! Ich werde mich bei Ihrer vorgesetzten Behörde beschweren; ich werde an unseren parlamentarischen Vertreter schreiben . . . und an die Zeitungen.»
«Schreiben Sie, wem Sie wollen», sagte Kommissar Sharpe. «Ich werde dieses Zimmer durchsuchen.»
Er fing sofort mit dem Schreibtisch an. Er fand eine große Schachtel Konfekt, eine Menge von Papieren und viel alten Kram. Von dort ging er zu einem Eckschrank, der abgeschlossen war.

«Kann ich bitte den Schlüssel haben?»
«Ausgeschlossen», brüllte Mrs. Nicoletis. «Ganz ausgeschlossen. Den Schlüssel kriegen Sie nicht . . . Sie . . . Sie Grobian . . . Sie Biest! Anspucken möcht' ich Sie . . . anspucken!»
«Geben Sie mir lieber den Schlüssel, sonst muß ich den Schrank aufbrechen», sagte Kommissar Sharpe.
«Freiwillig gebe ich Ihnen den Schlüssel nicht! Da müssen Sie mir erst die Kleider vom Leib reißen, und das wäre ein schöner Skandal.»
«Geben Sie mir ein Stemmeisen, Cobb», verlangte der Kommissar resigniert.
Mrs. Nicoletis stieß einen Wutschrei aus, aber Sharpe reagierte nicht darauf. Cobb gab ihm ein Stemmeisen, die Tür krachte, und der Schrank war offen. Als die Tür aufsprang, fielen ihm zahlreiche leere Kognakflaschen entgegen.
«Biest! Schwein! Teufel!» brüllte Mrs. Nicoletis.
«Vielen Dank, Mrs. Nicoletis», sagte der Kommissar höflich. «Mit diesem Zimmer sind wir fertig.»
Mrs. Hubbard stellte die Flaschen taktvoll zurück in den Schrank, während Mrs. Nicoletis einen hysterischen Anfall bekam.
Ein Geheimnis war geklärt – das Geheimnis von Mrs. Nicoletis' schlechter Laune.

Poirot telefonierte gerade in dem Augenblick, als Mrs. Hubbard ein Fläschchen aus dem Medizinschrank in ihrem Wohnzimmer nahm und eine reichliche Dosis eines Beruhigungsmittels in ein Glas schüttete. Nachdem sie den Hörer aufgelegt hatte, ging sie zurück zu Mrs. Nicoletis, die schreiend und um sich schlagend in ihrem Zimmer auf dem Sofa lag.
«So, trinken Sie das, dann wird Ihnen bald besser werden», sagte Mrs. Hubbard.
«Gestapo-Methoden», zeterte Mrs. Nicoletis.
«An Ihrer Stelle würde ich versuchen, nicht mehr darüber nachzudenken», meinte Mrs. Hubbard besänftigend.
«Gestapo – die reine Gestapo», wiederholte Mrs. Nicoletis.
«Sie müssen ja schließlich ihre Pflicht tun», sagte Mrs. Hubbard.

«Ist es ihre Pflicht, in meinen Schränken herumzustöbern? ‹Das ist mein Privateigentum›, sage ich, ‹es ist abgeschlossen, und der Schlüssel ist in meiner Brusttasche.› Wenn Sie nicht dabeigewesen wären, hätten mir die Kerle die Kleider vom Leib gerissen.»
«Das glaub' ich ja nun nicht», widersprach Mrs. Hubbard.
«Das sagen *Sie*. Nachdem die Rüpel meinen Schrank mit einem Stemmeisen aufgebrochen haben ... das ist doch die Höhe ... ich werde sie auf Schadenersatz verklagen.»
«Da Sie ihnen den Schlüssel nicht geben wollten ...»
«Warum hätte ich ihnen den Schlüssel geben sollen? Es ist *mein* Schlüssel und *mein* Wohnzimmer!»
«Sie dürfen nicht vergessen, daß es sich um einen Mord handelt und daß man sich unter diesen Umständen mit gewissen Dingen abzufinden hat, die man normalerweise nicht dulden würde.»
«Mord! Mord! Lächerlich! Die kleine Celia hat sich das Leben genommen. Sie hatte eine unglückliche Liebe und hat Gift geschluckt ... so was hört man doch oft. Diese dummen Geschöpfe, als ob Liebe so wichtig wäre! Ein Jahr, höchstens zwei, und die große Leidenschaft ist zu Ende. Plötzlich ist der angebetete Mann genau wie alle anderen Männer ... aber das wissen die dummen Dinger nicht. Sie nehmen Schlafmittel und drehen den Gashahn auf und dann ist es zu spät.»
«Denken Sie nicht weiter darüber nach», schlug Mrs. Hubbard noch einmal vor und kam damit zum Ausgangspunkt der Unterhaltung zurück.
«*Sie* haben gut reden. Ich soll mir keine Sorgen machen — ich fühle mich aber nach diesem Vorfall nicht mehr sicher.»
«Nicht mehr sicher?» fragte Mrs. Hubbard überrascht.
«Es war mein Privateigentum», beharrte Mrs. Nicoletis, «niemand wußte, was ich in meinem Schrank hatte, und niemand *sollte* es wissen. Ich bin außer mir ... Was werden sie nun von mir denken?»
«Auf wen bezieht sich ‹sie›?»
Mrs. Nicoletis zuckte die Schultern; sie sah verstimmt aus. «Spielt keine Rolle! Sie verstehen es doch nicht, aber ich bin sehr, sehr beunruhigt.»

«Sagen Sie es mir lieber, dann kann ich Ihnen vielleicht helfen», meinte Mrs. Hubbard.
«Ich bin nur froh, daß ich nicht hier schlafe», erklärte Mrs. Nicoletis. «Die Türschlösser sind alle gleich und können mit ein und demselben Schlüssel aufgeschlossen werden. Gott sei Dank, daß ich nicht hier schlafe.»
«Wenn Sie sich vor etwas Bestimmtem fürchten, Mrs. Nicoletis, müssen Sie es mir unbedingt sagen», redete Mrs. Hubbard ihr zu.
Mrs. Nicoletis' dunkle Augen ruhten einen Augenblick nachdenklich auf Mrs. Hubbard, dann erwiderte sie ausweichend: «Sie haben doch selbst gesagt, man darf nicht vergessen, daß in diesem Haus ein Mord stattgefunden hat ... natürlich fühlt man sich nicht sicher. Wer mag der Nächste sein? Man weiß ja nicht einmal, wer der Mörder ist — da die Polizei so unfähig ist — wer weiß, vielleicht ist sie sogar bestechlich.»
«Sie wissen ganz genau, daß das Unsinn ist», widersprach Mrs. Hubbard. «Aber Sie müssen mir sagen, ob Sie einen triftigen Grund für Ihre Befürchtungen haben.»
Mrs. Nicoletis bekam einen ihrer häufigen Wutanfälle.
«*Sie* glauben natürlich, daß ich keinen Grund zur Beunruhigung habe. Sie wissen mal wieder alles besser. Sie sind ja etwas ganz Besonderes — Sie führen dieses Heim, Sie geben ein Vermögen für die Mahlzeiten der Studenten aus, um sich bei ihnen lieb Kind zu machen, und jetzt wollen Sie sich auch noch in meine Privatangelegenheiten einmischen. Aber das kommt ja nun doch nicht in Frage — das nicht! Niemand hat das Recht, seine Nase in meine Angelegenheiten zu stecken ...
«Wie Sie wollen», meinte Mrs. Hubbard erbittert.
«Ich hab' schon immer gewußt, daß Sie eine Spionin sind.»
«Was gibt's denn hier zu spionieren?»
«Ach nichts, gar nichts», sagte Mrs. Nicoletis schnell. «Aber ich verbiete Ihnen, mir nachzuspionieren und Lügen über mich zu verbreiten.»
«Wenn Sie wollen, daß ich gehe, brauchen Sie nur ein Wort zu sagen.»
«Nein, nein, ich will nicht, daß Sie gehen — nicht in diesem Augenblick, wenn ich die Polizei im Haus habe. Das kann ich

auf keinen Fall zulassen. Gerade jetzt dürfen Sie mich nicht im Stich lassen.»
«Also gut, wie Sie wollen», wiederholte Mrs. Hubbard hilflos. «Aber es ist wirklich schwer zu sagen, was Sie eigentlich wollen — manchmal denke ich, daß Sie es selbst nicht wissen. Und jetzt sollten Sie sich auf mein Bett legen und zu schlafen versuchen.»

12

Ein Taxi hielt vor der Hickory Road Nr. 26, und Hercule Poirot stieg aus.
Geronimo öffnete ihm die Tür und begrüßte ihn wie einen alten Freund. In der Diele stand ein Polizist; Geronimo führte Poirot an ihm vorbei ins Eßzimmer und machte die Tür zu.
«Ist furchtbar», flüsterte er, während er Poirot aus dem Mantel half. «Wir hier haben Polizei ganzen Tag lang — stellen Fragen, gehen dahin, dorthin, machen auf Schränke und Schubladen, kommen sogar in Marias Küche. Maria sehr böse, sagt, daß Polizei mit Nudelrolle verhauen wird. ‹Besser nicht›, ich sage, ‹Polizeimann das nicht mögen mit Nudelrolle — nicht gut für uns das zu tun›, sage ich zu Maria.»
«Sehr vernünftig», stimmte Poirot ihm zu. «Ist Mrs. Hubbard zu sprechen?»
«Ich werde Sie bringen nach oben zu ihr.»
«Einen kleinen Moment mal», sagte Poirot. «Können Sie sich noch an den Tag erinnern, an dem mehrere Glühbirnen verschwunden sind?»
«O ja, ich erinnern. Aber ist schon lange her. Vor eins — zwei bis drei Monate.»
«Können Sie mir genau sagen, welche Glühbirnen fehlten?»
«Eine in der Diele, und glaube ich eine in Wohnzimmer. Jemand Scherz gemacht — alle Glühbirnen fort.»
«An das genaue Datum können Sie sich wohl nicht erinnern?»
Geronimo machte ein nachdenkliches Gesicht.
«Nicht genau», meinte er, «ich glaube, es war Tag in Februar, wenn Polizeimann kommen ins Haus . . .»

«Ein Polizist? Warum ist der Polizist denn hier gewesen?»
«Zu sehen Mrs. Nicoletis wegen ein Student — schlechtes Student aus Afrika. Student nicht arbeiten — gehen zu Arbeitsamt, bekommen Arbeitslosenunterstützung — Student hat Mädchen — geht mit Männern — gibt Student das Geld. Sehr schlimm — Polizei das nicht mögen. War alles in Manchester — oder Sheffield — so Student fortlaufen und herkommen — Polizei kommen ins Haus — sprechen mit Mrs. Hubbard. Jawohl. Und sie sagt — Student nicht mehr hier — sie ihn nicht mögen und fortschicken — nicht mehr hier.»
«Ich verstehe — sie haben Nachforschungen angestellt.»
«*Scusi?*»
«Sie haben versucht, ihn zu finden.»
«Ja — stimmt. Und dann sie finden ihn und muß ins Gefängnis, weil von Mädchen gelebt — von Mädchen leben nicht gut — muß man nicht. Hier anständiges Haus, so was nicht gut für hier.»
«Und an diesem Tag verschwanden die Glühbirnen?»
«Ja — ich knipse an — nichts passieren. Ich ins Wohnzimmer gehen, und keine Glühbirne da — ich in Schublade sehen nach mehr Glühbirnen, aber keine mehr da — alle fort. So ich gehen zu Maria in die Küche und frage, wo sind mehr Glühbirnen? Maria sehr böse, weil Polizei im Haus, und sagen, Glühbirnen sie nichts angehen, und so ich gehe holen Kerzen.»
Poirot versuchte diese Geschichte zu verdauen, während er Geronimo über die Treppe in Mrs. Hubbards Zimmer folgte.
Mrs. Hubbard, die müde und abgespannt aussah, begrüßte Poirot herzlich. Sie hielt ihm sofort einen Zettel entgegen.
«Ich hab' mir die größte Mühe gegeben, die Gegenstände in der richtigen Reihenfolge aufzuschreiben, aber ich könnte nicht schwören, daß es hundertprozentig richtig ist. Es ist sehr schwierig, sich zu erinnern, wann dieses und jenes verschwunden ist, wenn es schon mehrere Monate zurückliegt.»
«Ich bin Ihnen zu größtem Dank verpflichtet, Madame. Und wie geht es Mrs. Nicoletis?»
«Ich habe ihr ein Beruhigungsmittel gegeben und hoffe, daß sie jetzt schläft. Sie hat sich entsetzlich über die Haussuchung aufgeregt. Sie weigerte sich, ihren Schrank zu öffnen, und der

Kommissar mußte ihn aufbrechen; er fand eine große Anzahl von leeren Kognakflaschen.»
«Tatsächlich?» sagte Poirot.
«Und das erklärt natürlich vieles», fuhr Mrs. Hubbard fort. «Ich kann mir gar nicht vorstellen, warum ich nicht schon eher daran gedacht hatte, besonders da ich in Singapur reichlich Gelegenheit hatte, die Folgen des Alkoholgenusses zu beobachten. Aber das kann Sie ja nicht interessieren.»
«Mich interessiert alles», erklärte Poirot.
Er setzte sich und studierte den Zettel, den Mrs. Hubbard ihm gegeben hatte. Nach einigen Augenblicken bemerkte er: «Der Rucksack steht also jetzt am Anfang der Liste.»
«Ja. Es war zwar nicht sehr wichtig, aber ich entsinne mich jetzt genau, daß es passierte, bevor die Schmucksachen und andere Dinge zu verschwinden begannen. Es hing alles irgendwie mit gewissen Unannehmlichkeiten zusammen, die wir mit einem farbigen Studenten hatten. Er ist ein paar Tage vor dieser Sache ausgezogen, und ich hielt den Vorfall damals möglicherweise für einen Racheakt. Es war eine ziemlich ... eine ziemlich peinliche Angelegenheit.»
«Ja, Geronimo hat mich bereits informiert. Wenn ich mich nicht irre, war bei dieser Gelegenheit die Polizei im Haus?»
«Allerdings; offenbar im Auftrag der Polizei von Sheffield. Es war ein ganz schöner Skandal – der Student war ein richtiger Zuhälter und ist auch später zu einer Gefängnisstrafe verurteilt worden. Hier bei uns war er nur ein paar Tage, dann hat mir seine ganze Art und sein Benehmen so mißfallen, daß ich ihm kündigte. Als die Polizei kam, war ich gar nicht erstaunt. Ich konnte ihnen natürlich nicht mitteilen, wo sie ihn finden würden, aber sie sind ihm sehr bald auf die Spur gekommen.»
«Und danach wurde der Rucksack gefunden?»
«Ja, soweit ich mich entsinne. Len Bateson war nämlich gerade im Begriff, auf eine Wanderung zu gehen, und konnte seinen Rucksack nirgends finden. Er hat ein entsetzliches Geschrei gemacht, und wir alle halfen ihm suchen. Schließlich fand Geronimo den zerfetzten Rucksack hinter dem Heißwasserofen. Sonderbar und sinnlos ...»

«Ja, sonderbar und sinnlos», stimmte Poirot ihr nachdenklich zu. Dann fuhr er fort: «Wie Geronimo mir sagt, sind die Glühbirnen an dem Tag verschwunden, an dem die Polizei Erkundigungen über den westafrikanischen Studenten angestellt hat. Stimmt das?»

«Ich glaube ja, aber ganz genau kann ich mich wirklich nicht mehr erinnern. Warten Sie – doch, es muß stimmen – denn als ich mit dem Kriminalbeamten ins Wohnzimmer herunterkam, brannten dort Kerzen. Wir wollten Akibombo fragen, ob der betreffende Student sich mit ihm unterhalten habe und ob er seine Adresse kenne.»

«Wer war sonst noch im Wohnzimmer?»

«Ich glaube, die meisten Studenten waren schon zu Hause; es war sechs Uhr nachmittag. Ich erkundigte mich bei Geronimo nach den Glühbirnen, und er sagte, daß jemand sie herausgenommen hätte. Ich fragte ihn, warum er keine anderen eingeschraubt hätte, und er erklärte, er hätte keine gefunden. Ich war ziemlich ärgerlich über diesen dummen Scherz. Ich hielt es nämlich für einen Scherz, an Stehlen dachte ich damals nicht; ich war nur erstaunt, daß keine Ersatzglühbirnen da waren, weil wir sonst immer einen ziemlichen Vorrat hatten. Auf jeden Fall habe ich es nicht weiter ernst genommen.»

«Die Glühbirnen und der Rucksack», sagte Poirot nachdenklich.

«Aber ich halte es noch immer für möglich, daß das nichts mit den harmlosen Vergehen der armen Celia zu tun hatte. Sie werden sich erinnern, daß sie energisch bestritt, etwas mit dem Rucksack zu tun zu haben.»

«Ja, das stimmt. Wie lange danach begannen die Diebstähle?»

«Sie wissen gar nicht, wie schwer es mir fällt, mich an alle diese Einzelheiten zu erinnern, Monsieur Poirot. Lassen Sie mich mal überlegen – das war also im März, nein, Ende Februar. Geneviève hat ihr Armband ungefähr eine Woche später vermißt. Ja – so zwischen dem zwanzigsten und dem fünfundzwanzigsten Februar.»

«Und danach folgten die Diebstähle ziemlich rasch aufeinander?»

«Ja.»

«Und der Rucksack gehörte Len Bateson?»

«Ja.»
«Und er hat sich sehr darüber aufgeregt?»
«Das bedeutet bei ihm nicht viel, Monsieur Poirot», sagte Mrs. Hubbard lächelnd. «So ist Len Bateson nun einmal: warmherzig, großzügig, fast übertrieben gutmütig, aber er neigt zu heftigen Temperamentsausbrüchen.»
«War es ein besonderer Rucksack?»
«Nein, ein ganz gewöhnlicher.»
«Könnten Sie mir einen ähnlichen zeigen?»
«Ja, natürlich. Colin hat einen, der, glaube ich, ganz genau so aussieht, und Nigel auch. Nigel hat sich auch einen neuen Rucksack kaufen müssen. Alle unsere Studenten kaufen ihre Rucksäcke in einem Sportgeschäft am Ende der Straße. Es ist ein sehr gutes Geschäft für Zelte, Schlafsäcke, Wanderausrüstungen und ähnliches. Außerdem ist es viel billiger als die großen Warenhäuser.»
«Würden Sie so gut sein, mir einen dieser Rucksäcke zu zeigen, Madame?»
Mrs. Hubbard führte Poirot in Colin McNabbs Zimmer. Colin war nicht da, aber Mrs. Hubbard öffnete trotzdem den Schrank und nahm einen Rucksack heraus.
«Hier, Monsieur Poirot. Das ist genauso ein Rucksack wie der, den wir in zerschlissenem Zustand hinter dem Heißwasserofen fanden.»
«Nicht leicht zu zerschneiden», murmelte Poirot, während er den Rucksack befühlte. «Mit einer kleinen Stickschere könnte man das nicht tun.»
«Bestimmt nicht — ich glaube auch kaum, daß ein Mädchen es getan hat. Dazu braucht man kräftige Finger und ... und außerdem einen Schuß Bösartigkeit.»
«Ich weiß, ich weiß — kein sehr angenehmer Gedanke.»
«Und als später Valeries Schal gefunden wurde — ebenfalls in Stücke geschnitten — kam mir das Ganze, wie soll ich mich ausdrücken, so — so — dumm und sinnlos vor.»
«Ich bin da nicht ganz Ihrer Meinung, Madame. Ich finde diese Angelegenheit keineswegs sinnlos. Ich glaube, einen Sinn, Zweck und sogar eine Methode erkennen zu können.»
«Na ja — Sie verstehen selbstverständlich mehr von diesen Din-

gen als ich», meinte Mrs. Hubbard. «Ich kann nur eins sagen: es gefällt mir nicht. Soweit ich es beurteilen kann, haben wir eine Reihe besonders netter Studenten, und ich kann mir kaum vorstellen, daß einer unter ihnen ist, der ... der nicht so ist, wie er sein sollte.»

Poirot war inzwischen zum Fenster hinüber geschlendert. Er öffnete es und blickte auf den altmodischen Balkon des Hauses, mit Aussicht auf einen kleinen rußigen Garten.

«Ich nehme an, daß es hier ruhiger ist als nach vorn hinaus?»

«Ja, etwas. Aber die Hickory Road ist keine laute Straße, und hier hört man nachts die Katzen miauen und ihr Unwesen treiben.»

Poirot sah hinunter auf vier große, eingebeulte Mülleimer und auf eine Ansammlung von ausrangierten Gegenständen daneben.

«Wer hat sonst noch Hinterzimmer?» fragte er.

«Nigel Chapman und Len Bateson wohnen im nächsten Zimmer.»

«Und daneben?»

«Dann kommt schon das andere Haus, mit den Zimmern der jungen Mädchen. Das erste Zimmer war Celias, dann kommt das Zimmer von Elizabeth Johnston und dann das von Patricia Lane. Valerie und Jean Tomlinson haben Vorderzimmer.»

Poirot nickte und trat zurück ins Zimmer.

«Ein sehr ordentlicher junger Mann», bemerkte er und sah sich wohlgefällig um.

«Ja, Colins Zimmer ist immer gut aufgeräumt. Einige der Studenten leben in einer fürchterlichen Unordnung», sagte Mrs. Hubbard. «Sie sollten sich mal Len Batesons Zimmer ansehen! Aber sonst ist er ein sehr netter Junge», fügte sie hinzu.

«Sie sagten, daß die Rucksäcke alle in einem Laden am Ende der Straße gekauft worden sind, Mrs. Hubbard?»

«Ja.»

«Wie heißt das Geschäft»?

«Wenn ich das nur wüßte, Monsieur Poirot. Ich habe leider ein furchtbar schlechtes Gedächtnis für Namen. Aber Sie können es nicht verfehlen; es ist das einzige Sportgeschäft in der Straße.»

Poirot sah noch einmal zum Fenster hinaus und auf den Garten, dann verabschiedete er sich von Mrs. Hubbard und verließ das Haus.
Er ging die Hickory Road entlang bis zur Straßenecke, dann bog er in die Hauptstraße ein. Er erkannte den Laden, den Mrs. Hubbard ihm beschrieben hatte, ohne Schwierigkeit. Im Schaufenster waren Picknick-Körbe, Rucksäcke, Thermosflaschen und Sportgeräte aller Art ausgestellt; außerdem kurze Leinenhosen, Buschhemden, Tropenhelme, Zelte, Badeanzüge und Radfahrlampen – alles, was ein junger Sportler sich nur wünschen konnte. Der Name des Geschäfts war Hicks. Nachdem Poirot die Waren im Schaufenster eingehend betrachtet hatte, ging er in den Laden und gab vor, einen Rucksack für seinen Neffen kaufen zu wollen.
«Er geht mit anderen Studenten zum *Camping*», sagte er mit betont ausländischem Akzent. «Alles, was er braucht, trägt er auf dem Rücken, und die Autos, die Lastwagen nehmen ihn mit.»
Der Ladenbesitzer, ein eifriger kleiner Mann mit mausbraunem Haar, ging darauf ein: «Ja, das machen sie heutzutage alle; die Eisenbahnen und Autobusse müssen eine Menge Geld daran verlieren, und die jungen Leute bereisen auf diese Weise ganz Europa. Ich nehme an, daß Sie einen Rucksack kaufen wollen; was darf ich Ihnen zeigen?»
«Gibt es denn verschiedene Arten?»
«Wir haben ein paar besonders leichte Modelle, hauptsächlich für Damen; aber am meisten verkaufen wir diesen hier. Solides, widerstandsfähiges Material – trägt sich sehr gut und ist außergewöhnlich preiswert.»
Er zeigte Poirot einen Rucksack aus dickem Zeltstoff, der, soweit er sich erinnern konnte, genauso aussah wie der Rucksack von Colin. Poirot befühlte ihn und stellte noch einige ausgefallene und unnötige Fragen, bevor er den Rucksack kaufte und bezahlte.
«Wir verkaufen diesen Artikel sehr viel», sagte der Mann, während er den Rucksack verpackte.
«Wenn ich mich nicht irre, wohnen in dieser Gegend viele Studenten?»

«Ja, eine ganze Menge.»
«Hier in der Hickory Road ist ein Studentenheim, nicht wahr?»
«Das stimmt. Ich habe schon oft Rucksäcke an die jungen Herren und an einige der jungen Damen von dort verkauft. Sie kaufen ihren Reisebedarf fast alle bei mir, weil sie wissen, daß ich billiger bin als die großen Warenhäuser. So, hier ist Ihr Paket. Ich bin sicher, daß Ihr Neffe sich über den Rucksack freuen wird. Er wird sich bestimmt gut tragen.»
Poirot bedankte sich, nahm sein Paket und verließ den Laden.
Er war kaum zwei Schritte gegangen, als ihm jemand auf die Schulter klopfte. Es war Kommissar Sharpe.
«Ich wollte mich sowieso gerade mit Ihnen in Verbindung setzen», sagte Sharpe, «das trifft sich ja gut.»
«Haben Sie die Haussuchung beendet?»
«Ja, aber viel erreicht hab' ich nicht. Haben Sie Zeit, eine Tasse Kaffee mit mir zu trinken? Ich hätte Sie gern einen Augenblick gesprochen. Hier in der Nähe ist ein kleines Lokal, wo es sehr gute belegte Brote gibt.»
Die Sandwich-Bar war fast leer. Die beiden Herren trugen ihre Tassen und die Teller mit den belegten Broten zu einem kleinen Tisch in der Ecke, und Sharpe begann Poirot von den verschiedenen Verhören zu erzählen.
«Der einzige, gegen den wir Beweismaterial in Händen haben, ist der junge Chapman», sagte er. «Und eigentlich ist es eher zuviel, denn er hat gleich mit drei verschiedenen Giften manipuliert. Außerdem ist nicht anzunehmen, daß er Celia Austin nicht leiden konnte, und ich bezweifle, daß er so offen gewesen wäre, wenn er wirklich ein schlechtes Gewissen hätte.»
«Aber vielleicht kommt man dadurch auf irgendwelche anderen Spuren.»
«Ja — all das Gift in der Schublade! So ein leichtsinniger Kerl!»
Dann erzählte er Poirot von seinem Interview mit Elizabeth Johnston.
«Wenn sie die Wahrheit sagt, könnte ihre Aussage von großer Wichtigkeit sein.»
«Von äußerster Wichtigkeit», bestätigte Poirot.
«Zum Beispiel der Satz: ‹Morgen werde ich mehr darüber wissen›», sagte Kommissar Sharpe nachdenklich.

«Ja — aber das arme Geschöpf erlebte ‹morgen› nicht mehr. Hat die Haussuchung gar nichts ergeben?»
«Wir sind auf ein oder zwei Dinge gestoßen, die — sagen wir — unerwartet waren.»
«So? Auf was zum Beispiel?»
«Auf eine Mitgliedskarte — wir haben entdeckt, daß Elizabeth Johnston Mitglied der kommunistischen Partei ist.»
«Das ist allerdings interessant», sagte Poirot.
«Ja, das hätte man nicht erwartet. Bevor ich sie gestern verhörte, wäre ich nicht auf den Gedanken gekommen; das Mädchen ist hochintelligent, sie ist eine Persönlichkeit.»
«Gerade deshalb könnte sie ein wertvolles Mitglied der Partei sein», sagte Poirot. «Sie ist ein außergewöhnlich kluges Mädchen.»
«Ich fand es deshalb so interessant, weil sie ihre politischen Ansichten nicht offen zu erkennen gibt. In der Hickory Road hat sie niemals davon gesprochen. Ich glaube nicht, daß diese Tatsache etwas mit Celia Austins Tod zu tun hat, aber immerhin sollte man das Mädchen im Auge behalten.»
«Was haben Sie sonst noch gefunden?»
Kommissar Sharpe zuckte die Achseln.
«In Miss Patricia Lanes Schublade haben wir ein Taschentuch gefunden, das voller grüner Tintenflecke war.»
«Grüne Tinte? Patricia Lane? Vielleicht hat sie also die Tinte über Elizabeth Johnstons Papiere geschüttet und sich danach die Hand an ihrem Taschentuch abgewischt. Aber ich kann mir nicht denken . . .»
«. . . daß sie den Verdacht auf ihren geliebten Nigel lenken wollte», ergänzte Kommissar Sharpe.
«Kaum anzunehmen. Aber es besteht natürlich die Möglichkeit, daß jemand anders das Taschentuch in ihre Schublade gelegt hat.»
«Durchaus möglich.»
«Sonst noch etwas?»
Sharpe überlegte einen Augenblick. «Höchstens noch, daß Len Batesons Vater offiziell für geisteskrank erklärt worden ist und sich in einem Irrenhaus befindet. Ich glaube kaum, daß das von Bedeutung ist.»

«Wahrscheinlich nicht, aber auch das muß man im Auge behalten. Es wäre interessant, festzustellen, an welcher Form von Irrsinn er leidet.»
«Bateson ist ein sehr netter junger Mann», sagte Sharpe, «obwohl er sein Temperament nicht ganz in der Gewalt zu haben scheint. Er ist leider ziemlich unausgeglichen.»
Poirot nickte. Plötzlich erinnerte er sich deutlich an Celia Austins Worte: «Natürlich würde ich keinen Rucksack in Stücke zerschneiden. Das kann man nur in einem Wutanfall tun.» Woher wußte sie das? Hatte sie Len Bateson in einem Wutanfall auf den Rucksack loshacken sehen? Seine Gedanken kamen zurück zur Gegenwart, als Sharpe lachend sagte:
«Und Mr. Achmed Ali besitzt eine Auswahl von pornographischen Büchern und Postkarten, was erklärt, weshalb er sich so gegen eine Durchsuchung seines Zimmers gesträubt hat.»
«Zweifellos haben die meisten dagegen protestiert?»
«Allerdings. Eine Französin bekam fast einen hysterischen Anfall, und Mr. Chandra Lal sah das Ganze als einen sehr ernsten internationalen Zwischenfall an. Unter seinen Sachen fanden wir ein paar revolutionäre Flugblätter — das übliche unausgebackene Gewäsch — und bei einem der Westafrikaner entdeckten wir einige furchterregende Fetische, Götzenbilder oder was immer sie sein mögen. Ja, bei einer Haussuchung entdeckt man manchmal die sonderbarsten Dinge. Was wir in Mrs. Nicoletis Schrank gefunden haben, ist Ihnen wohl schon bekannt?»
«Ja, allerdings.»
Kommissar Sharpe grinste.
«Ich hab' noch nie im Leben so viele leere Kognakflaschen auf einem Haufen gesehen. Und eine Wut hat sie auf uns gehabt . . .»
Er lachte; dann wurde er plötzlich ernst.
«Aber das, was wir suchten, haben wir nicht gefunden», sagte er. «Keinen gefälschten Paß — nur gültige.»
«Man kann auch kaum erwarten, daß jemand einen gefälschten Paß herumliegen lassen würde, *mon ami*. Hatten Sie früher schon einmal Gelegenheit, in der Hickory Road nach gefälschten Pässen zu suchen — sagen wir im Lauf der letzten sechs Monate?»

«Nein. Ich werde Ihnen sagen, aus welchen Anlässen wir während dieser Zeit in der Hickory Road waren.» Und er informierte Poirot genau über diese Angelegenheiten.
Poirot hörte ihm stinrrunzelnd zu.
«Hat alles keinen Sinn und Verstand», schloß Sharpe kopfschüttelnd.
«Wir werden nur zu einem Resultat kommen, wenn wir mit dem Anfang beginnen.»
«Was bezeichnen Sie als den Anfang, Poirot?»
«Den Rucksack, mein Freund», sagte Poirot sanft. «Den Rucksack. Das Ganze hat mit dem Rucksack begonnen.»

13

Mrs. Nicoletis stieg die Treppe vom Kellergeschoß hinauf, nachdem es ihr eben gelungen war, Geronimo und die temperamentvolle Maria gründlich zu verärgern.
«Lügner und Diebe», verkündete sie laut mit triumphierender Stimme. «Alle Italiener sind Lügner und Diebe!»
Mrs. Hubbard, die gerade die Treppe herunterkam, seufzte verzweifelt.
«Müssen Sie die beiden ausgerechnet verärgern, während sie das Abendbrot kochen?» sagte sie.
«Was geht mich das an?» gab Mrs. Nicoletis zurück. «Ich bin ja nicht zum Abendbrot hier.»
Mrs. Hubbard unterdrückte die Bemerkung, die ihr auf der Zunge lag.
«Ich werde, wie gewöhnlich, am Montag herkommen», sagte Mrs. Nicoletis.
«Jawohl, Mrs. Nicoletis.»
«Und bitte lassen Sie als erstes am Montag früh meine Schranktür reparieren. Die Rechnung dafür geht an die Polizei, verstanden? An die Polizei!»
Mrs. Hubbard machte ein zweifelndes Gesicht.
«Außerdem lassen Sie bitte in den Korridoren neue Glühbirnen einschrauben — stärkere. Die Korridore sind zu dunkel.»

«Sie haben mir doch gesagt, daß Sie in den Korridoren schwache Glühbirnen haben wollen — aus Sparsamkeitsgründen.»
«Das war vorige Woche», erklärte Mrs. Nicoletis kurz. «Jetzt hat sich das alles geändert. Jetzt drehe ich mich heimlich um und frage mich: ‹Verfolgt mich jemand?›»
Wollte ihre Arbeitgeberin sich nur wichtigmachen, dachte Mrs. Hubbard, oder hatte sie wirklich vor irgend etwas oder vor irgend jemandem Angst? Mrs. Nicoletis neigte stark zu Übertreibungen, so daß man nie wußte, woran man bei ihr war.
«Wollen Sie wirklich allein nach Hause gehen?» fragte Mrs. Hubbard. «Soll ich Sie nicht lieber begleiten?»
«Nein, das ist nicht nötig. Aber eins kann ich Ihnen sagen: ich fühle mich überall sicherer als hier, das können Sie mir glauben.»
«Aber wovor fürchten Sie sich? Wenn ich es wüßte, könnte ich Ihnen vielleicht ...»
«Das geht Sie nichts an. Ich habe nicht die Absicht, Ihnen etwas zu erzählen. Diese dauernde Fragerei ist unerträglich.»
«Entschuldigen Sie ... ich dachte nur ...»
«Jetzt hab' ich Sie beleidigt», sagte Mrs. Nicoletis und lächelte übertrieben freundlich. «Ich bin launisch und ungezogen ... jawohl, ungezogen. Aber ich hab' zu viele Sorgen. Vergessen Sie bitte nicht, daß ich das größte Vertrauen zu Ihnen habe und daß ich mich völlig auf Sie verlasse. Ich weiß gar nicht, was ich ohne Sie anfangen würde, meine liebe Mrs. Hubbard, wirklich! Ich wünsche Ihnen ein recht angenehmes Wochenende. Gute Nacht.»
Mrs. Hubbard sah Mrs. Nicoletis nach, wie sie durch die Haustür ging und die Tür hinter sich zuschlug. «Soll man das für möglich halten», murmelte sie und wandte sich zur Küchentreppe.
Mrs. Nicoletis ging vorsichtig in der Mitte des Bürgersteigs und sah sich von Zeit zu Zeit nervös um; aber es war niemand zu sehen. Die Hickory Road schien an diesem Abend besonders menschenleer zu sein. Sie beschleunigte ihre Schritte etwas, als sie, am Ende der Straße, in die Nähe des «Drachens» kam. Sie sah sich noch einmal verstohlen um, dann ging sie schnell in die Gaststube.

Während sie den Kognak, den sie sich bestellt hatte, schlürfte, hob sich ihre Stimmung. Sie sah nicht mehr so verängstigt und unsicher aus wie vor wenigen Minuten. Aber ihre feindliche Stimmung gegen die Polizei blieb unverändert. «Gestapo», murmelte sie vor sich hin, «die müssen zahlen. Darauf bestehe ich.» Dann trank sie ihren Kognak aus, bestellte sich einen zweiten und dachte über die Ereignisse der unmittelbaren Vergangenheit nach. Was für ein Pech, daß die Polizei ihren heimlichen Flaschenvorrat entdeckt hatte; sie hoffte nur, daß es sich unter den Studenten nicht herumsprechen würde. Mrs. Hubbard würde wahrscheinlich diskret sein — oder vielleicht nicht? Wem konnte man wirklich trauen? Solche Dinge wurden immer irgendwie bekannt. Geronimo wußte es und hatte es sicherlich seiner Frau erzählt, und die würde es den Putzfrauen erzählen, und so würde es die Runde machen und ... sie fuhr erschrocken zusammen, als eine Stimme hinter ihr sagte:

«Nanu, Mrs. Nick! Ich wußte gar nicht, daß das Ihr Stammlokal ist.»

Sie drehte sich schnell um und seufzte dann erleichtert.

«Ach, Sie sind es», sagte sie, «ich dachte . . .»

«Was dachten Sie? Es wäre der böse Wolf? Trinken Sie noch ein Gläschen mit mir.»

«Die viele Aufregung ist schuld», erklärte Mrs. Nicoletis würdevoll. «Diese Polizisten, die mein Haus durchsuchen und uns alle zur Verzweiflung treiben. Mein armes Herz! Ich muß sehr vorsichtig sein mit meinem Herzen. Ich mach' mir nichts aus Alkohol, aber mir wurde plötzlich auf der Straße so schwach . . . ich dachte, ein kleiner Kognak . . .»

«Es geht nichts über Kognak. Hier . . .»

Bald darauf verließ Mrs. Nicoletis den «Drachen»; sie fühlte sich wie ein anderer Mensch, befreit und glücklich. Sie beschloß, nicht mit dem Autobus zu fahren. Es war ein schöner Abend, und die frische Luft würde ihr gut tun. Sie schwankte nicht gerade, aber ganz sicher auf den Beinen war sie nicht. Vielleicht hätte sie einen Kognak weniger trinken sollen, aber in der frischen Luft würde sie gleich wieder einen klaren Kopf bekommen. Und warum sollte eine Dame schließlich nicht hin und wieder ein Gläschen trinken? Was war dagegen einzuwenden? Sie hatte sich ja niemals betrunken. Betrunken? Natürlich war sie niemals betrunken. Und wenn's den Leuten nicht paßt, dann sollen sie's eben bleibenlassen, und wenn sie mir dumm kommen, werd' ich ihnen die Meinung sagen. Wenn sie reden würde. *Sie* wußte verschiedenes ... wenn es ihr einfallen sollte, den Mund aufzumachen ... Mrs. Nicoletis warf herausfordernd den Kopf zurück und trat schnell einen Schritt zur Seite, um nicht mit dem Briefkasten zusammenzustoßen, der ihr drohend entgegengekommen war. Es ließ sich nicht leugnen, daß sie etwas wie leichten Schwindel spürte. Vielleicht sollte sie sich einen Augenblick an die Mauer lehnen? Wenn sie ihre Augen nur eine Minute zumachen würde ...

Polizeiwachtmeister Bott, der mit gewichtigen Schritten durch sein Revier schritt, wurde von einem erschrockenen Passanten angesprochen.

«Hier liegt eine Frau, Herr Wachtmeister ... sie muß plötzlich krank geworden sein ... ich weiß nicht ... sie ist der Länge nach auf die Straße gefallen.»

Wachtmeister Bott lenkte seine energischen Schritte in die angegebene Richtung und blieb vor der bewegungslos Daliegenden stehen. Starker Kognakgeruch bestätigte seinen Verdacht. «Ohnmächtig geworden», sagte er. «Betrunken! Machen Sie sich darüber keine Sorgen, mein Herr; das werde ich schon in die Hand nehmen.»

Hercule Poirot hatte sein Sonntagsfrühstück beendet und wischte sich sorgfältig alle Spuren der heißen Frühstücksschokolade vom Schnurrbart; dann ging er in sein Wohnzimmer.

Auf dem Tisch lagen, fein säuberlich angeordnet, vier Rucksäcke, jeder mit Rechnung, die George in seinem Auftrag besorgt hatte. Poirot wickelte den Rucksack aus, den er am Tag vorher gekauft hatte, und legte ihn zu den anderen. Der Vergleich war interessant. Der Rucksack, den er bei Mr. Hicks gekauft hatte, schien mindestens von ebenso guter Qualität zu sein wie die anderen, die erheblich mehr gekostet hatten.

«Interessant», murmelte Hercule Poirot.
Er starrte auf die Rucksäcke; dann begann er, sie genau zu untersuchen, von innen und von außen, die Nähte, die Taschen und die Tragriemen. Er stand auf, ging ins Badezimmer und kam mit einem scharfen Hühneraugenmesser zurück. Er drehte den Rucksack, den er von Mr. Hicks gekauft hatte, auf die linke Seite und begann den Boden mit dem Messer zu bearbeiten. Zwischen dem Futter und der Leinwand war ein dickes Zwischenfutter, eine Art Wellpappe. Poirot sah sich den zerschnittenen Rucksack mit großem Interesse an. Dann begann er die anderen Rucksäcke zu attackieren.
Schließlich lehnte er sich befriedigt zurück und betrachtete das Werk der Zerstörung.
Dann zog er das Telefon näher zu sich heran, und nach einer kurzen Verzögerung gelang es ihm, Kommissar Sharpe zu erreichen.
«*Ecoutez, mon cher*», sagte er. «Ich möchte Sie zwei Dinge fragen ... Sie erwähnten gestern gewisse Erkundigungen, die die Polizei während der letzten drei Monate in der Hickory Road eingezogen hat. Könnten Sie mir die Daten geben und wenn möglich die genaue Tageszeit?»
«Das wird nicht sehr schwierig sein — muß alles in den Akten stehen. Warten Sie einen Moment, ich werde nachsehen.»
Nach kurzer Zeit schon war der Kommissar wieder da. «Die erste Nachfrage betraf den indischen Studenten, der revolutionäre Flugschriften verteilt hat; sie hat am achtzehnten Dezember, nachmittags um drei Uhr dreißig stattgefunden.»
«Das ist schon zu lange her.»
«Die Nachfrage, die den Halbeuropäer Montagu Jones betraf, der wegen der Ermordung einer gewissen Mrs. Alice Combe aus Cambridge gesucht wurde, war am vierundzwanzigsten Februar, nachmittags um fünf Uhr dreißig. Die Nachfrage, die den Westafrikaner William Robinson betraf, der von der Polizei in Sheffield gesucht wurde, fand am sechsten März, um elf Uhr vormittags statt.»
«Aha. Vielen Dank.»
«Aber ich glaube nicht, daß einer dieser Fälle im Zusammenhang mit den Ereignissen stehen könnte, die sich ...»

Poirot unterbrach ihn.
«Nein, sie stehen in keinem Zusammenhang. Ich wollte nur wissen, um welche Tageszeit die Nachfragen stattgefunden haben.»
«Was führen Sie im Schild, Poirot?»
«Im Augenblick seziere ich Rucksäcke ... eine sehr interessante Beschäftigung.»
Er legte den Hörer vorsichtig auf und nahm aus seiner Tasche die berichtigte Liste, die Mrs. Hubbard ihm gestern gegeben hatte. Er las:

Rucksack (von Len Bateson)
Glühbirnen
Armband (von Geneviève)
Brillantring (von Patricia)
Puderdose (von Geneviève)
Abendschuh (von Sally)
Lippenstift (von Elizabeth Johnston)
Ohrringe (von Valerie)
Stethoskop (von Len Bateson)
Badesalz (?)
Zerschnittener Schal (von Valerie)
Hosen (von Colin)
Kochbuch (?)
Borax (von Chandra Lal)
Brosche (von Sally)
Tinte auf Elizabeth Johnstons Papieren.

(Ich habe die Liste so gut wie möglich zusammengestellt, aber ich weiß nicht, ob die Reihenfolge wirklich ganz genau ist. L. Hubbard.)

Poirot sah sich die Liste lange an. Er seufzte und murmelte: «Ja ... ja, unbedingt ... wir müssen die unwichtigen Dinge unbedingt eliminieren ...» Er hatte das Gefühl, daß ihm jemand Bestimmter dabei behilflich sein könnte. Es war Sonntag. Die meisten der Studenten würden wahrscheinlich zu Haus sein.

Er wählte die Nummer des Studentenheims und fragte nach Miss Valerie Hobhouse. Eine gutturale Stimme sagte, es wäre zweifelhaft, ob Miss Hobhouse schon auf wäre, und fügte hinzu: «Einen Augenblick, bitte.»
Bald darauf hörte er eine tiefe, heisere Stimme:
«Hier spricht Valerie Hobhouse.»
«Hier ist Hercule Poirot. Erinnern Sie sich noch an mich?»
«Aber natürlich, Monsieur Poirot. Was kann ich für Sie tun?»
«Wäre es möglich, Sie für ein paar Minuten zu sehen?»
«Selbstverständlich.»
«Dann könnte ich vielleicht jetzt zu Ihnen in die Hickory Road kommen?»
«Gern. Ich werde Geronimo bitten, Sie in mein Zimmer zu führen. Unten kann man am Sonntag nicht in Ruhe reden.»
«Herzlichen Dank, Miss Hobhouse. Ich bin Ihnen sehr verbunden.»
Geronimo öffnete Poirot die Tür mit großem Schwung, dann beugte er sich vor und sagte mit seiner üblichen Verschwörermiene:
«Ich werde Sie ganz leise führen zu Miss Hobhouse.»
Er legte den Zeigefinger auf die Lippen und brachte Poirot nach oben. Das Zimmer von Valerie Hobhouse war ziemlich geräumig und ging auf die Hickory Road. Es war ein geschmackvoll, fast luxuriös eingerichtetes Wohn-Schlafzimmer. Auf der Couch lag ein etwas abgewetzter, aber schöner Perserteppich, und Poirot nahm an, daß weder der Teppich noch der wertvolle Queen Anne-Schreibtisch aus Nußbaumholz zum Mobiliar des Hauses gehörten.
Valerie Hobhouse war aufgestanden, um ihn zu begrüßen. Er fand, daß sie müde aussah; sie hatte dunkle Ränder unter den Augen.
«*Mais vous êtes très bien ici*», sagte Poirot. «Sehr elegant — Ihr Zimmer hat eine persönliche Note.»
Valerie lächelte.
«Ich bin schon ziemlich lange hier», erklärte sie, «fast drei Jahre. Ich hab' mich hier mehr oder weniger häuslich niedergelassen, und die Möbel sind zum Teil mein Privateigentum.»
«Sie studieren nicht, Mademoiselle?»

«Nein, nein. Ich habe eine Stellung — rein kaufmännisch.»
«Wenn ich mich nicht irre, hat es etwas mit Kosmetik zu tun, stimmt's?»
«Ja, ich bin Einkäuferin bei ‹Sabrina Fair› — dem bekannten Salon für Schönheitspflege. Ich bin sogar an dem Geschäft beteiligt, allerdings nur mit einem kleinen Anteil. Wir beschäftigen uns hauptsächlich mit Schönheitspflege; außerdem verkaufen wir auch modische Kleinigkeiten, Neuheiten aus Paris — das ist meine Abteilung.»
«Reisen Sie oft nach dem Kontinent und nach Paris?»
«O ja, etwa einmal im Monat, manchmal noch öfter.»
«Bitte verzeihen Sie, wenn ich neugierig erscheine», sagte Poirot.
«Warum nicht», erwiderte sie kurz. «Unter diesen Umständen müssen wir uns alle damit abfinden. Ich habe Kommissar Sharpe gestern viele Fragen beantwortet. Ich glaube, Sie möchten lieber einen gradlehnigen Stuhl haben als einen tiefen Sessel, Monsieur Poirot.»
«Wie gut Sie beobachten, Mademoiselle», bemerkte Poirot beifällig und setzte sich vorsichtig in einen Armstuhl mit einer hohen, geraden Lehne.
Valerie setzte sich ihm gegenüber auf die Couch, bot ihm eine Zigarette an und zündete sich selbst eine an. Er beobachtete sie aufmerksam. Sie hatte eine gewisse nervöse Unruhe und eine Eleganz, die ihm mehr zusagte als konventionelle Schönheit. Eine reizvolle, intelligente junge Frau, dachte er. Er fragte sich, ob ihre Nervosität das Resultat der augenblicklichen Aufregungen sei oder ob sie von Natur aus nervös war. Er entsann sich, daß er an dem Abend, als er den Vortrag gehalten hatte, einen sehr ähnlichen Eindruck von ihr gewonnen hatte.
«Kommissar Sharpe hat Sie also verhört?» fragte er.
«Ja, allerdings.»
«Und Sie haben ihm alles gesagt, was Sie wissen?»
«Selbstverständlich.»
«Ist das wirklich wahr?»
Sie sah ihn ironisch an.
«Da Sie meine Antworten nicht gehört haben, können Sie das kaum beurteilen», meinte sie.

«Nein, nein. Es ist nur so ein Gefühl.» Er tippte sich auf die Stirn. «Hier – hier drin hab' ich manchmal so meine kleinen Ideen ...»
Es war ganz offensichtlich, daß Poirot sich in diesem Augenblick als ein Tausendsassa aufspielen wollte, was er bekanntlich hin und wieder absichtlich tat. Aber er konnte Valerie kein Lächeln entlocken. Sie sah ihm unverwandt ins Gesicht und sagte ziemlich kurz angebunden:
«Wollen wir nicht zur Sache kommen, Monsieur Poirot? Ich weiß wirklich nicht, worauf Sie anspielen ...»
«Aber gern, Miss Hobhouse.»
Er nahm ein kleines Päckchen aus der Tasche.
«Vielleicht können Sie erraten, was das ist?»
«Da ich nicht hellsichtig bin, kann ich nicht durch die Verpackung hindurchsehen, Monsieur Poirot.»
«Ich habe hier den Ring, der Miss Patricia Lane gestohlen worden ist.»
«Patricias Verlobungsring? Ich meine ... den Verlobungsring ihrer Mutter? Warum haben Sie den?»
«Ich habe sie gebeten, ihn mir für ein paar Tage zu leihen.»
Wieder hob Valerie erstaunt die Augenbrauen.
«Tatsächlich», bemerkte sie.
«Der Ring hat mich interessiert», erklärte Poirot. «Ich fand das Verschwinden des Ringes faszinierend, ebenso sein Wiederauftauchen, und noch etwas anderes. Deshalb bat ich Miss Lane, ihn mir für kurze Zeit zu überlassen, und sie war sofort dazu bereit. Ich habe den Ring zu einem befreundeten Juwelier gebracht, und ...»
«Und?»
«Ich bat ihn, den Diamanten zu schätzen – Sie werden sich erinnern, daß es ein ziemlich großer Stein war, umgeben von einem Kranz kleinerer Brillanten. Sie erinnern sich doch, nicht wahr, Mademoiselle?»
«Ich glaube, aber genau könnte ich ihn nicht mehr beschreiben.»
«Immerhin haben Sie den Ring in der Hand gehabt – er fand sich doch in Ihrem Suppenteller, nicht wahr?»
«Ja, da ist er wieder aufgetaucht. Natürlich erinnere ich mich

daran. Ich hätte den Ring fast heruntergeschluckt», sagte Valerie lachend.
«Wie erwähnt, brachte ich den Ring zu einem befreundeten Juwelier und bat ihn, den Brillanten zu schätzen. Wissen Sie, was er gesagt hat?»
«Wie sollte ich?»
«Er sagte, daß der Stein kein echter Diamant wäre, sondern nur ein Zirkon — ein weißer Zirkon.»
Sie starrte ihn an, dann meinte sie in einem etwas unsicheren Ton: «Glauben Sie, daß Patricia den Stein für einen echten Diamanten hielt und daß er in Wirklichkeit nur ein Zirkon war, oder ...»
«Nein, das glaube ich nicht. Es war, wie ich höre, der Verlobungsring von Miss Lanes Mutter. Patricia Lane kommt aus einer sehr guten Familie, und ich nehme bestimmt an, daß ihre Familie, auf jeden Fall vor dem Krieg, ziemlich wohlhabend war. In diesen Kreisen gibt man für einen Verlobungsring viel Geld aus, Mademoiselle. Ein Verlobungsring muß kostbar sein, ein Ring mit einem echten Brillanten oder einem anderen wertvollen Edelstein. Ich bin fest davon überzeugt, daß Miss Lanes Vater ihrer Mutter keinen unechten Ring zur Verlobung geschenkt hätte.»
«Darin bin ich ganz Ihrer Meinung», sagte Valerie. «Patricias Vater war, glaube ich, Gutsbesitzer.»
«Es ist also anzunehmen, daß der echte Stein in dem Ring später durch einen unechten ersetzt worden ist», erklärte Poirot.
«Wahrscheinlich hat Pat den Stein verloren», meinte Valerie, «und da sie es sich nicht leisten konnte, einen neuen Brillanten zu kaufen, hat sie statt dessen einen Zirkon einsetzen lassen.»
«Das wäre möglich, aber ich persönlich glaube nicht, daß es so war», widersprach Poirot.
«Nein? Und was hat sich Ihrer Meinung nach ereignet?»
«Ich glaube, daß Mademoiselle Celia den Ring genommen hat und daß der Brillant absichtlich entfernt und durch einen Zirkon ersetzt worden ist, bevor er zurückgegeben wurde.»
Valerie saß stocksteif auf ihrer Couch.
«Sie glauben, daß Celia den Brillanten gestohlen hat?»
Poirot schüttelte den Kopf.

«Nein», sagte er, «ich glaube, daß *Sie* ihn gestohlen haben, Mademoiselle.»
Valerie Hobhouse hielt einen Moment den Atem an, dann entgegnete sie empört: «Also das geht mir denn doch etwas zu weit. Wie können Sie so etwas behaupten? Dafür fehlt Ihnen doch jeglicher Beweis . . . das ist doch . . .»
«O doch, einen Beweis habe ich», unterbrach sie Poirot. «Der Ring wurde in einem Suppenteller wiedergefunden. Wie Sie wissen, habe ich neulich hier zu Abend gegessen, und bei dieser Gelegenheit fiel mir auf, daß die Suppe aus einer großen Terrine, die auf einem Seitentischchen steht, serviert wird. Daher kann der Ring nur entweder von der Person, die die Suppe serviert hat — in diesem Fall wäre das Geronimo gewesen — auf den Teller gelegt worden sein, oder von der Person, deren Suppenteller es war. Also von Ihnen! Ich glaube nicht, daß Geronimo es getan hat. Ich glaube, daß *Sie* das Wiederauftauchen des Ringes in der Suppe arrangiert hatten, weil Sie es amüsant fanden. Wenn ich mir eine Kritik erlauben darf, Mademoiselle: Ihr Gefühl für das Dramatische ist etwas zu sehr mit Humor vermischt. *Hier ist der Ring! Seht ihn euch alle an!* Ich fürchte, Sie haben Ihrem Sinn für Humor zu freien Lauf gelassen und nicht bemerkt, daß Sie sich dadurch selbst verraten haben.»
«Ist das alles?» fragte Valerie zornig.
«Durchaus nicht. An dem Abend, an dem Celia gestand, daß sie die Diebstähle begangen habe, fielen mir verschiedene Kleinigkeiten auf. Als sie zum Beispiel von dem Ring sprach, sagte sie: ‹Ich wußte nicht, wie wertvoll er war. So wie ich das erfuhr, habe ich ihn zurückgegeben.› Auf welche Weise hat sie es erfahren, Miss Valerie? Wer hat ihr gesagt, wie wertvoll der Ring ist? Und später, als wir über den Schal sprachen, sagte Miss Celia: ‹Das war nicht so wichtig, Valerie hatte nichts dagegen . . .› Warum hatten Sie nichts dagegen, daß ein reinseidener Schal, der Ihnen gehörte, in kleine Stücke geschnitten wurde? In diesem Augenblick gewann ich den Eindruck, daß der ganze Schlachtplan — die Diebstähle, die Idee, sich als Kleptomanin auszugeben, um auf diese Weise Colin McNabbs Aufmerksamkeit zu erregen — nicht von Celia selbst stammte,

sondern von einer sehr viel intelligenteren Person, die etwas von Psychologie versteht. *Sie* haben ihr gesagt, daß der Ring wertvoll ist. *Sie* haben ihn ihr abgenommen und dafür gesorgt, daß er wieder auftauchte, und es war *Ihre* Idee, den Seidenschal in Stücke zu schneiden.»

«Das sind alles nur Theorien, und sogar recht abwegige», sagte Valerie geringschätzig. «Der Kommissar hat mich auch schon gefragt, ob ich Celia vielleicht auf den Gedanken mit der Kleptomanie gebracht hätte.»

«Und was haben Sie ihm geantwortet?»

«Daß es Unsinn ist, natürlich.»

«Und was antworten Sie mir?»

Valerie sah ihn einen Augenblick prüfend an, dann lachte sie kurz auf, drückte ihre Zigarette aus, stopfte sich ein Kissen in den Rücken, lehnte sich bequem zurück und sagte:

«Sie haben ganz recht. Ich habe sie auf die Idee gebracht.»

«Darf ich fragen, warum?»

«Oh, einfach aus Gutmütigkeit», erklärte Valerie ungeduldig. «Ich habe mich mit den besten Absichten eingemischt, weil ich sah, wie sich die arme kleine Celia grämte und sich vor Liebe und Sehnsucht nach Colin verzehrte, der sie nie auch nur eines Blickes würdigte ... weil mir das alles zu dumm wurde. Colin ist ein eingebildeter, egozentrischer Junge, der sich lediglich für Psychologie, Komplexe, Hemmungen und ähnliches interessiert, und ich dachte, es würde sehr amüsant sein, ihn an der Nase herumzuführen. Außerdem konnte ich Celias Liebeskummer nicht mehr mitansehen. Ich nahm sie mir vor, erklärte ihr meinen Plan und redete ihr gut zu, ihn auszuführen. Sie war ein bißchen nervös, aber gleichzeitig fand sie den Gedanken sehr aufregend. Und was tut die kleine Törin? Sie findet Patricias Ring im Badezimmer und stiehlt dieses wirklich wertvolle Stück, dessen Verschwinden natürlich die größte Aufregung verursachen mußte. Es war klar, daß man nun sofort zur Polizei laufen würde und daß uns ernste Schwierigkeiten drohten. Deshalb nahm ich ihr den Ring sofort ab, sagte ihr, daß wir ihn so schnell wie möglich zurückgeben müßten und gab ihr den Rat, sich in Zukunft nur an unechten Schmuck und andere Kleinigkeiten zu halten; wenn sie wollte, könnte sie etwas von meinen Sachen nehmen oder beschädigen — das würde wenigstens nicht zu Komplikationen führen.»

Poirot seufzte.

«Genauso habe ich es mir vorgestellt», sagte er.

«Jetzt wünschte ich, daß ich es nicht getan hätte», gestand Valerie. «Aber ich hab's nur gut gemeint. Das klingt lächerlich, als ob Jean Tomlinson es gesagt hätte, aber ich meine es wirklich so.»

«Und jetzt kommen wir auf die Sache mit Patricias Ring zurück», verkündete Poirot. «Celia gab Ihnen den Ring; Sie sollten ihn — wie zufällig — irgendwo finden und Patricia zurückgeben.» Er machte eine Pause. «Aber was geschah, *bevor* Sie ihn Patricia zurückgaben?»

Er beobachtete, wie ihre Finger nervös mit den Fransen ihres Halstuches spielten, bevor er mit eindringlicher Stimme fortfuhr:

«Sie waren ziemlich abgebrannt — stimmt das?»

Sie nickte mit dem Kopf, ohne ihn anzusehen.

«Also gut», erklärte sie bitter, «ich werde Ihnen die Wahrheit sagen, Monsieur Poirot. Unglücklicherweise bin ich eine Spielernatur. Das ist einem angeboren; man kann nicht viel dagegen tun. Ich bin Mitglied eines kleinen Spielklubs in Mayfair, aber wo er ist und wie er heißt, kann ich Ihnen nicht sagen, weil ich nicht will, daß meinetwegen dort eine Polizeirazzia stattfindet ... wir lassen es einfach dabei, daß ich ein Klubmitglied bin. Man spielt dort Roulette, Baccarat und andere Glücksspiele. Ich hatte viel Pech gehabt, große Verluste, und ich hatte Patricias Ring in der Tasche. Zufällig sah ich in einem Schaufenster einen Zirkonring und überdachte, daß es Pat überhaupt nicht auffallen würde, wenn man diesen Brillanten durch einen weißen Zirkon ersetzte. Einen Ring, den man gut kennt, sieht man sich nicht mehr so genau an. Wenn einem der Diamant weniger glänzend erscheint, denkt man vielleicht, daß der Ring einmal gereinigt werden müßte. Ja . . plötzlich kam mir dieser Gedanke, und ich erlag der Versuchung. Ich löste den Brillanten aus der Fassung, verkaufte ihn und setzte statt dessen einen Zirkon ein. Am selben Abend gab ich vor, den Ring in meiner Suppe gefunden zu haben. Ich gebe zu, daß das sehr töricht war. So — und nun wissen Sie alles, und bitte, glauben Sie mir, daß ich niemals die Absicht hatte, Celia die Schuld daran zuzuschieben.»

«Ich verstehe.» Poirot nickte ernsthaft. «Es bot sich Ihnen zufällig eine Gelegenheit, und Sie ergriffen sie beim Schopf. Aber Sie haben einen großen Fehler gemacht, Mademoiselle!»

«Das weiß ich», sagte Valerie trocken. Dann fügte sie, mit einem plötzlichen Unterton der Verzweiflung, hinzu: «Verflucht noch mal, was spielt das eigentlich jetzt noch für eine Rolle? Machen Sie, was Sie wollen! Erzählen Sie es Pat! Oder dem Kommissar! Sperren Sie mich ein! Aber wozu soll das gut sein? Glauben Sie, daß wir Celias Mörder dadurch auf die Spur kommen können?»

Poirot stand auf.

«Das kann man nie wissen», erklärte er. «Es ist schwer zu entscheiden, was wichtig und was unwichtig ist. Man muß natürlich viele Dinge eliminieren, die keine Rolle spielen, um schließlich zu einem klaren Endergebnis zu gelangen. Auf jeden Fall war es mir wichtig festzustellen, wer die kleine Celia auf den Gedanken gebracht hat, die Rolle der Kleptomanin zu spielen. Das weiß ich nun. Wegen der Sache mit dem Ring möchte ich Ihnen vorschlagen, zu Miss Patricia Lane zu gehen, ihr die Wahrheit zu sagen und sich bei ihr zu entschuldigen.»

Valerie schnitt eine Grimasse.

«Ich nehme an, daß Ihr Ratschlag gut ist», meinte sie. «Also schön, ich werde zu Patricia gehen und vor ihr zu Kreuze kriechen. Pat ist ein liebes Geschöpf; ich werde ihr versprechen, den Brillanten, sobald ich kann, zu ersetzen. Soll ich das tun, Monsieur Poirot?»

«Das hängt ganz von Ihnen ab, Miss Hobhouse, aber ich würde Ihnen unbedingt dazu raten.»

In diesem Moment öffnete sich plötzlich die Tür, und Mrs. Hubbard kam herein. Sie atmete schwer und sah so verstört aus, daß Valerie fragte: «Was ist denn los, Muttchen? Was ist passiert?»

Mrs. Hubbard ließ sich in einen Stuhl fallen.

«Es handelt sich um Mrs. Nicoletis . . .»

«Um Mrs. Nick? Was hat sie denn?»

«Sie ... sie ist tot.»
«Tot?» Valeries Stimme klang hart. «Wieso? Wann?»
«Anscheinend ist sie gestern abend auf der Straße gefunden und zur Polizei gebracht worden. Sie glaubten, sie wäre ...»
«Betrunken ...?»
«Ja, getrunken hatte sie, aber ... also auf jeden Fall ist sie tot.»
«Arme Mrs. Nick», sagte Valerie heiser; ihre Stimme zitterte leicht.
«Hatten Sie sie gern, Mademoiselle?» fragte Poirot leise.
«In gewisser Weise ja, obwohl sie manchmal launisch und unfreundlich war ... ja, ich hatte sie trotzdem gern. Als ich vor fast drei Jahren hierher kam, war sie lange nicht so ... so unausgeglichen wie später. Ich war gern mit ihr zusammen; sie war amüsant und gutherzig. Im Laufe des letzten Jahres hat sie sich leider sehr verändert.»
Valerie sah Mrs. Hubbard an.
«Wahrscheinlich, weil sie begonnen hatte, heimlich zu trinken; man hat eine Menge leere Flaschen in ihrem Zimmer gefunden, nicht wahr?»
«Ja», gab Mrs. Hubbard zögernd zu; dann sagte sie anklagend: «Ich mache mir die größten Vorwürfe – ich hätte sie gestern abend nicht allein nach Hause gehen lassen dürfen – sie hat sich nämlich vor etwas gefürchtet ...»
«Gefürchtet?» fragten Valerie und Poirot gleichzeitig.
«Ja, sie bemerkte, sie fühlte sich nicht sicher. Ich bat sie, mir zu sagen, wovor sie sich fürchtete, aber sie wollte nicht. Man wußte ja bei ihr nie, ob und wieviel sie übertrieb, aber jetzt – jetzt frage ich mich ...»
Valerie sagte: «Sie glauben doch nicht, daß sie ... daß sie auch ...»
Sie unterbrach sich plötzlich und begann zu zittern. Ein Ausdruck des Grauens trat in ihre Augen.
«Hat man Ihnen die Ursache des Todes mitgeteilt?» erkundigte sich Poirot.
«Nein, man hat mir nichts gesagt», erwiderte Mrs. Hubbard verstört. «Am Dienstag wird eine gerichtliche Untersuchung stattfinden.»

14

In einem ruhigen Zimmer in New Scotland Yard saßen vier Männer um einen Tisch. Der Vorsitzende war Oberkommissar Wilding, der Leiter der Rauschgiftabteilung. Neben ihm saß Wachtmeister Bell, ein energischer und optimistischer junger Mann, der wie ein übereifriger Windhund aussah. Weiters war Kommissar Sharpe anwesend, der sich ruhig und aufmerksam in seinem Stuhl zurücklehnte. Der vierte war Hercule Poirot. Auf dem Tisch lag ein Rucksack.
Kommissar Wilding strich sich nachdenklich übers Kinn.
«Eine interessante Idee, Monsieur Poirot», bemerkte er vorsichtig. «Eine sehr interessante Idee.»
«Es ist, wie erwähnt, nur eine Vermutung», erklärte Poirot.
Wilding nickte und sagte:
«Wir haben Ihnen die allgemeine Lage skizziert. Auf die eine oder die andere Weise wird natürlich dauernd geschmuggelt. Wir fangen eine Reihe von Schmugglern ab, und nach einiger Zeit fängt die Schmuggelei in einer anderen Ecke des Landes wieder von vorne an. In meinem eigenen Gebiet hat das Schmugglerwesen im Lauf der letzten anderthalb Jahre sehr zugenommen. Eine Menge Rauschgifte haben ihren Weg ins Land gefunden, hauptsächlich Heroin und Kokain. Über den Kontinent verstreut gibt es eine ganze Anzahl von Lagern, von denen aus das Rauschgift verteilt wird. Die französische Polizei hat eine Idee, auf welche Weise es ins Land kommt, aber wie es wieder hinausgeschmuggelt wird, weiß sie nicht.»
«Ich glaube, daß Ihr Problem in drei Teile zerfällt», meinte Poirot. «Das Problem der Verteilung, das Problem, wie die Ware ins Land kommt, und schließlich das Problem, wer das Geschäft leitet und die Gewinne einsteckt. Habe ich recht?»
«In großen Zügen ja. Wir kennen eine ganze Reihe von Leuten, die das Zeug verteilen. Einige von ihnen verhaften wir, andere lassen wir frei herumlaufen, weil wir hoffen, daß wir durch sie eines Tages auf die Fährte der Rädelsführer kommen werden. Das Rauschgift wird auf verschiedenste Weise und an den verschiedensten Orten verteilt — in Nachtklubs, in Gasthäusern, hin und wieder an Ärzte, an elegante Schneide-

rinnen und an Friseure. Manchmal wird es auf Rennen weitergegeben oder in Antiquitätengeschäften, manchmal sogar in Warenhäusern. Aber das brauche ich Ihnen nicht alles zu erzählen; dieses Stadium ist nicht so wichtig, und wir wissen darüber ganz gut Bescheid. Außerdem sind wir, glaube ich, den Rädelsführern auf der Spur – ein oder zwei sehr geachtete, reiche Herren, auf die nie der leiseste Verdacht fällt, weil sie ungeheuer vorsichtig sind, weil die Ware niemals durch ihre Hände geht und weil die kleinen Schieber sie nicht einmal kennen. Aber eines schönen Tages wird einer von ihnen einen Fehler machen, und dann packen wir zu.»
«Genauso habe ich mir das vorgestellt. Ich bin aber hauptsächlich am dritten Problem interessiert. Wie kommt die Ware ins Land?»
«Da wir auf einer Insel leben, hauptsächlich auf dem Wasserweg. Irgendwo an der Ostküste oder in einer stillen Bucht im Süden landet ein kleines Motorboot, lädt seine Ware aus und fährt heimlich und still durch den Kanal wieder zurück. Das geht meistens eine Weile gut – so lange, bis wir von dem Besitzer des Bootes hören. Sobald er unter Verdacht steht, ist es mit der Schmuggelei vorbei. In der letzten Zeit ist die Ware auch hin und wieder per Flugzeug gekommen; es werden beträchtliche Bestechungsgelder ausgesetzt, und gelegentlich findet sich ein Steward oder ein anderes Mitglied der Besatzung, das der Versuchung nicht widerstehen kann. Dann gibt es unter den Schmugglern noch Geschäftsleute, oft Besitzer angesehener Importfirmen, die Klaviere oder irgend etwas anderes einführen. Auch sie sind meist eine Zeitlang erfolgreich, bevor wir ihnen auf die Schliche kommen.»
«Sie würden also den Import der Ware für den schwierigsten Teil dieses ungesetzlichen Handels halten?»
«Unbedingt. Und ich möchte hinzufügen, daß wir uns gerade über den Import seit geraumer Zeit große Sorgen machen. Es kommt mehr Ware ins Land denn je, und wir können leider nicht alle Spuren verfolgen.»
«Und wie steht es mit anderen Dingen? Beispielsweise mit Juwelen?»
Jetzt ergriff Wachtmeister Bell das Wort.

«Die werden ebenfalls im großen Stil eingeschmuggelt. Brillanten und andere Edelsteine kommen meist aus Südafrika, aus Australien und aus dem Fernen Osten. Sie werden sehr regelmäßig eingeführt, und wir wissen nicht wie. Neulich wurde eine junge Frau, eine gewöhnliche Touristin, in Frankreich von jemand, den sie zufällig kennenlernte, gefragt, ob sie nicht ein Paar Schuhe mit nach England nehmen könnte — nicht etwa neue Schuhe, die verzollt werden müßten. Sie willigte ganz harmlos ein. Zufällig erfuhren wir davon — die Absätze der Schuhe waren hohl und mit ungeschliffenen Diamanten angefüllt.»
Oberkommissar Wilding fragte: «Sie sind also, wenn ich Sie recht verstehe, an Rauschgiften oder an geschmuggelten Juwelen interessiert, Monsieur Poirot?»
«An beidem, in der Tat an jeder wertvollen Ware, die wenig Raum einnimmt. Mir scheint, daß eine Art Frachtverkehr an Waren dieser Art über den Kanal in beiden Richtungen stattfindet. Gestohlene Juwelen, Steine, die aus Ringen oder Broschen entfernt worden sind, werden anscheinend von diesen Leuten aus England hinausgebracht, und ungeschliffene Brillanten und Rauschgifte werden hereingeschmuggelt. Es könnte sich um eine kleine, unabhängige Agentur handeln, die nichts mit der Verteilung zu tun hat und die Ware auf Kommissionsbasis befördert. Die Profite wären da vielleicht sehr hoch.»
«Ich bin ganz Ihrer Meinung. Man kann Heroin im Wert von zehn bis zwanzigtausend Pfund oder kostbare Steine in einem winzig kleinen Raum unterbringen.»
«Der schwache Punkt dieser illegalen Transaktionen ist immer das menschliche Element», erklärte Poirot. «Über kurz oder lang fällt der Verdacht auf eine Person — auf einen Flugsteward, auf den Besitzer einer kleinen Luxusjacht, auf eine Frau, die oft von hier nach Frankreich und zurück reist, auf einen Importeur, der anscheinend zuviel Geld verdient, auf einen Mann, der gut lebt und dessen Verdienstquelle unbekannt ist. Aber wenn die Ware von einer unschuldigen Person eingeführt wird und womöglich noch *jedesmal von einer anderen Person*, dann wird es allerdings ungeheuer schwierig, der Sache auf die Spur zu kommen.»

Wilding legte seine Hand auf den Rucksack. «Und das vermuten Sie, nicht wahr?»
«Ja. Auf wen fällt heutzutage der geringste Verdacht? Auf den Studenten, auf den ernsten, schwer arbeitenden Studenten, der wenig Geld hat und sein Reisegepäck auf dem Rücken trägt. Wenn *ein* bestimmter Student die Ware ins Land bringen würde, würden Sie es natürlich bald herausfinden, aber die Organisation scheint dafür zu sorgen, daß die Überbringer der Ware unschuldig sind und daß es eine große Anzahl von ihnen gibt.»
Wilding rieb sich das Kinn.
«Wie stellen Sie sich das vor, Poirot?»
Hercule Poirot zuckte die Achseln.
«Das Ganze ist natürlich nur eine Vermutung, und ich irre mich bestimmt in vielen Details, aber ich stelle es mir folgendermaßen vor: zunächst einmal wird eine bestimmte Art von Rucksäcken auf den Markt gebracht — gewöhnliche Rucksäcke, praktisch, widerstandsfähig, zweckmäßig. Aber ganz ‹gewöhnliche› Rucksäcke sind es eben doch nicht; das Futter des Rucksackbodens läßt sich, wie Sie sehen, leicht entfernen. Darunter befindet sich ein Zwischenfutter aus Wellpappe, in dem man zum Beispiel eine Tube Heroin oder ein Päckchen ungeschliffene Diamanten verstecken kann. Wenn Sie nicht gewarnt sind, wird Ihnen bestimmt nichts auffallen. Reines Heroin und reines Kokain nimmt bekanntlich sehr wenig Platz in Anspruch.»
«Das ist nur zu wahr», bestätigte Wilding und untersuchte das Zwischenfutter mit geschickten Fingern. «Hier könnte man tatsächlich Heroin im Wert von fünf- bis sechstausend Pfund unterbringen.»
«Sehr richtig», sagte Hercule Poirot. «*Alors!* Diese Rucksäcke werden hergestellt, auf den Markt gebracht, und höchstwahrscheinlich kann man sie in mehr als einem Geschäft kaufen. Der Ladenbesitzer mag im Bilde sein oder auch nicht. Mag sein, daß er nur glaubt, besonders günstig eingekauft zu haben, und daß er froh ist, andere Sportgeschäfte unterbieten zu können. Aber es steht fest, daß eine Organisation existiert, die Listen von Medizinstudenten und anderen führt. Ich nehme an, daß ein Student oder jemand, der sich als Student ausgibt,

an der Spitze dieser Organisation steht. Ein Student fährt ins Ausland, und irgendwo, auf dem Rückweg, findet ein Austausch von Rucksäcken statt. Der Student kehrt nach England zurück; die Zolluntersuchung wird bestimmt nur sehr oberflächlich sein. Der Student oder die Studentin kommt in seine Pension oder ins Studentenheim, packt aus und wirft den leeren Rucksack in eine Ecke. Jetzt findet wieder ein Austausch von Rucksäcken statt; möglicherweise wird auch nur der doppelte Boden, beziehungsweise das Zwischenfutter, vorsichtig entfernt und durch ein harmloses Futter ersetzt.»

«Und Sie glauben, daß sich das in der Hickory Road ereignet hat?»

Poirot nickte. «Ja, das vermute ich.»

«Nehmen wir an, daß Sie recht haben, Monsieur Poirot. Aber wie sind Sie daraufgekommen?»

«Ein Rucksack ist in Stücke geschnitten worden — warum? Da der Grund nicht ersichtlich ist, muß man sich einen ausdenken. Die Rucksäcke der Studenten in der Hickory Road haben eine Eigentümlichkeit: sie sind besonders billig — zu billig. In der Hickory Road haben sich eine Reihe von merkwürdigen Dingen ereignet, aber das dafür verantwortliche junge Mädchen hat geschworen, daß bestimmt nicht sie es war, die den Rucksack zerschnitten hat. Da sie alles andere gestanden hat, ist kaum anzunehmen, daß sie dieses eine Vergehen leugnen würde, wenn sie es wirklich begangen hätte. Wir müssen also herausfinden, aus welchem Grund der Rucksack zerschnitten worden ist. Übrigens ist es gar nicht so leicht, einen Rucksack zu zerschneiden! Es ist ein ziemlich schwieriges Unterfangen, und wer immer es getan hat, muß in einer Panik gewesen sein. Ich kam der Sache etwas näher, als ich erfuhr, daß der Rucksack an dem Tag demoliert worden ist, an dem ein Polizist ins Studentenheim kam und verlangte, mit der Inhaberin zu sprechen. (Leider steht es nicht mit absoluter Sicherheit fest, daß es dieser Tag war, da das Gedächtnis der meisten Menschen nicht unbedingt zuverlässig ist, wenn es sich um Ereignisse handelt, die bereits einige Monate zurückliegen.) Tatsächlich hatte die Polizeinachfrage mit dieser Angelegenheit nichts zu tun, aber versetzen Sie sich in die Lage einer Person, die mit einer Schmugglerorganisation in Verbindung steht ... Diese Person kommt abends nach Hause und erfährt, daß ein Polizist da ist, der sich in diesem Augenblick mit Mrs. Hubbard unterhält. Die Person glaubt selbstverständlich, daß der Besuch der Polizei im Zusammenhang mit der Schmuggelei steht. Nehmen wir nun an, daß sich ein Rucksack im Haus befindet, der gerade vom Kontinent zurückgebracht worden ist und der Rauschgifte enthält – oder enthalten hat. Wenn also die Polizei einen Wink bekommen hat, wird sie zu dem Zweck in die Hickory Road gekommen sein, um die Rucksäcke sämtlicher Studenten zu untersuchen. Das Haus mit dem gewissen Rucksack zu verlassen, wäre zu riskant, weil man damit rechnen muß, daß jemand vor dem Haus postiert worden ist, um alle, die es verlassen, zu kontrollieren. Und verbergen kann man einen Rucksack auch nicht so leicht. Es bleibt also nichts anderes übrig, als den Rucksack zu zerstückeln und die Fetzen hinter den Heißwasserofen im Kesselhaus zu stopfen. Sollten sich Brillanten oder Rauschgifte im Haus befinden, könnte man sie für den Moment unter dem Badesalz verstecken, aber im Rucksack könnten, selbst wenn er leer ist, noch Spuren von Heroin oder Kokainpulver enthalten sein. Und deshalb muß der Rucksack vernichtet werden. Glauben Sie, daß das eine Möglichkeit wäre?»

«Wie Sie selbst sagten, ist es nur eine Vermutung», meinte Oberkommissar Wilding.

«Außerdem besteht noch die Möglichkeit, daß ein bisher nicht für wichtig gehaltener Vorfall mit dem Rucksack in Zusammenhang steht. Nach der Aussage des italienischen Hausburschen Geronimo ging das Licht im Hausflur an dem Tag aus, an dem der Polizist erschien. Geronimo suchte nach einer anderen Glühbirne und stellte fest, daß die Ersatzbirnen auch verschwunden waren, aber er war ganz sicher, daß ein oder zwei Tage vorher neue Glühbirnen in der Schublade gelegen hatten. Ich halte es für möglich – aber ich betone, daß ich es wirklich nur für eine schwache Möglichkeit halte – daß jemand, der in die Schmuggelangelegenheit verwickelt war, Angst hatte, daß die Polizei ihn im hellen Licht erkennen könnte; deshalb schraubte er die Glühbirne in der Diele aus und nahm die Ersatzbirnen fort. Infolgedessen war die Diele nur vom Licht einer Kerze erleuchtet. Aber das ist — wie gesagt — nichts als eine Vermutung . . .»

«Eine geniale Idee», bemerkte Wilding.

«Und durchaus möglich», stimmte Wachtmeister Bell eifrig zu. «Je länger ich es mir überlege, um so wahrscheinlicher erscheint es mir.»

«Wenn es wirklich stimmen sollte, würde es sich doch wohl nicht nur um die Hickory Road handeln», warf Wilding ein.

«Bestimmt nicht», entgegnete Poirot. «Die Organisation steht zweifellos mit einer ganzen Anzahl von Studentenheimen und Klubs in Verbindung.»

«Man wird das Verbindungsglied finden müssen», sagte Wilding.

Kommissar Sharpe sprach zum erstenmal. Er erklärte:

«Es gibt ein Verbindungsglied — oder es gab eins. Eine Frau, der mehrere Studentenheime und Klubs gehörten. Eine Frau, die mit der Hickory Road eng verbunden war — Mrs. Nicoletis.»

Wilding warf Poirot einen schnellen Blick zu.

«Ja, Mrs. Nicoletis könnte es gewesen sein», sagte Poirot. «Sie war finanziell an mehreren Studentenheimen interessiert, obwohl sie sie nicht selbst leitete. Dafür suchte sie sich eine Person mit einem tadellosen Ruf — in diesem Fall war es meine Freundin Mrs. Hubbard. Die Heime wurden angeblich von Mrs. Nicoletis finanziert, aber wahrscheinlich war sie nicht die wirkliche Besitzerin.»

«Hm, es wäre ganz interessant, etwas mehr über Mrs. Nicoletis zu erfahren», meinte Wilding.

Sharpe nickte.

«Wir sind dabei, Erkundigungen einzuziehen», sagte er. «Wir versuchen, etwas über ihre Vergangenheit und ihre Familie in Erfahrung zu bringen, aber wir müssen sehr vorsichtig sein, damit wir die Vögel nicht zu früh aufscheuchen. Wir prüfen auch ihre finanzielle Lage. Was für ein alter Drache die Person doch war!»

Er beschrieb seine Erfahrungen mit Mrs. Nicoletis bei der Haussuchung.

«Was? Kognakflaschen?» rief Wilding überrascht. «Sie hat also getrunken! Das sollte es uns leichter machen! Was ist aus ihr geworden? Durchgebrannt?»
«Nein, Herr Kommissar, sie ist tot.»
Wilding runzelte die Stirn.
«Tot? *Haben Sie einen Verdacht . . .?»*
«Ja, aber Genaueres werden wir erst nach der Autopsie wissen. Ich persönlich glaube, daß sie einem Zusammenbruch nahe war. Vielleicht war sie nicht auf einen Mord vorbereitet.»
«Sie sprechen vom Fall Celia Austin, nehme ich an. Hat das Mädchen etwas gewußt?»
«Sie hat etwas gewußt», bestätigte Poirot, «aber sie hat nicht geahnt, wie schwerwiegend es war.»
«Sie hat also etwas gewußt, ohne sich über die Bedeutung klar zu sein?»
«Ja — genau das. Sie war kein besonders kluges Mädchen und nicht imstande, eine logische Schlußfolgerung zu ziehen. Aber vielleicht hat sie, was immer sie gehört oder gesehen haben mag, ganz unschuldig gesprächsweise erwähnt.»
«Sie haben keine Ahnung, was sie gehört oder gesehen haben könnte, Monsieur Poirot?»
«Ich kann es nur vermuten . . . Sie hat von einem Paß gesprochen. Hat jemand im Haus einen falschen Paß gehabt, der es ihm ermöglichte, unter einem anderen Namen auf den Kontinent zurückzufahren? Hat sie davon gewußt, und bedeutete das für die in Frage kommende Person eine Gefahr? Hat sie gesehen, wie der Rucksack zerschnitten worden ist, oder vielleicht, wie der doppelte Boden entfernt wurde, ohne sich über die Tragweite dieser Vorgänge im klaren gewesen zu sein? Hat sie vielleicht gesehen, wer die Glühbirnen herausgeschraubt hat, und hat sie es dem Täter gegenüber erwähnt? *Ah mon Dieu!* Vermutungen — nichts als Vermutungen. Wir brauchen Tatsachen!»
«Also zunächst einmal werden wir Näheres über das Vorleben von Mrs. Nicoletis herausfinden», sagte Sharpe. «Vielleicht werden dadurch verschiedene andere Dinge ans Tageslicht kommen.»
«Hat man sie aus dem Weg geräumt, weil man glaubte, daß

sie den Mund nicht halten würde? Hätte sie unter Umständen geredet?»
«Sie hat seit einiger Zeit heimlich getrunken, was darauf schließen läßt, daß ihre Nerven in einem schlechten Zustand waren», erklärte Sharpe. «Wenn sie zusammengebrochen wäre, hätte sie die Wahrheit sagen und die ganze Organisation auffliegen lassen können – durchaus denkbar.»
«Sie selbst hatte wohl keine leitende Stellung innerhalb dieser Organisation?»
Poirot schüttelte den Kopf.
«Ich glaube kaum. Sie war exponiert, und sie wußte natürlich, was vorging, aber wesentlich an der Leitung beteiligt war sie meiner Ansicht nach nicht.»
«Haben Sie eine Ahnung, wer die Seele des Ganzen sein könnte?»
«Nur eine Vermutung – aber ich kann mich irren. Ja, ich kann mich irren!»

15

«Hickory, Dickory, Dock . . .», sagte Nigel.

«Hickory, Dickory, Dock,
Die Maus sprang über'n Stock.
Wenn ich doch nur wüßt',
Sagt der Polizist,
Wer's gewesen ist!»

Er fügte hinzu: «Sagen oder nicht sagen. Das ist die Frage!»
Er goß sich noch eine Tasse Kaffee ein und brachte sie zurück zum Frühstückstisch.
«Was soll man sagen?» erkundigte sich Len Bateson.
«Alles, was man weiß», erwiderte Nigel mit einer verächtlichen Geste.
«Aber natürlich», meinte Jean Tomlinson mißbilligend. «Wenn wir irgendwelche Informationen besitzen, die nützlich sein könnten, müssen wir sie der Polizei mitteilen. Das versteht sich doch von selbst.»
«Also sprach unsere wackere Jean», sagte Nigel.

«*Moi, je n'aime pas les flics*», erklärte René, um auch etwas zur Unterhaltung beizutragen.
«Was soll man sagen?» wiederholte Len Bateson.
«Alles, was man weiß – was wir voneinander wissen, zum Beispiel», sagte Nigel und sah sich boshaft am Frühstückstisch um. Dann fügte er lachend hinzu: «Schließlich wissen wir ja alle eine ganze Menge über die anderen, nicht wahr? Das ist doch unvermeidlich, wenn man im selben Haus lebt.»
«Aber wer entscheidet, was wirklich wichtig ist? Es gibt viele Dinge, die die Polizei nichts angehen», ließ sich Mr. Achmed Ali vernehmen. Er war sehr erregt, weil er an Kommissar Sharpes Bemerkungen über seine Ansichtskartensammlung dachte.
«Ich höre, daß man in Ihrem Zimmer sehr interessante Dinge gefunden hat», wandte sich Nigel an Akibombo.
Seiner dunklen Hautfarbe wegen war Akibombo nicht imstande zu erröten, aber er zwinkerte verlegen.
«In meinem Land sehr viel Aberglaube», erklärte er. «Mein Großvater mir geben Sachen zum Mitnehmen. Ich sie aufhebe wegen Respekt und Tradition. Persönlich ich glaube an moderne Wissenschaft; nicht glaube an Medizinmann und schwarze Magie, was wegen Mangel von englische Sprachkenntnisse nicht kann erklären der Polizei.»
«Ich nehme an, daß selbst die liebe kleine Jean ihre Geheimnisse hat», fuhr Nigel fort zu sticheln und sah sie ironisch an.
Jean entgegnete wütend, daß sie nicht die Absicht hätte, sich beleidigen zu lassen.
«Hier gefällt es mir nicht mehr – ich werde in das Heim für christliche junge Mädchen ziehen», verkündete sie.
«Mach dich nicht lächerlich, Jean», sagte Nigel. «Gib uns noch eine letzte Chance!»
«Schon gut, Nigel», meinte Valerie. «Man muß sich eben unter diesen Umständen damit abfinden, daß die Polizei einem nachspioniert; was soll man sonst tun?»
Colin McNabb räusperte sich, dann sagte er:
«Meiner Ansicht nach sollte man uns über den Stand der Dinge informieren. Woran ist Mrs. Nick gestorben?»
«Das werden wir bei der gerichtlichen Untersuchung erfahren», entgegnete Valerie ungeduldig.

«Das möchte ich bezweifeln; ich nehme an, daß die Untersuchung vertagt werden wird», widersprach Colin.
«Es war wohl ein Herzanfall», meinte Patricia. «Ich höre, daß sie auf der Straße zusammengebrochen ist.»
«Sie ist in betrunkenem und hilflosem Zustand zur Polizei gebracht worden», ergänzte Len Bateson.
«Sie hat also wirklich getrunken», sagte Jean. «Das hab' ich schon lange vermutet. Man soll ja einen ganzen Haufen leere Kognakflaschen in ihrem Schrank gefunden haben.»
«Man kann sich jedenfalls fest darauf verlassen, daß unsere liebe Jean über den Klatsch Bescheid weiß», bemerkte Nigel beifällig.
«Also deshalb hat sich Mrs. Nick manchmal so sonderbar benommen», äußerte Patricia weise.
Colin räusperte sich nochmals, dann sagte er:
«Als ich am Sonnabend nach Hause kam, sah ich zufällig, wie sie in den ‹Drachen› ging.»
«Da hat sie also getankt», kommentierte Nigel.
«Ich nehme an, daß sie sich zu Tode getrunken hat», bemerkte Jean.
Len Bateson schüttelte den Kopf. «Das bezweifle ich.»
«Du glaubst doch nicht etwa, daß sie auch ermordet worden ist?» fragte Jean.
«Wetten daß?» mischte sich Sally Finch in das Gespräch. «Mich würde das gar nicht überraschen.»
«Bitte sehr», sagte Mr. Akibombo. «Wird gedacht, daß jemand sie hat getötet? Stimmt das?»
Er blickte von einem zum anderen.
«Bisher haben wir keinen Grund, das anzunehmen», beruhigte ihn Colin.
«Aber wer wäre daran interessiert gewesen, sie umzubringen?» fragte Geneviève. «Hat sie viel Geld hinterlassen? Wenn sie reich war, halte ich alles für möglich.»
«Sie war eine gräßliche Person», erklärte Nigel. «Ich bin davon überzeugt, daß jeder sie umbringen wollte ... ich bestimmt», fügte er hinzu und nahm sich eine große Portion Orangenmarmelade.

«Bitte sehr, kann ich stellen Frage, Miss Sally? Nach dem, was wurde gesagt bei Frühstück, ich denken viel nach.»
«Vielleicht denken Sie zuviel nach, Mr. Akibombo – das wird Ihnen nicht bekommen», meinte Sally.
Sally und Akibombo saßen im Regent's Park im Freien zu Mittag.
«Den ganzen Morgen ich bin gewesen sehr verstört», erzählte Akibombo mit klagender Stimme. «Ich nicht kann beantworten Fragen von mein Professor. Er sein nicht zufrieden mit mir. Er sagen: ich nur abschreiben aus Buch, nicht denken selbst. Aber ich sein hier zu lernen Weisheit aus Buch, und Buch es sagen viel besser als ich, weil eigene Kenntnisse von englischer Sprache ungenügend sind. Und finde ich es außerdem schwer heute zu denken an anderes als traurige Ereignisse in Hickory Road.»
«Das ist nur zu verständlich», entgegnete Sally. «Ich selbst kann mich heute auch nicht konzentrieren.»
«Und deshalb ich Sie bitten mir zu erklären gewisse Dinge, weil, wie gesagt, sehr viel nachgedacht habe.»
«Worüber haben Sie denn nachgedacht?»
«Über diesen Borr-axe.»
«Borr-axe? Ach, über den Borax! Ja, was ist damit los?»
«Also ich nicht viel verstehen davon. Ist eine Säure, nicht wahr? Ist Salzsäure, ja?»
«Nein, Salzsäure ist es nicht», sagte Sally.
«Ist nicht bestimmt für Experiment in Laboratorium?»
«Das kann ich mir nicht vorstellen. Es ist etwas völlig Harmloses.»
«Sie sich können tun ins Auge vielleicht?»
«Natürlich. Es *ist* für die Augen.»
«Ach so – erklärt sich jetzt alles. Mr. Chandra Lal hat kleines weißes Flasche mit weißes Pulver, und er tun Pulver in heißes Wasser, um zu baden Augen damit. Er es hat in Badezimmer, und dann an ein Tag es ist plötzlich fort, und er sehr böse. Das würde sein Borr-axe, ja?»
«Was wollen Sie nur mit dieser Boraxgeschichte?»
«Ich werde Ihnen erzählen später – jetzt nicht bitte – weil erst mehr nachdenken muß.»

«Seien Sie nur vorsichtig, Mr. Akibombo! Ich will nicht, daß Sie das nächste Opfer sind», bemerkte Sally.

«Könntest du mir einen Rat geben, Valerie?»
«Selbstverständlich, Jean, obwohl du meinen Rat ja doch nicht befolgen wirst.»
«Es ist eine Gewissensfrage», erklärte Jean.
«Dann solltest du mich nicht fragen. Ich hab' so gut wie kein Gewissen.»
«Ach, Valerie, wie kannst du so was sagen?»
«Aber es stimmt», beharrte Valerie und drückte ihre Zigarette aus. «Ich schmuggle die Kleider aus Paris nach England, ohne Zoll zu bezahlen, und ich erzähle den Kundinnen im Schönheitspflegesalon die schrecklichsten Lügen — wie man ihre häßlichen Gesichter verschönern könne. Ich bin sogar schon im Autobus gefahren, ohne zu bezahlen, wenn ich knapp bei Kasse war. Aber erzähl mir trotzdem ruhig, was du auf dem Herzen hast.»
«Erinnerst du dich, was Nigel beim Frühstück gesagt hat? Wenn man etwas über jemanden weiß, muß man es sagen?»
«Das ist ein Blödsinn. So etwas kann man nur von Fall zu Fall entscheiden. Worum handelt es sich? Was glaubst du sagen zu müssen?»
«Es handelt sich um einen Paß.»
«Um einen Paß?» fragte Valerie erstaunt. «Um welchen Paß?»
«Um Nigels. Er hat einen gefälschten Paß.»
«Nigel?» sagte Valerie ungläubig. «Das kann ich mir nicht vorstellen — klingt höchst unwahrscheinlich.»
«Aber es stimmt. Und ich glaube mich zu erinnern, daß die Polizei etwas über einen gefälschten Paß gesagt hat — Celia soll darüber gesprochen haben ... Und wenn sie es nun entdeckt hat und er sie daraufhin umbrachte?»
«Klingt sehr melodramatisch», meinte Valerie, «aber ich glaube — offen gesagt — nicht ein Wort davon. Was ist das für eine Geschichte mit dem Paß?»
«Ich hab' ihn gesehen.»
«Wieso?»
«Es war ein reiner Zufall», erzählte Jean. «Ich wollte vor un-

gefähr einer Woche in meiner Aktenmappe nach etwas suchen, und ich muß statt dessen aus Versehen Nigels Mappe genommen haben. Beide Mappen waren auf dem Regal im Wohnzimmer.»

Valerie lachte höhnisch. «Das kannst du mir doch nicht erzählen! Was wolltest du wirklich? Herumschnüffeln?»

«Wie kannst du das nur sagen», empörte sich Jean. «Glaubst du wirklich, daß ich so etwas tun würde? Ich war nur ein bißchen zerstreut, und da hab' ich eben die Papiere aus der Mappe genommen . . .»

«Mir kannst du nichts vormachen, Jean. Nigels Aktenmappe ist viel größer als deine, und die Farbe ist auch ganz anders. Gib lieber zu, daß du schnüffeln wolltest . . . Also — du hattest die Möglichkeit, Nigels Papiere zu durchstöbern, und du hast es getan.»

Jean stand auf.

«Wenn du so scheußlich und unfair bist, werde ich lieber . . .»

«Bleib hier, Kind», sagte Valerie. «Erzähl weiter. Die Sache beginnt mich zu interessieren. Ich will alles hören.»

«Also, dieser Paß war ganz unten in der Mappe», fuhr Jean fort. «Es stand ein Name drauf . . . Stanford oder Stanley, oder so ähnlich, und ich dachte: wie komisch, daß Nigel den Paß von jemand anderem hat. Ich machte ihn auf und sah mir die Fotografie an — es war Nigel! Er muß also ein Doppelleben führen, nicht wahr? Und nun frage ich mich, ob es meine Pflicht ist, die Polizei davon zu verständigen. Was denkst du?»

Valerie lachte.

«Du hast Pech, Jean», sagte sie, «dafür gibt es nämlich eine ganz einfache Erklärung. Pat hat mir erzählt, daß Nigel etwas Geld geerbt hat, unter der Bedingung, daß er einen anderen Namen annimmt. Das hat er dann auch ganz ordnungsgemäß getan — und das ist alles. Sein ursprünglicher Name war, glaube ich, Stanley oder Stanfield oder so ähnlich.»

«Ach so . . .», meinte Jean enttäuscht.

«Wenn du mir nicht glaubst, kannst du Pat fragen», fügte Valerie hinzu.

«Nein, nein . . . wenn es so ist, wie du sagst, dann hab' ich mich eben geirrt.»

«Hoffentlich hast du nächstesmal mehr Glück.»
«Was soll das heißen, Valerie?»
«Du möchtest Nigel doch zu gern eins auswischen, nicht wahr? Am liebsten wärst du zur Polizei gegangen, stimmt's?»
«Ob du es glaubst oder nicht – ich wollte nur meine Pflicht tun, Valerie», erklärte Jean würdevoll und verließ das Zimmer.
«Scher dich zum Teufel», murmelte Valerie.
Gleich darauf wurde wieder an die Tür geklopft, und Sally kam herein.
«Was ist denn mit dir los, Valerie? Warum siehst du so wütend aus?»
«Ich hab' mich über Jean geärgert – sie ist wirklich zu scheußlich! Es besteht wohl nicht die Möglichkeit, daß Jean die arme Celia umgebracht haben könnte, was? Es würde mir das größte Vergnügen bereiten, Jean auf der Anklagebank sitzen zu sehen.»
«Mir auch», meinte Sally, «obwohl ich es nicht für sehr wahrscheinlich halte, daß Jean so weit gehen würde, jemanden zu ermorden.»
«Wie denkst du über Mrs. Nicks Tod?»
«Ich will mir noch kein Urteil erlauben; wir werden ja wohl bald mehr wissen.»
«Zehn zu eins, daß auch sie ermordet worden ist», sagte Valerie.
«Aber warum? Was geht hier vor?»
«Wenn ich das nur wüßte. Siehst du dir auch plötzlich die anderen an, Sally, und ...»
«Was meinst du damit – ob ich mir die anderen ansehe?»
«Ob du dir jemanden ansiehst und dich fragst: ‹Bist du es gewesen?› Irgend jemand hier muß wahnsinnig sein, Sally, ich meine wirklich wahnsinnig ...»
«Das halte ich nicht für ausgeschlossen», stimmte Sally zu. Plötzlich begann sie zu zittern. «Ich hab' ein Gefühl, als ob jemand über mein Grab geht ...»

«Ich muß dir unbedingt etwas sagen, Nigel.»
«Was denn, Pat?» Nigel wühlte verzweifelt in einer Schublade seiner Kommode. «Verflucht noch einmal, wo hab' ich nur

meine Notizen hingetan? Ich hatte sie ganz bestimmt hier hineingestopft ...»

«Wirf doch nicht alles durcheinander, Nigel! Ich hab' gerade aufgeräumt, und jetzt machst du schon wieder so eine furchtbare Unordnung.»

«Tut mir leid — ich muß meine Notizen finden.»

«Aber du *mußt* zuhören, Nigel!»

«Mach nicht so ein verzweifeltes Gesicht; ich hör' ja zu. Also was ist los?»

«Ich muß dir etwas gestehen.»

«Hoffentlich handelt es sich nicht um einen Mord», bemerkte Nigel in seiner sarkastischen Art.

«Nein, natürlich nicht.»

«Gut. Na, dann beichte deine Sünden!»

«Nachdem ich neulich deine Strümpfe gestopft hatte und sie zurück in deine Schublade legen wollte ...»

«Ja?»

«... sah ich die kleine Morphiumflasche ... du hattest mir erzählt, daß du sie dir aus dem Krankenhaus genommen hattest ...»

«Ja, und du hast dich so entsetzlich darüber aufgeregt.»

«Natürlich — und nun lag da das Morphium ganz offen zwischen deinen Socken, wo es jeder finden konnte.»

«Warum sollte es jemand finden? Du bist doch die einzige, die in meinen Sachen herumkramt.»

«Du mußt mich verstehen, Nigel; für mich war der Gedanke furchtbar. Du hattest mir versprochen, daß du es vernichten würdest, sowie du deine Wette gewonnen hättest ... aber inzwischen lag es offen in deiner Schublade.»

«Natürlich, weil ich das dritte Gift noch nicht hatte.»

«Also ich hielt das für viel zu gefährlich; deshalb nahm ich das Fläschchen aus deiner Schublade, schüttete das Morphium fort und tat statt dessen gewöhnliches doppelkohlensaures Natron hinein.»

Nigel hörte auf in seiner Schublade zu wühlen.

«Himmlischer Vater! Hast du das wirklich getan? Und ich habe Len und Colin geschworen, daß es Morphiumpulver sei, während es in Wirklichkeit Natron war ...»

«Ja. Ich glaubte nämlich . . .»
Nigel runzelte die Stirn und unterbrach sie.
«Ich bin mir gar nicht darüber klar, ob das die Wette nicht ungültig macht; aber schließlich hatte ich ja keine Ahnung . . .»
«Aber du mußt zugeben, daß es gefährlich war, es so offen herumliegen zu lassen.»
«Ich weiß wirklich nicht, darum du dich über alles dermaßen aufregst, Pat. Was hast du mit dem Morphium gemacht?»
«Ich hab' es in die Natronflasche getan und unter meinen Taschentüchern versteckt.»
Nigel sah sie erstaunt an.
«Du bist scheinbar wirklich nicht imstande, logisch zu denken, Pat. Was für einen Sinn sollte das nun wieder haben?»
«Ich hielt es für sicherer.»
«Aber ich bitte dich, Kind — vielleicht hätte das Morphium hinter Schloß und Riegel aufbewahrt werden sollen, wenn aber nicht, dann sehe ich keinen Unterschied zwischen meiner Kommode und deiner Taschentuchschublade.»
«Es ist aber doch ein Unterschied — ich hab' ein Zimmer für mich allein, und du nicht.»
«Glaubst du vielleicht, daß der gute Len die Absicht hatte, das Morphium zu stehlen?»
«Ich wollte es dir eigentlich nicht sagen, aber jetzt muß ich es tun — es ist nämlich verschwunden.»
«Was soll das heißen . . .?» Nigel starrte sie entsetzt an. «Willst du damit sagen, daß irgendwo hier im Haus ein Glasbehälter ist, auf dem Doppelkohlensaures Natron steht und aus dem sich jeder, der zufällig Magenschmerzen hat, einen gehäuften Teelöffel voll nehmen kann? Großer Gott, Pat! Was hast du nur getan? Verdammt noch mal, warum hast du das Zeug nicht fortgeworfen, nachdem du dich so darüber aufgeregt hattest?»
«Weil ich es für wertvoll hielt und glaubte, daß man es zurück ins Krankenhaus schicken müßte; gleich nachdem du deine Wette gewonnen hattest, wollte ich Celia bitten, es zurückzubringen.»
«Bist du ganz sicher, daß du es ihr nicht *gegeben hast*?»
«Ganz sicher . . . dachtest du, ich hätte es ihr gegeben, sie hätte

damit Selbstmord begangen, und es wäre alles meine Schuld gewesen?»
«Ach, Unsinn! Beruhige dich, Pat. Wann ist es verschwunden?»
«Das weiß ich nicht genau. Am Tag vor Celias Tod hab' ich es gesucht und konnte es nicht finden. Ich dachte, ich hätte es vielleicht woanders hingetan.»
«Es war also am Tag *vor* ihrem Tod verschwunden?»
Patricias Gesicht war totenbleich. «Ich habe wohl eine große Dummheit gemacht», sagte sie.
«Das ist sehr milde ausgedrückt. Wozu ein wirrer Kopf und übertriebene Gewissenhaftigkeit führen können, ist ganz unglaublich!»
«Glaubst du, ich müßte es der Polizei sagen, Nigel?»
«Verflucht und zugenäht! Ich glaube ja ... und ich bin an allem schuld.»
«Nein, Liebling, wie kannst du das nur sagen! Es ist meine Schuld.»
«*Ich* hab' das verdammte Zeug geklaut», beharrte Nigel. «Damals empfand ich das Ganze als einen großartigen Scherz, aber jetzt – jetzt höre ich bereits die messerscharfe Beweisführung des Staatsanwalts.»
«Es tut mir entsetzlich leid. Ich hatte wirklich nur die besten ...»
«Ich weiß, daß du nur die besten Absichten hattest, Pat. Ich weiß, ich weiß! Und ich kann mir einfach nicht vorstellen, daß das Zeug wirklich verschwunden ist. Du hast nur vergessen, wohin du es getan hast. Man verlegt ja manchmal Sachen ...»
«Ja, aber ...»
Sie zögerte, runzelte die Stirn und sah etwas unsicher aus.
Nigel stand schnell auf.
«Komm, wir gehen in dein Zimmer und sehen noch einmal gründlich nach.»

«Das ist meine Unterwäsche, Nigel!»
«Du kannst doch in diesem Augenblick nicht prüde sein, Pat! Hier hättest du es doch leicht verstecken können, nicht wahr?»
«Ja, aber ich weiß genau ...»
«Wir können gar nichts genau wissen, bis wir nicht überall

gründlich nachgesehen haben, und ich habe die Absicht, dies zu tun.»

Es wurde kurz an die Tür geklopft, und Sally Finch kam herein. Sie sah sich erstaunt um. Pat saß auf dem Bett und hielt ein Bündel von Nigels Socken in der Hand. Alle Schubladen der Kommoden waren herausgezogen, und Nigel wühlte wie ein aufgeregter Terrier in einem Haufen von Stricksachen. Hosen, Büstenhalter, Strümpfe und andere Bestandteile einer weiblichen Garderobe waren im ganzen Zimmer zerstreut.

«Du liebe Zeit, was geht denn hier vor? erkundigte sich Sally.

«Ich suche nach Natron», erwiderte Nigel kurz.

«Nach Natron? Warum?»

«Weil ich Bauchschmerzen habe und mich nach einem Löffel Natron sehne», meinte Nigel grinsend.

«Ich glaube, ich hab' welches.»

«Das nützt mir nichts, Sally. Ich muß Pats Natron haben; es ist die einzige Marke, die gut für mein Leiden ist.»

«Du bist ja verrückt», sagte Sally. «Was ist wirklich los, Pat?»

Pat schüttelte unglücklich den Kopf.

«Du hast mein Natron wohl nicht zufällig gesehen, Sally?» fragte sie. «Es war nur noch ein kleines bißchen in der Flasche.»

Sally sah sie neugierig an; dann erwiderte sie nachdenklich: «Nein, ich glaube nicht ... laß mich mal überlegen ... mir war so ... nein, ich kann mich nicht erinnern ... Hast du eine Briefmarke, Pat? Ich will einen Brief abschicken und habe keine Marken mehr.»

«Dort in dieser Schublade.»

Sally zog die flache Schreibtischschublade heraus, fand ein Markenheft, nahm sich eine Marke heraus, klebte sie auf den Briefumschlag in ihrer Hand, versorgte das Markenheft wieder in die Schublade und legte drei Penny auf den Schreibtisch.

«Vielen Dank. Soll ich deinen Brief hier auch gleich einstekken?»

«Ja ... das heißt, nein ... lieber nicht.»

Sally nickte und ging aus dem Zimmer.

Pat ließ die Socken fallen, die sie in der Hand gehabt hatte, und rang nervös die Hände.

«Nigel?»
«Ja?» Nigel hatte seine Tätigkeit auf den Schrank ausgedehnt und suchte gerade in den Taschen eines Mantels.
«Ich muß dir noch etwas gestehen.»
«Du liebe Zeit, was hast du denn noch verbrochen?»
«Ich fürchte, du wirst sehr wütend werden.»
«Darüber bin ich längst hinaus — ich hab' nur noch eine Mordsangst. Wenn Celia mit dem Zeug, das ich gestohlen habe, vergiftet worden ist, werde ich wahrscheinlich jahrelang hinter Schloß und Riegel kommen — hängen werden sie mich ja wohl nicht.»
«Damit hat es nichts zu tun ... es ist ... es handelt sich um deinen Vater.»
Nigel drehte sich blitzschnell um; er sah über die Maßen erstaunt aus.
«*Was*?»
«Du weißt, daß er schwer krank ist, nicht wahr?»
«Meinethalben kann er so krank sein, wie er will.»
«Ich habe es am Radio gehört. Der Ansager meldete: ‹Sir Arthur Stanley, der berühmte Chemiker, ist schwer krank. Sein Zustand muß als sehr ernst bezeichnet werden.›»
«Wie schön es ist, berühmt zu sein! Dann weiß die ganze Welt Bescheid, wenn man krank ist.»
«Wenn er im Sterben liegt, muß du dich mit ihm versöhnen, Nigel.»
«Ich denke gar nicht daran!»
«Aber wenn er stirbt ...»
«Wenn er stirbt, bleibt er noch immer ein Schwein.»
«So darf man nicht sein, Nigel, so ... so bitter und so hart.»
«Ich habe dir doch gesagt, daß er meine Mutter umgebracht hat.»
«Ich weiß, und ich weiß auch, wie sehr du sie geliebt und bewundert hast. Aber ich glaube trotzdem, daß du die Dinge manchmal in einem übertriebenen Licht siehst. Viele Männer sind kalt und gefühllos, und ihre Frauen leiden darunter und sind sehr unglücklich. Aber zu sagen, daß dein Vater deine Mutter umgebracht hat, geht entschieden zu weit und ist einfach nicht wahr.»

«Du weißt alles besser, was?»
«Ich weiß, daß es dir eines Tages bitter leid tun wird, daß du dich nicht vor seinem Tod mit deinem Vater versöhnt hast. Und deshalb ...» Pat machte eine Pause, bevor sie zögernd weitersprach: «... und deshalb habe ich an deinen Vater geschrieben und ihm mitgeteilt ...»
«Du hast an meinen Vater geschrieben? Ist das der Brief, den Sally einstecken wollte?» Nigel ging mit großen Schritten zum Schreibtisch, nahm den verschlossenen Briefumschlag, riß ihn mit nervösen Fingern in kleine Stücke und warf diese in den Papierkorb.
«So! Und untersteh dich nicht, so etwas jemals wieder zu tun!»
«Wie kann man nur so kindisch sein, Nigel! Du kannst den Brief zerreißen, aber du kannst mich nicht daran hindern, einen anderen zu schreiben ... und das werde ich bestimmt tun.»
«Du bist von einer hoffnungslosen Sentimentalität. Hast du niemals daran gedacht, daß ich dir die Wahrheit sagte, als ich dir erzählte, daß mein Vater meine Mutter umgebracht hat? Meine Mutter ist an einer Veronalvergiftung gestorben. Bei der gerichtlichen Untersuchung wurde festgestellt, daß sie versehentlich eine zu große Dosis genommen hatte. *Aber es war kein Versehen.* Mein Vater hat es ihr absichtlich gegeben. Er wollte eine andere Frau heiraten, und meine Mutter hat sich geweigert, in eine Scheidung einzuwilligen. Er hat sie ganz einfach ermordet. Was hättest du an meiner Stelle getan? Wärst du zur Polizei gegangen? Das hätte meine Mutter nicht gewollt, und so blieb mir nichts anderes übrig, als ihm zu sagen, daß ich alles wüßte, und daß ich mein Elternhaus für immer verlassen wollte. Ich habe sogar einen anderen Namen angenommen.»
«O Nigel ... wie entsetzlich ... das konnte ich ja nicht ahnen ...»
«Also jetzt weißt du Bescheid. Jetzt weißt du, was du von dem geachteten, berühmten Chemiker und Erfinder Arthur Stanley zu halten hast. Aber sein kleines Verhältnis hat ihn dann doch nicht geheiratet. Sie hat sich aus dem Staub gemacht — wahrscheinlich wußte sie, was er auf dem Gewissen hatte ...»
«Wie furchtbar, Nigel ...»

«So, und jetzt wollen wir nicht weiter darüber reden, sondern uns mit der verflixten Natronangelegenheit befassen. Überleg dir bitte nochmals ganz genau, wohin du es getan haben könntest.»

Geneviève kam in größter Erregung ins gemeinsame Wohnzimmer.
«Ich bin ganz sicher — aber ganz sicher — wer getötet hat die arme kleine Celia.»
«Wer war es, Geneviève?» erkundigte sich René. «Woher weißt du es so genau?»
Geneviève sah sich vorsichtig um und stellte fest, daß die Tür zum Korridor zu war. Dann sagte sie leise:
«Es war Nigel Chapman.»
«Nigel Chapman? Aber wieso?»
«Also — ich gehe gerade eben über Korridor zur Treppe, wenn ich höre Stimmen aus Patricias Zimmer. Ich höre Nigels Stimme.»
«Nigel? In Patricias Zimmer?» fragte Jean mißbilligend, aber Geneviève ließ sich nicht stören und fuhr fort: «Er sagt zu ihr, sein Vater hat getötet seine Mutter, und *pur ça* hat er geändert seine Name. So ist alles klar, nicht wahr? Sein Vater ist gewesen ein Mörder, und Nigel hat geerbt verbrecherischen Instinkt . . .»
«Möglich», meinte Mr. Chandra Lal mit sichtlicher Genugtuung. «Durchaus möglich. Er ist so wild, dieser Nigel, so unausgeglichen. Keine Selbstkontrolle, nicht wahr?»
«Ich bin schon lange davon überzeugt, daß Nigel kein Gefühl für Moral und Anstand besitzt . . . er ist ein völlig degenerierter Mensch», erklärte Jean.
«Es war ein Lustmord», verkündete Mr. Achmed Ali. «Erst schläft er mit dem Mädchen, dann bringt er sie um, und nur weil Celia ein gutes, anständiges Mädchen war, und er sie nicht heiraten wollte . . .»
«Quatsch!» sagte Len Bateson wütend.
«Wie bitte?»
«Quatsch», brüllte Len.

16

In einem Hinterzimmer der Polizei beendete Nigel Chapman leicht stotternd seine Schilderung der Ereignisse; dann blickte er nervös in die strengen Augen von Kommissar Sharpe.
«Sie sind sich wohl darüber klar, daß das, was Sie mir eben mitgeteilt haben, sehr ernst ist, Mr. Chapman?»
«Selbstverständlich bin ich mir darüber klar. Wenn ich nicht das Gefühl gehabt hätte, daß es sehr dringend ist, wäre ich ja nicht zu Ihnen gekommen.»
«Und wie Sie mir sagen, kann sich Miss Lane nicht genau daran erinnern, wann sie diese Natronflasche, die das Morphium enthielt, zuletzt gesehen hat?»
«Sie ist völlig verwirrt, und je mehr sie darüber nachdenkt, desto unsicherer wird sie. Sie sagt, daß ich sie nervös mache; sie will versuchen, ruhig über die Sache nachzudenken, während ich mit Ihnen spreche.»
«Ich halte es für das beste, wenn wir jetzt gleich in die Hickory Raod gehen.»
Während der Kommissar noch sprach, klingelte das Telefon auf dem Tisch, und der Wachtmeister, der sich während Nigels Bericht Notizen gemacht hatte, nahm den Hörer ab.
«Miss Lane ist am Apparat und möchte mit Mr. Chapman sprechen», sagte er.
Nigel beugte sich über den Tisch und nahm ihm den Hörer aus der Hand. «Pat? Hier spricht Nigel.»
Die Stimme des Mädchens klang atemlos, die Worte überstürzten sich.
«Ich glaube, ich hab's, Nigel. Ich meine, ich glaube zu wissen, wer es genommen haben muß — aus meiner Handschuhschublade, du weißt schon — es gibt nämlich nur eine Person ...»
Sie hörte plötzlich auf zu reden.
«Pat? Bist du noch am Apparat? Wer war es?»
«Ich kann's dir jetzt nicht sagen — später. Kommst du her?»
Kommissar Sharpe und der Wachtmeister saßen so dicht beim Telefon, daß sie die Unterhaltung deutlich mithören konnten; der Kommissar nickte, als Nigel ihn fragend ansah.
«Sagen Sie ihr, wir kommen sofort», sagte er.

«Wir kommen gleich herüber – wir gehen sofort los», wiederholte Nigel.
«Ja, bitte. Ich bin in meinem Zimmer.»
«Auf gleich, Pat.»
Während der kurzen Fahrt nach der Hickory Road wurde kaum ein Wort gesprochen. Sharpe fragte sich, ob sie jetzt endlich zu einem Wendepunkt gelangt waren. Würde Patricia Lane imstande sein, Beweise zu erbringen, oder würde es sich nur um Vermutungen ihrerseits handeln? Sie mußte sich zweifellos an irgend etwas erinnert haben, das ihr wichtig erschien. Er nahm an, daß sie von der Diele aus telefoniert hatte und sich vorsichtig ausdrücken mußte, weil um diese Zeit viele Leute kamen und gingen.
Nigel schloß die Haustür der Hickory Road Nr. 26 mit seinem Schlüssel auf, und sie traten ein. Durch die offene Wohnzimmertür konnte Sharpe den unordentlichen roten Haarschopf von Len Bateson über seine Bücher gebeugt sehen.
Nigel ging voraus über die Treppe und dann durch den Korridor zu Patricias Zimmer. Er klopfte kurz an und ging hinein.
«Hallo, Pat, hier sind wir . . .»
Die Worte erstarben ihm auf den Lippen, er stöhnte auf, tat einen Schritt vorwärts und kniete neben den zusammengesunkenen Körper des Mädchens nieder. Er hob ihren Kopf und fühlte ihren Puls, dann ließ er den Kopf vorsichtig in seine ursprüngliche Stellung zurückgleiten. Als er aufstand, war sein Gesicht von Schmerz verzerrt.
«Nein . . . nein . . . nein . . .», sagte er mit einer unnatürlich hohen Stimme. «Nein . . .»
«Doch, Mr. Chapman, sie ist tot.»
«Nein, nein . . . nicht Pat . . . meine liebe dumme Pat. Wie . . .»
«Damit.»
Es war eine einfache, rasch improvisierte Waffe: ein Briefbeschwerer aus Marmor, der in eine Socke gesteckt worden war.
«Damit hat man ihr einen Schlag auf den Hinterkopf versetzt. Ein äußerst wirksames Mordinstrument! Falls es Ihnen ein Trost sein sollte. Mr. Chapman – sie kann kaum gewußt haben, was ihr geschah.»

Nigel setzte sich zitternd aufs Bett.
«Das ist eine von meinen Socken ... sie wollte sie stopfen ... o Gott, sie war gerade dabei, sie zu stopfen ...»
Plötzlich begann er zu weinen. Er weinte wie ein Kind – ohne Hemmungen und ohne Scham.
Sharpe fuhr fort zu rekonstruieren.
«Es war jemand, den sie gut kannte; jemand, der sich eine der Socken nahm und den Briefbeschwerer hineinsteckte. Ist Ihnen der Briefbeschwerer bekannt, Mr. Chapman?»
Nigel, der noch immer weinte, blickte auf.
«Er hat immer auf Pats Schreibtisch gelegen – es ist ein Luzerner Löwe.»
Er vergrub das Gesicht in seinen Händen.
Plötzlich setzte er sich auf und warf den Kopf mit dem wirren blonden Haar zurück.
«Ich werde ihn umbringen ... den niederträchtigen Mörder ... den Schurken! – Wer immer das getan hat, ich bringe ihn um!»
«Versuchen Sie sich zu beruhigen, Mr. Chapman. Ja, ich weiß, wie Ihnen zumute ist ... ein brutaler Mord.»
«Pat hat keinem Menschen etwas zuleide getan ... niemals ...»
Kommissar Sharpe sprach beruhigend auf ihn ein und geleitete ihn aus dem Zimmer. Dann ging er wieder ins Zimmer zurück, beugte sich über das tote Mädchen und löste vorsichtig etwas aus ihren Fingern.

Geronimo, dem der Schweiß von der Stirn rann, sah mit ängstlichen Augen von einem zum anderen.
«Ich nicht sehen, ich nichts hören ... ich Ihnen sage. Ich weiß gar nichts. Ich bin in Küche mit Maria, ich aufstellen die Minestrone, ich reiben den Käse ...»
Sharpe unterbrach die Aufzählung.
«Es klagt Sie ja niemand an. Wir versuchen nur klarzustellen, um welche Zeit verschiedene Dinge stattgefunden haben. Wer ist während der letzten Stunde nach Hause gekommen? Wer hat das Haus verlassen?»
«Ich nicht wissen. Woher ich soll wissen?»

«Aber Sie können doch vom Küchenfenster aus deutlich sehen, wer kommt und wer geht, nicht wahr?»
«Vielleicht — möglich!»
«Dann sagen Sie es uns.»
«Sie gehen aus, sie kommen herein immerfort um diese Tageszeit.»
«Wir sind um sechs Uhr fünfunddreißig hergekommen. Wer war zwischen sechs und sechs Uhr fünfunddreißig im Haus?»
«Alle — nur nicht Mr. Nigel, Mrs. Hubbard und Miss Hobhouse.»
«Wann sind sie ausgegangen?»
«Mrs. Hubbard ist gegangen aus vor dem Tee und ist noch nicht gekommen zurück.»
«Ja, und weiter?»
«Mr. Nigel ist ausgegangen kurz vor sechs und schien sehr verstört. Er ist zurückgekommen jetzt eben.»
«Das stimmt — jawohl.»
«Miss Valerie ausgegangen um sechs Uhr genau — war gerade Zeitzeichen am Radio. Im Nachmittagskleid — sehr elegant — sie noch immer fort.»
«Und alle anderen sind hier?»
«Jawohl, alle hier.»
Sharpe blickte in sein Notizbuch. Er hatte sich die Zeit von Patricias Telefonanruf aufgeschrieben — genau acht Minuten nach sechs.
«Alle anderen waren im Haus? Ist niemand während dieser Zeit zurückgekommen?»
«Nur Miss Sally. Sie zum Briefkasten gegangen und wieder zurückgekommen.»
«Wissen Sie, um wieviel Uhr sie zurückgekommen ist?»
Geronimo runzelte die Stirn.
«Während der Nachrichten.»
«Also nach sechs?»
«Ja.»
«Welcher Teil der Nachrichten war es?»
«Ich kann nicht erinnern, aber vor dem Sportteil. Wir immer abstellen bei Sportnachrichten.»
Sharpe lächelte grimmig. Ein weites Feld! Man konnte nur

Nigel Chapman, Mrs. Hubbard und Valerie Hobhouse mit Sicherheit ausschließen. Die anderen würde er lange und gründlich verhören müssen. Wer war im Wohnzimmer gewesen? Wer hatte es verlassen? Und wann? Wer konnte sich für wen verbürgen? Wenn man außerdem bedachte, daß mehrere der Studenten, besonders die Asiaten und die Afrikaner, überhaupt kein Zeitgefühl besaßen, mußte man zugeben, daß es keine einfache Aufgabe war . . .
Aber sie mußte durchgeführt werden.

Die Stimmung in Mrs. Hubbards Zimmer war sehr gedämpft. Mrs. Hubbard, noch in Mantel und Hut, saß mit unglücklichem Gesicht auf dem Sofa. Sharpe und Wachtmeister Cobb saßen an einem kleinen Tisch.
«Ich glaube, daß sie von hier telefoniert hat», sagte Sharpe. «Wie man mir versichert, gingen um etwa sechs Uhr acht oder mehrere Personen ins Wohnzimmer oder verließen es, und niemand sah oder hörte, daß in der Diele telefoniert wurde. Natürlich kann man sich nicht auf die Zeitangabe dieser Leute verlassen, da die meisten scheinbar nie auf die Uhr sehen. Aber ich glaube, daß sie in jedem Fall hierher gekommen wäre, um die Polizei anzurufen. Sie waren aus, Mrs. Hubbard, nicht wahr? Ich nehme an, daß Sie Ihr Zimmer nicht abschließen?»
Mrs. Hubbard schüttelte den Kopf.
«Mrs. Nicoletis hat immer abgeschlossen, aber ich tue es nie.»
«Also — Patricia Lane kommt in dieses Zimmer, um zu telefonieren. Sie ist sehr erregt, weil sie sich plötzlich an etwas erinnert hat. Und dann, während sie telefoniert, öffnet sich die Tür und jemand sieht herein oder kommt ins Zimmer. Patricia unterbricht sich und hängt ab. Ist es, weil sie den Eindringling als die Person erkennt, deren Namen sie gerade sagen wollte? Oder ist es nur eine Vorsichtsmaßnahme? Es könnte beides gewesen sein. Ich selbst halte das erstere für wahrscheinlich.»
Mrs. Hubbard nickte zustimmend.
«Wer immer es war, mag ihr hierher gefolgt sein oder hat vielleicht an der Tür gehorcht und ist dann hereingekommen, um sie am Weiterreden zu verhindern.»

«Und dann ...»
Sharpes Gesicht verfinsterte sich. «Dann ist diese Person mit Patricia in ihr Zimmer gegangen und hat sich ganz unbefangen mit ihr unterhalten. Vielleicht hat Patricia ihr vorgeworfen, daß sie das Natron genommen hätte, und vielleicht hat sie ihr eine plausible Erklärung dafür gegeben.»
«Hat *sie* ihr eine Erklärung gegeben?» fragte Mrs. Hubbard scharf.
«Merkwürdige Sache mit den Personalpronomen! Als wir die Leiche fanden, sagte Nigel Chapman: ‹Ich werde *ihn* umbringen! Wer immer das getan hat, ich bringe *ihn* um ...› Nigel Chapman war also davon überzeugt, daß der Mord von einem Mann begangen worden ist — vielleicht, weil man die Idee von Gewalttätigkeit im allgemeinen mit einem Mann in Verbindung bringt, oder weil er einen bestimmten Mann in Verdacht hat. Falls das letztere der Fall sein sollte, müssen wir herausfinden, warum er eine bestimmte Person in Verdacht hat. Ich persönlich glaube eher, daß es eine Frau war.»
«Warum?»
«Aus folgendem Grund: Patricia stand mit der Person, die mit ihr in ihr Zimmer ging, auf vertrautem Fuß — das deutet auf eine Frau hin. Die Männer gehen im allgemeinen nicht ohne besonderen Grund in den Teil des Hauses, in dem die Zimmer der Mädchen liegen. Das stimmt doch, Mrs. Hubbard?»
«Ja, obwohl es keine eiserne Regel ist, gehen die Studenten kaum in die Zimmer der Mädchen.»
«Die andere Seite des Hauses ist mit dieser nicht verbunden — mit Ausnahme des Erdgeschosses natürlich. Wenn wir annehmen, daß jemand die Unterhaltung zwischen Pat und Nigel mit angehört hat, würde es aller Wahrscheinlichkeit nach eine Frau gewesen sein.»
«Ja, ich verstehe. Und einige der jungen Mädchen scheinen einen beträchtlichen Teil ihrer Zeit damit zu verbringen, an Schlüssellöchern zu horchen.»
Hier errötete Mrs. Hubbard und fügte entschuldigend hinzu: «Nein, das ist eine etwas übertriebene Feststellung. Diese Häuser waren usprünglich solide gebaut, aber sie sind später um-

gebaut worden; die neuen Wände sind aus schlechtem Material und lächerlich dünn, so daß man es oft nicht vermeiden kann, zu hören, was im Nebenzimmer gesprochen wird. Andererseits muß ich zugeben, daß Jean sehr neugierig ist und daß Geneviève, als sie zufällig Nigel zu Patricia sagen hörte, sein Vater hätte seine Mutter ermordet, vor der Tür stehen blieb und lauschte, weil sie nichts versäumen wollte.»

Der Kommissar nickte. Er erinnerte sich an die neuerlichen Verhöre mit Sally Finch, mit Jean Tomlinson und mit Geneviève.

«Wessen Zimmer liegen neben Patricias Zimmer?»

«Auf der einen Seite ist der Zimmer von Geneviève, aber das hat eine alte, feste Wand. Das Zimmer auf der anderen Seite gehört Elizabeth Johnston; ihr Zimmer liegt näher zur Treppe und hat nur eine dünne Wand.»

«Das macht es uns schon etwas leichter», sagte der Kommissar.

«Die Französin hat das Ende der Unterhaltung gehört; Sally Finch war etwas eher anwesend, bevor sie zum Briefkasten ging. Aber die Tatsache, daß diese beiden Mädchen dort waren, schließt die Möglichkeit aus, daß jemand anderer gelauscht haben könnte, oder es wäre mindestens nur während einer sehr kurzen Zeitspanne möglich gewesen. Elizabeth Johnston hätte allerdings alles durch ihre dünne Wand mitangehört haben können, aber es scheint ja festzustehen, daß sie bereits im Wohnzimmer war, als Sally Finch das Haus verließ, um ihren Brief in den Kasten zu werfen.»

«War Elizabeth nicht während der ganzen Zeit im Wohnzimmer?»

«Nein, sie ist einmal nach oben gegangen, um sich ein Buch zu holen, aber natürlich kann wieder einmal niemand sagen, um welche Zeit es war.»

«Praktisch hätte es also jeder von ihnen gewesen sein könnun», sagte Mrs. Hubbard seufzend.

«Nach den Aussagen zu urteilen – ja. Aber wir haben noch anderes Beweismaterial.»

Der Kommissar nahm ein kleines, zusammengefaltetes Stück Papier aus der Tasche.

«Was ist das?» fragte Mrs. Hubbard.

Sharpe lächelte.
«Ein paar Haare, die ich in Patricias Hand gefunden habe.»
«Sie glauben, daß . . .»
Es wurde an die Tür geklopft.
«Herein», rief der Kommissar.
Die Tür öffnete sich, und Mr. Akibombo betrat das Zimmer. Er trug eine höchst bedeutungsvolle Miene zur Schau.
«Bitte», sagte er.
Kommissar Sharpe fragte ungeduldig: «Ja — worum handelt es sich?»
«Bitte sehr — habe wichtige Aussage zu machen — von größter Bedeutung für Beleuchtung von tragische und traurige Vorfälle.»

17

«Also, dann lassen Sie uns bitte hören, was Sie zu sagen haben, Mr. Akibombo», willigte Kommissar Sharpe resigniert ein.
Er schob Mr. Akibombo einen Stuhl hin.
«Danke sehr. Fange ich jetzt an?»
«Ja, bitte.»
«Habe ich manchmal nämlich beunruhigendes Gefühl im Magen . . .»
«Aha.»
«Verdorben im Magen, wie Miss Sally sagt. Aber ich bin nicht verdorben — nicht übel — Sie verstehen — nicht übergeben.»
Kommissar Sharpe hielt sich nur mühsam zurück, während diese medizinischen Einzelheiten erläutert wurden. Er sagte: «Ja, ja, tut mir sehr leid, aber Sie wollten uns etwas mitteilen . . .»
«Vielleicht ist es ungewohntes Essen. Fühle mich sehr voll hier . . .» Mr. Akibombo zeigte genau die Stelle. «Vielleicht nicht genug Fleisch und zuviel — wie heißt sich doch? — Kohlenhydranten.»
«Kohlehydrate», verbesserte der Kommissar mechanisch, «aber ich sehe nicht ganz . . .»

«Manchmal nehme kleine Tablette Baldrian und manchmal Magenpulver. Ist nicht sehr wichtig welches — nur damit Luft geschaffen wird und große Befreiung — so.» Mr. Akibombo gab einen gewaltigen und sehr realistischen Rülpser von sich. «Danach fühle mich viel, viel besser», erklärte er mit einem engelhaften Lächeln.

Kommissars Sharpes Gesicht wurde dunkelrot, und Mrs. Hubbard sagte gebieterisch: «Das haben wir nun alle verstanden; bitte kommen Sie zur Sache.»

«Ja. Gewiß. Also das hat sich geschehen am Anfang von voriger Woche — genaues Tag weiß ich nicht. Sehr gute Makkaroni, ich esse sehr viel, und später ich fühle sehr schlecht. Versuche zu arbeiten für mein Professor, aber schwierig zu denken, wenn überfüllt hier.» Wieder zeigte Akibombo auf die genaue Stelle. «Es ist nach Abendbrot im Wohnzimmer, und nur Elizabeth dort, und ich zu ihr sage: ‹Haben Sie ein Magenpulver, ein Natron vielleicht — ich habe keinen mehr.› Und sie sagt: ‹Nein, aber habe gesehen welchen in Pats Schublade, als mir Taschentuch geborgt hat. Ich werde es holen› sagt sie, ‹Pat wird nichts dagegen haben.› So sie geht nach oben und kommt zurück mit Natronflasche. Nur sehr wenig in Flasche, nur Boden bedeckt, fast leer. Ich mich bedanken und nehmen Flasche in Badezimmer, schütte fast alles in Glas Wasser — vielleicht einen Teelöffel voll — rühre um und trinke.»

«Einen Teelöffel voll. Mein Gott, ein *Teelöffel*!»

Der Kommissar starrte ihn fassungslos an. Wachtmeister Cobb beugte sich erregt vor. Mrs. Hubbard sagte düster: «Rasputin!»

«Sie haben einen Teelöffel voll Morphium genommen?»

«Natürlich, ich glaube, es sein Natron.»

«Ich kann nur nicht verstehen, wieso Sie dann noch hier sitzen!» bemerkte Sharpe trocken.

«Und dann hinterher ich wurde krank — richtig krank, nicht nur überfüllt. Schlimme Bauchschmerzen, sehr schlimm.»

«Ich kann nicht begreifen, wieso Sie nicht tot sind.»

«Rasputin!» wiederholte Mrs. Hubbard. «Dem haben sie auch immer wieder Gift gegeben, und er ist nicht gestorben.»

Mr. Akibombo fuhr fort:

«Also dann am nächsten Tag, wenn ich bin besser, nehme ich Flasche und winziges Rest von Pulver zum Apotheker und sage: ‹Bitte, Sie mir sagen, was das ist, was habe eingenommen, und warum ich wurde so krank.»

«Und?»

«Und sagt Apotheker: ‹Kommen Sie zurück später›, und wenn ich später zurückkomme er sagt: ‹Kein Wunder, dies nicht Natron, dies Borr-axe! Borr-axe kann man tun in die Augen, ja, aber wenn man schluckt ein Teelöffel voll — schlecht — Bauchschmerzen!»

«Borax?» Der Kommissar sah ihn verblüfft an. «Aber wie ist das Boraxpulver in diese Flasche gekommen? Was ist mit dem Morphium geschehen?» Er stöhnte. «Diese Sache wird immer verzwickter!»

«Bitte schön — ich haben nachgedacht . . .», erklärte Akibombo bescheiden.

«Ja? Und worüber haben Sie nachgedacht?» fragte Sharpe.

«Ich haben nachgedacht, wie Miss Celia gestorben ist, und daß jemand muß sein gekommen in ihr Zimmer, nachdem tot war, und haben dagelassen leere Morphiumflasche und kleines Zettel Papier, worauf steht, daß sie sich Selbstmord begangen hat . . .»

Akibombo machte eine Pause, und der Kommissar nickte.

«Und so ich sage: wer könnte getan haben das? Und ich denke, wenn ist gewesen ein Mädchen, dann war ganz leicht, wenn ist gewesen Mann, dann nicht ganz leicht, weil er hätte gemußt gehen Treppe hinunter in unser Haus und Treppe hinauf in anderes Haus, und jemand könnte aufwachen und ihm sehen oder ihm hören. So denke ich weiter . . . wenn es nun wäre jemand in unser Haus, aber in Zimmer neben Miss Celias Zimmer — Sie verstehen? Vor seinem Zimmer ist Balkon, und vor ihrem Zimmer ist Balkon, und sie wird schlafen mit Fenster offen, denn das ist hygienische Maßnahme. Und so, wenn er ist groß und stark und kräftig — kann er springen hinüber auf anderes Balkon.»

«Ich muß mal überlegen, wer im anderen Haus das Zimmer neben Celia hat», sagte Mrs. Hubbard. «Ja — es ist Nigels Zimmer und . . .»

«Und Len Batesons», ergänzte der Kommissar. Seine Finger berührten das zusammengefaltete Stückchen Papier in seiner linken Hand. «Len Bateson.»

«Ist sehr nett», meinte Mr. Akibombo. «Mir selbst sehr sympathisch, aber Psychologie sagt: man nicht weiß, was unter äußerer Oberfläche vorgeht — stimmt? Nicht wahr? Das ist moderne Theorie. Mr. Chandra Lal sehr ärgerlich, wenn Borraxe für seine Augen verschwindet, und später, wenn ich frage, er sagt, Len Bateson hat es fortgenommen ...»

«Man hat das Morphium aus Nigels Schublade genommen und dafür Borax hineingetan, und dann kam Patricia Lane und vertauschte das, was sie für Morphium hielt, mit doppelkohlensaurem Natron ... ja ... ich verstehe ...»

«Ich Ihnen habe geholfen, ja?» fragte Mr. Akibombo höflich.

«Ja, allerdings, und wir sind Ihnen sehr dankbar. Bitte sprechen Sie mit niemandem darüber.»

«Ich werde sein sehr vorsichtig.»

Mr. Akibombo verbeugte sich und verließ das Zimmer.

«Len Bateson ... nein!» sagte Mrs. Hubbard verstört.

Sharpe sah sie an.

«Sie wünschten, daß es nicht Len Bateson gewesen wäre?»

«Ich hab' den Jungen sehr gern. Er braust leicht auf, aber davon abgesehen, schien er so ein netter Kerl zu sein.»

«Das hat man schon von vielen Verbrechern gesagt», bemerkte Sharpe.

Er faltete vorsichtig das kleine Stück Papier auseinander. Mrs. Hubbard beugte sich vor, um besser sehen zu können. Auf dem weißen Papier lagen zwei kurze, gelockte rote Haare ...

«Um Gottes willen», stöhnte Mrs. Hubbard.

«Es ist eine alte Erfahrung, daß Mörder zum mindesten *einen* Fehler machen», stellte Sharpe nachdenklich fest.

18

«Großartig, mein Freund», sagte Hercule Poirot bewundernd. «Jetzt ist alles klar — sonnenklar.»

«Es klingt, als ob Sie vom Wetter reden», erwiderte Sharpe

etwas gereizt. «Ich finde es gar nicht so klar — stellenweise liegt sogar noch dichter Nebel.»
«Ich bin anderer Meinung. Ich finde, daß alles haargenau ineinander paßt.»
«Das hier auch?»
Kommissar Sharpe zog die beiden roten Haare hervor, die er vorher Mrs. Hubbard gezeigt hatte.
Poirot reagierte ungefähr gleich wie Sharpe. Er sagte: «Einen Fehler machen sie meistens.»
Die Augen der Männer trafen sich.
«Niemand ist so klug, wie er denkt», erklärte Poirot.
Kommissar Sharpe hätte am liebsten hinzugefügt: «Nicht einmal Hercule Poirot?», aber er unterdrückte die Frage.
«Und Sie haben bereits alles angeordnet?»
«Ja — für morgen.»
«Gehen Sie selbst hin?»
«Nein, ich muß zur gerichtlichen Untersuchung in die Hickory Raod; Cobb ist abkommandiert worden.»
«Dann wollen wir ihm alles Gute wünschen.»
Hercule Poirot erhob feierlich sein Glas. Es enthielt *Crème de Menthe*.
Kommissar Sharpe erhob sein Glas Whisky.
«Hoffen wir das Beste», sagte er.

«Was sich die Leute so alles ausdenken», meinte Wachtmeister Cobb.
Er betrachtete das Schaufenster von «Sabrina Fair» mit heimlicher Bewunderung. Ein großes Foto unter grünem Glas von Sabrina, einer üppigen Blondine mit einem Büstenhalter und kurzen Spitzenhöschen bekleidet, diente als Reklame für «*Die neue meergrüne Wasserwelle*». Das Foto war von elegant verpackten Schönheitspflegemitteln umgeben. Außer ihrem Spitzenhöschen trug Sabrina noch eine Unmenge barbarischen Schick.
Der Kriminalbeamte McCrae schnaubte mißbilligend: «Das nenne ich Blasphemie ... Sabrina Fair ... das ist doch von Milton.»
«Milton ist nicht die Bibel, mein Lieber.»

«Sie können aber nicht leugnen, daß ‹*Das Verlorene Paradies*› von Adam und Eva und dem Garten Eden handelt und von allen Teufeln der Hölle ... wenn das nicht Religion ist ...»
Wachtmeister Cobb zog es vor, sich auf keine weitere Diskussion einzulassen, sondern marschierte kühn in den Salon; der Kriminalbeamte folgte ihm auf dem Fuß. In die rosige, parfümierte Atmosphäre von «Sabrina Fair» paßten die beiden wie die Faust aufs Auge.
Ein zartes Geschöpf in einem lachsfarbenen Kittel schwebte auf sie zu; ihre Füße schienen den Boden kaum zu berühren.
Wachtmeister Cobb sagte: «Guten Morgen» und zeigte seinen Ausweis. Das liebliche Wesen zog sich ängstlich flatternd zurück. Ein ebenso liebliches, aber etwas älteres Geschöpf erschien auf der Bildfläche. Ihr folgte eine stattliche schöne Herzogin, deren silberblaues Haar und glattes Gesicht Runzeln und Alter besiegt zu haben schien. Ihre stahlgrauen Augen sahen Wachtmeister Cobb prüfend an.
«Ein höchst ungewöhnlicher Besuch», sagte sie streng. «Bitte folgen Sie mir.»
Sie führte sie durch einen quadratischen Raum mit einem Tisch, auf dem Modejournale und illustrierte Zeitungen in unordentlichen Haufen lagen. Längs den Wänden waren durch Vorhänge voneinander getrennte Kabinen, in denen man liegende Frauengestalten sehen konnte, die von rosa gekleideten Priesterinnen betreut wurden.
Die Herzogin führte die beiden Polizisten in ein kleines büroartiges Zimmer mit einem großen Schreibtisch, einfachen Stühlen und einem harten Nordlicht.
«Ich bin Mrs. Lucas, die Besitzerin dieses Salons», erklärte sie. «Miss Hobhouse, meine Partnerin, ist heute nicht hier.»
«Nein, ich weiß», entgegnete Wachtmeister Cobb.
«Dieser Haussuchungsbefehl überrascht mich ungemein», sagte Mrs. Lucas. «Wir befinden uns hier im Privatbüro von Miss Hobhouse. Ich hoffe nur, daß Sie es nicht für nötig finden werden, unsere Kundinnen zu stören.»
«Darüber brauchen Sie sich, glaube ich, keine Sorgen zu machen. Was wir suchen, wird wohl kaum im eigentlichen Salon zu finden sein», meinte Cobb.

Er wartete höflich, bis die Herzogin sich entfernte. Dann sah er sich im Büro von Valerie Hobhouse um. Aus dem schmalen Fenster sah man auf andere Geschäftshäuser. Die Wände waren hellgrau getäfelt; auf dem Fußboden lagen zwei echte Perserteppiche. Seine Augen wanderten von dem kleinen feuerfesten Stahlschrank an der Wand zu dem großen Schreibtisch.

«Wird nicht im Stahlschrank sein – das wäre zu einfach», bemerkte er.

Eine Viertelstunde später hatten Stahlschrank und Schreibtischschubladen ihre Geheimnisse offenbart.

«Da scheinen wir uns mal wieder geirrt zu haben», sagte McCrae, der von Natur aus pessimistisch war, mißbilligend.

«Wir fangen ja erst an», gab Cobb zurück.

Nachdem er die Schubladen geleert und ihren Inhalt sorgfältig geordnet hatte, nahm er jetzt die Schubladen aus dem Schreibtisch heraus und drehte sie um.

«Da hätten wir es, mein Junge», sagte er plötzlich. Ein halbes Dutzend kleiner dunkelblauer Bücher mit Goldschrift waren mit Gummistreifen auf die Unterseite einer Schublade geklebt worden.

«Reisepässe – vom Außenminister Ihrer Majestät ausgestellt.»

McCrae beugte sich interessiert vor, als Cobb die Pässe aufmachte und die Fotos verglich.

«Kaum zu glauben, daß das dieselbe Frau ist», meinte McCrae.

Die Pässe gehörten einer Mrs. da Silva, einer Miss Irene French, einer Mrs. Olga Kohn, einer Miss Nina Le Mesurier, einer Mrs. Gladys Thomas und einer Miss Moira O'Neal. Die Besitzerin der Pässe war eine Dame mit dunklem Haar im Alter von fünfundzwanzig bis vierzig Jahren.

«Weil sie jedesmal eine andere Frisur hat», erklärte Wachtmeister Cobb. «Locken, Pompadourstil, kurze Haare, Pagenfrisur und so weiter. Und hier sind noch zwei ausländische Pässe – ausgestellt auf Madame Mahmoudi aus Algier und Sheila Donovan aus Irland. Es würde mich nicht wundern, wenn sie unter jedem dieser Namen ein Bankkonto besäße.»

«Reichlich kompliziertes Verfahren ...»

«Es muß kompliziert sein, mein Lieber. Die Steuerbeamten schnüffeln überall herum und stellen unangenehme Fragen. Es ist gar nicht so schwierig, mit Schmuggeln Geld zu verdienen, aber nachzuweisen, woher man das Geld hat, ist verflucht schwer. Wetten, daß die Dame den kleinen Spielklub in Mayfair nur zu diesem Zweck gegründet hat! Wett- und Spielgewinne sind so ungefähr das einzige, das die Einkommensteuer nicht nachprüfen kann. Ich nehme an, daß ein großer Teil des Geldes in Banken in Algier, Frankreich und Irland deponiert worden ist. Die ganze Sache ist glänzend organisiert ... aber eines Tages muß einer dieser gefälschten Pässe in der Hickory Road herumgelegen haben, und die arme Celia hat ihn gesehen.»

19

«Es war eine kluge Idee von Miss Hobhouse», meinte Kommissar Sharpe mit fast väterlich milder Stimme.

Er schob die Pässe von einer Hand in die andere, als mischte er ein Paket Spielkarten.

«Komplizierte finanzielle Transaktionen», erklärte er. «Wir hatten viel damit zu tun, von einer Bank zur anderen zu laufen. Sie hat ihre Spuren gut verwischt — ich spreche von den finanziellen Spuren. In etwa zwei Jahren hätte sie wahrscheinlich genug Geld gehabt, um ins Ausland zu verschwinden und dort — wie man so schön sagt — bis ans Ende ihrer Tage herrlich und in Freuden zu leben. Das Ganze war nicht in sehr großem Stil aufgezogen — Brillanten und andere Edelsteine wurden auf ungesetzlichem Weg ins Land gebracht und gestohlene Ware wurde hinausgeschmuggelt — und nebenbei fand noch ein kleiner Rauschgifthandel statt.

Es war wirklich gut organisiert. Sie ist unter ihrem eigenen und unter angenommenen Namen ins Ausland gefahren, aber nicht allzu oft, und das eigentliche Schmuggeln besorgten andere für sie, die keine Ahnung hatten, was vorging. Sie hatte Auslandsagenten, die dafür sorgten, daß die Rucksäcke im richtigen Augenblick vertauscht wurden. Ja, es war eine sehr kluge Idee, und wir sind Monsieur Poirot zu großem Dank verpflich-

tet, weil er uns auf die richtige Spur gebracht hat. Es war sehr raffiniert von ihr, die arme kleine Miss Austin auf den Gedanken der Kleptomanie zu bringen. Das ist Ihnen fast sofort aufgefallen, nicht wahr, Monsieur Poirot?»
Poirot lächelte abwehrend, und Mrs. Hubbard sah ihn bewundernd an. Die Unterhaltung fand in Mrs. Hubbards Wohnzimmer statt und war streng vertraulich.
«Sie war ein Opfer ihrer Geldgier», ergänzte Poirot. «Der kostbare Brillant in Patricia Lanes Ring hat sie gereizt. Das war sehr töricht, denn durch das Herausbrechen des Steins und das Einsetzen des Zirkons hat sie uns darauf aufmerksam gemacht, daß sie Erfahrung mit diesen Dingen hat ... ja, dadurch bin ich bestimmt auf Valerie Hobhouse gekommen. Als ich ihr ins Gesicht sagte, daß sie Celia auf den Gedanken, sich als Kleptomanin auszugeben, gebracht hatte, benahm sie sich sehr intelligent und erklärte mir äußerst glaubwürdig, daß sie es ja nur gut gemeint hätte.»
«Aber ein Mord, ein kaltblütiger Mord! Das kann ich mir auch jetzt noch nicht vorstellen», sagte Mrs. Hubbard.
Kommissar Sharpe sah düster aus.
«Wir sind noch nicht in der Lage, sie des Mordes anzuklagen», führte er aus. «Der Schmuggelei können wir sie natürlich bezichtigen, das ist nicht weiter schwierig, aber eine Mordanklage ist etwas anderes. Der Staatsanwalt würde Einwände machen. Das Motiv ist da, und die Gelegenheit ebenfalls. Sie hat wahrscheinlich von der Wette gewußt, und es war ihr bekannt, daß Nigel Morphium hatte, aber wir haben keine wirklichen Beweise, und außerdem haben noch zwei weitere Morde stattgefunden. Sie hätte natürlich Mrs. Nicoletis vergiften können, aber Patricia Lane hat sie bestimmt nicht umgebracht. Sie ist sogar so ziemlich die einzige Person, auf die nicht der geringste Verdacht fällt. Geronimo sagt, daß sie das Haus bestimmt um sechs Uhr verlassen hat, und er beharrt auf seiner Aussage. Ich weiß nicht, ob sie ihn bestochen hat ...»
Poirot schüttelte den Kopf.
«Nein, sie hat ihn nicht bestochen.»
«Und wir haben die Aussage des Apothekers an der Ecke der Straße. Er kennt sie gut und behauptet steif und fest, daß sie

fünf Minuten nach sechs bei ihm Aspirin und Puder gekauft und auch das Telefon benutzt hat. Sie hat seinen Laden um sechs Uhr fünfzehn verlassen und sich vor der Apotheke ein Taxi genommen.»
Poirot horchte auf.
«Aber das ist ja großartig — das ist genau, was wir brauchen!»
«Was meinen Sie eigentlich?»
«Daß Sie aus der Telefonzelle in der Apotheke telefoniert hat.»
Kommissar Sharpe sah ihn aufgebracht an.
«Hören Sie zu, Monsieur Poirot. Wir müssen uns an die Tatsachen halten. Um acht Minuten nach sechs war Patricia Lane noch am Leben und rief die Polizei von diesem Zimmer aus an. Stimmt das?»
«Ich glaube nicht, daß sie von diesem Zimmer aus telefoniert hat.»
«Dann hat sie eben das Telefon unten in der Diele benutzt.»
«Nein, auch nicht.»
Kommissar Sharpe seufzte.
«Sie wollen doch wohl nicht abstreiten, daß sie bei der Polizei angerufen hat? Oder glauben Sie, daß ich und Wachtmeister Nye und Nigel Chapman das Opfer einer Halluzination waren?»
«Bestimmt nicht. Sie wurden tatsächlich angerufen, und zwar meiner Ansicht nach aus der Telefonzelle in der Apotheke.»
Kommissar Sharpe starrte ihn einen Augenblick mit offenem Mund an.
«Wollen Sie damit sagen, daß Valerie Hobhouse bei der Polizei angerufen hat? Daß sie vorgab, Patricia Lane zu sein, und daß Patricia bereits tot war?»
«Eben das wollte ich damit sagen.»
Der Kommissar schwieg einen Augenblick, dann schlug er krachend mit der Faust auf den Tisch.
«Das glaube ich nicht. Die Stimme — ich habe sie selbst gehört.»
«Ja natürlich, Sie haben eine aufgeregte, atemlose Frauenstimme gehört, aber Sie kannten Patricia Lanes Stimme nicht gut genug, um mit Bestimmtheit sagen zu können, daß sie es war.»
«Ich vielleicht nicht, aber Nigel Chapman hat ja mit ihr ge-

sprochen, und Sie können mir nicht weismachen, daß er ihre Stimme nicht kannte. Es ist nicht so einfach, die Stimme am Telefon zu verstellen oder zu versuchen, wie jemand anderes zu sprechen. Nigel Chapman würde gewußt haben, daß er nicht mit Patricia sprach.»

«*Ja, Nigel Chapman würde es gewußt haben*», bestätigte Poirot. «Nigel Chapman hat ganz genau gewußt, daß es nicht Patricia war. Wer hätte es besser wissen sollen als er, der sie kurz vorher mit einem Schlag auf den Kopf getötet hatte?»

Diesmal verstrich eine volle Minute, bevor der Kommissar seine Sprache wiederfand. «Nigel Chapman? Aber als wir sie tot auffanden, hat er geweint wie ein kleines Kind . . .»

«Das glaube ich schon», sagte Poirot. «Auf seine Weise hat er das Mädchen gern gehabt, aber das konnte sie nicht retten, als sie ihm im Wege stand. Es bestand von Anfang an ein starker Verdacht, daß es Nigel Chapman war. Wer besaß Morphium? Nigel Chapman. Wer besaß die Intelligenz, das Verbrechen zu planen, und die Verwegenheit, die Morde zu begehen? Nigel Chapman. Wer ist grausam und eitel? Nigel Chapman. Er vereinigt in sich alle Kennzeichen des Mörders: die ungeheure Eitelkeit, die Bösartigkeit und die tolle Waghalsigkeit, die ihn dazu führte, die Aufmerksamkeit in jeder Weise auf sich zu lenken, den frechen doppelten Bluff mit der grünen Tinte zu wagen und schließlich den törichten Fehler zu begehen, die Haare von Len Bateson, zwischen Patricias Finger zu legen, ohne daran zu denken, daß Patricia durch einen Schlag von hinten ums Leben gekommen ist und es ihr unmöglich gewesen wäre, den Angreifer bei den Haaren zu packen. So sind die Mörder: in ihrem Egoismus und der Bewunderung ihrer eigenen Klugheit vergessen sie plötzlich alles andere; sie verlassen sich auf ihren Charme – und man muß zugeben, daß Nigel Charme hat, den Charme eines verwöhnten Kindes, das niemals erwachsen geworden ist und niemals erwachsen sein wird, das nur an einem interessiert ist: an sich selbst und an seinen Wünschen.»

«Aber warum, Monsieur Poirot? Warum Mord? Celia Austin vielleicht – aber warum Patricia Lane?»

«Das müssen wir herausfinden», erklärte Poirot.

«Wir haben uns lange nicht gesehen, Monsieur Poirot», sagte der alte Mr. Endicott und sah Poirot durchdringend an. «Sehr nett von Ihnen, mir einen Besuch abzustatten.»
«Ich bin eigentlich nur gekommen, weil ich Sie um einen Gefallen bitten möchte», gestand Poirot.
«Sie wissen ja, daß ich Ihnen nur zu gern helfe, wenn es in meiner Macht steht. Sie haben mir damals einen großen Dienst erwiesen, als Sie diesen unangenehmen Fall Wilson aufklärten.»
«Übrigens», meinte Poirot, «ich bin etwas erstaunt, Sie hier anzutreffen; ich dachte, Sie hätten sich zur Ruhe gesetzt.»
Der alte Anwalt lächelte.
«Ich habe noch ein paar meiner Klienten beibehalten; den Rest überlasse ich meinem jungen Partner. Heute bin ich hergekommen, um einen guten alten Freund zu beraten.»
«Auch Sir Arthur Stanley war einer ihrer alten Freunde und Klienten, nicht wahr?»
«Ja, ich bin schon sein juristischer Berater gewesen, als er noch ein ganz junger Mann war. Er war ein außergewöhnlich begabter Mensch, Monsieur Poirot.»
«Sein Tod wurde, soviel ich weiß, gestern im Radio gemeldet.»
«Ja. Die Beerdigung findet am Freitag statt. Er war schon eine ganze Zeitlang krank; wie ich höre, hatte er eine bösartige Geschwulst.»
«Lady Stanley ist vor einigen Jahren gestorben, nicht wahr?»
«Vor etwa zweieinhalb Jahren.»
Die klugen Augen unter den buschigen Augenbrauen sahen Poirot scharf an.
Poirot fragte weiter. «Woran ist sie gestorben?»
Der Anwalt antwortete sofort:
«An einer Veronalvergiftung; sie hat eine zu große Dosis genommen.»
«Fand eine gerichtliche Untersuchung statt?»
«Ja, und es wurde festgestellt, daß sie versehentlich zu viele Schlaftabletten genommen hatte.»
«Tatsächlich?»

Mr. Endicott schwieg einen Augenblick.

«Ich will Sie nicht beleidigen», sagte er. «Ihr zweifelnder Ton wird wohl einen triftigen Grund haben ... Veronal ist, soviel ich weiß, ein gefährliches Schlafmittel, weil kein großer Unterschied zwischen einer wirksamen und einer tödlichen Dosis besteht. Wenn die Patientin im Halbschlaf ist und vergißt, daß sie schon eine Dosis eingenommen hat, und noch mehr nimmt — kann das leicht zu einem verhängnisvollen Resultat führen.»

Poirot nickte.

«Hat sie das getan?»

«Es ist anzunehmen. Es bestand kein Verdacht, daß sie Selbstmord begangen haben könnte.»

«Und auch kein anderer Verdacht?»

Wieder sah der alte Anwalt Poirot scharf an.

«Ich verlasse mich auf die Aussage ihres Gatten.»

«Und wie lautet diese?»

«Er erklärte, daß sie manchmal aufwachte und im Halbschlaf um eine weitere Dosis bat, weil sie sich nicht mehr daran erinnerte, ihr Schlafmittel bereits eingenommen zu haben.»

«Hat er gelogen?»

«Das ist wirklich eine ganz unglaubliche Frage, Monsieur Poirot. Außerdem — woher sollte ich das wissen?»

Poirot lächelte; er ließ sich nicht so leicht ins Bockshorn jagen.

«Ich nehme an, daß Sie es ganz genau wissen, mein Freund. Aber ich will Sie im Augenblick nicht in Verlegenheit bringen und Sie nicht fragen, was Sie wissen. Statt dessen möchte ich Sie bitten, mir Ihre Meinung zu sagen ... War Sir Arthur Stanley Ihrer Ansicht nach ein Mann, der seine Frau aus dem Weg geräumt hätte, weil er eine andere heiraten wollte?»

Mr. Endicott sprang auf wie von der Tarantel gestochen.

«Unerhört!» sagte er ärgerlich. «Einfach unerhört! Für ihn hat nie eine andere Frau existiert! Stanley hat seine Frau sehr geliebt.»

«Ja, das habe ich mir gedacht», erwiderte Poirot. «Und jetzt will ich Ihnen den Grund meines Besuches verraten. Sie sind der Anwalt, der Stanleys Testament aufgesetzt hat — sind Sie auch der Testamentsvollstrecker?»

«Ja, allerdings.»

«Arthur Stanley hatte einen Sohn, der sich nach dem Tod seiner Mutter mit seinem Vater entzweite und sein Elternhaus verließ. Er ging sogar so weit, einen anderen Namen anzunehmen.»
«Das war mir nicht bekannt. Wie nennt er sich?»
«Dazu kommen wir später. Zunächst möchte ich eine Vermutung aussprechen; bitte sagen Sie mir, ob ich recht habe. Ich glaube, daß Sir Arthur Stanley Ihnen einen versiegelten Brief übergeben hat, der nur unter gewissen Umständen oder nach seinem Tod geöffnet werden sollte.»
«Das ist wirklich höchst erstaunlich, Monsieur Poirot! Im Mittelalter hätte man Sie bestimmt auf dem Scheiterhaufen verbrannt. Woher können Sie das nur wissen?»
«Ich habe also recht? Ich nehme an, daß der Brief entweder vernichtet werden sollte, oder daß Sie, wenn nötig, gewisse Schritte unternehmen sollten ...»
Er machte eine Pause. Der andere schwieg.
«*Bon Dieu*», sagte Poirot erregt. «Sie haben den Brief doch nicht etwa bereits vernichtet?»
Er atmete erleichtert auf, als Endicott den Kopf schüttelte.
«Wir übereilen nichts», entgegnete er vorwurfsvoll. «Ich muß genaue Erkundigungen einziehen, um absolut sicher zu sein ...»
Er schwieg einen Augenblick, dann bemerkte er ernst: «Es ist eine streng vertrauliche Angelegenheit, selbst Ihnen gegenüber, Monsieur Poirot.»
«Und wenn ich einen triftigen Grund hätte, würden Sie mir dann sagen ...?»
«Das kommt ganz darauf an. Ich kann mir nicht vorstellen, daß Sie über irgend etwas Bescheid wissen könnten, das mit dieser Angelegenheit in Zusammenhang steht.»
«Da ich nichts weiß, muß ich es eben erraten. Wenn ich richtig rate ...»
«Das ist sehr unwahrscheinlich», meinte Mr. Endicott.
Poirot holte tief Atem.
«Also gut. Ich nehme an, daß Sie die folgenden Weisungen erhalten haben: im Falle von Sir Arthurs Tod haben Sie festzustellen, wo und wie sein Sohn Nigel lebt und vor allem ist

es Ihre Aufgabe, herauszufinden, ob er in irgendwelche kriminellen Aktivitäten verwickelt ist.»

Jetzt war es mit Mr. Endicotts unerschütterlicher Ruhe vorbei. Er stieß Worte hervor, die nur wenige Menschen je aus seinem Munde gehört hatten. «Da Sie mit den Tatsachen vertraut zu sein scheinen, werde ich Ihnen alle gewünschten Informationen geben», sagte er schließlich, als er sich etwas beruhigt hatte. «Ich nehme an, daß Ihnen Nigel im Lauf Ihrer beruflichen Tätigkeit begegnet ist. Was hat er auf dem Kerbholz?»

«Ich glaube, die Geschichte hat sich folgendermaßen abgespielt: nachdem Nigel sein Elternhaus verlassen hatte, nahm er einen anderen Namen an und behauptete, daß das eine testamentarisch festgelegte Bedingung im Zusammenhang mit einer Erbschaft wäre. Dann lernte er Leute kennen, die einer Schmugglerorganisation angehörten – Rauschgifte und Juwelen. Ich glaube, es war seine Idee, *bona fide* Studenten als die unschuldigen Agenten seiner Schmugglerbande einzusetzen; und es war eine außergewöhnlich raffinierte Idee. An der Spitze der Organisation standen zwei Leute: Nigel Chapman – wie er sich jetzt nennt – und eine junge Frau, Valerie Hobhouse, die ihn wahrscheinlich ursprünglich mit der Schmugglerbande bekannt gemacht hat. Das Ganze war ein kleiner Privatbetrieb, und sie arbeiteten auf Kommissionsbasis, aber sie machten enorme Profite. Die Ware durfte nicht viel Platz einnehmen, doch kann man ja bekanntlich Juwelen und Rauschgifte im Wert von Tausenden von Pfund in einem sehr kleinen Raum verstauen. Alles ging gut, bis sich ein unvorhergesehener Zwischenfall ereignete. Eines Tages erschien ein Polizist im Studentenheim, in dem Nigel lebte, um Erkundigungen im Zusammenhang mit einem Mord in Cambridge einzuziehen. Sie können vielleicht erraten, warum Nigel bei dieser Gelegenheit in eine Panik geriet – weil er glaubte, daß die Polizei *ihm* auf die Spur gekommen wäre. Er schraubte einige Glühbirnen aus, um eine helle Beleuchtung zu vermeiden; außerdem ergriff er in wilder Panik einen bestimmten Rucksack und zerhackte ihn im Hinterhof in kleine Stücke, die er dann hinter den Heißwasserofen stopfte, weil er fürchtete, daß man in dem doppelten Boden Rauschgiftspuren finden könnte.

Seine Panik war ganz unbegründet. Die Polizei war nur ins Haus gekommen, um Erkundigungen über einen gewissen Studenten, einen Halbeuropäer, einzuziehen. Zufällig sah eines der Mädchen, das in dem Studentenheim wohnte, aus dem Fenster und beobachtete, wie er den Rucksack vernichtete. Es stand jedoch nicht gleich fest, daß sie sterben mußte. Statt dessen wurde ein Plan ausgeklügelt, demzufolge sie selbst törichte Dinge tun sollte, die sie in eine sehr peinliche Lage bringen würden. Aber diesmal waren Nigel und seine Helfer zu weit gegangen, und ich wurde zugezogen. Ich gab den Rat, umgehend die Polizei zu verständigen. Daraufhin bekam es das Mädchen mit der Angst zu tun und legte ein Geständnis ab — das heißt, sie gestand die kleinen Verbrechen, die *sie* begangen hatte. Aber ich glaube, daß sie zu Nigel gegangen ist und ihn gebeten hat, die Sache mit dem Rucksack und die Tatsache, daß er grüne Tinte über die Papiere einer der Studentinnen ~eschüttet hatte, ebenfalls zu gestehen. Begreiflicherweise kam ~ weder für Nigel noch für seine Partnerin in Frage, die Auf~rksamkeit der Polizei auf den Rucksack zu lenken, weil da~ch ihr ganzer Schlachtplan hinfällig geworden wäre. Das ~effende junge Mädchen — es hieß Celia — wußte außerdem ~ etwas, das Nigel für gefährlich halten mußte und das sie ~ig an dem Abend erwähnte, als ich im Studentenheim ~ssen eingeladen war. Sie wußte, wer Nigel wirklich

~icott runzelte die Stirn.

«Aber das ist doch . . .»

«Nigel lebte in einer völlig anderen Welt. Seine früheren Freunde mochten wissen, daß er sich jetzt Chapman nannte, aber sie hatten bestimmt keine Ahnung, was er tat. Im Heim wußte niemand, daß sein wirklicher Name Stanley war, aber Celia erklärte plötzlich, daß sie ihn unter beiden Namen kenne. Sie wußte auch, daß Valerie Hobhouse mindestens einmal mit einem falschen Paß ins Ausland gefahren war. Sie wußte zuviel. Am nächsten Abend ging sie aus, weil sie sich irgendwo mit Nigel verabredet hatte. Er gab ihr eine Tasse Kaffee, die Morphium enthielt. Sie starb im Schlaf, und alles schien auf einen Selbstmord hinzuweisen.»

Mr. Endicott wurde unruhig, und sein Gesicht nahm einen verstörten Ausdruck an. Er murmelte etwas vor sich hin.
«Aber das war noch nicht das Ende», fuhr Poirot fort. «Die Besitzerin des Heims, eine Frau, der eine ganze Reihe von Studentenheimen und Klubs gehörten, starb unter verdächtigen Umständen – und dann kam das grausamste und herzloseste Verbrechen. Patricia Lane, ein Mädchen, das Nigel sehr gern hatte und das er selbst auch gut leiden mochte, mischte sich, ohne zu wissen, um was es sich handelte, in seine Angelegenheiten ein; außerdem bestand Patricia darauf, daß er sich mit seinem Vater vor dessen Tod versöhnen sollte. Er belog sie nach Strich und Faden, aber er wußte, daß sie sich wahrscheinlich nicht davon abbringen lassen würde, seinem Vater einen zweiten Brief zu schreiben, nachdem er den ersten zerrissen hatte. Ich nehme an, daß Sie mir sagen können, warum das für Nigel so katastrophal gewesen wäre.»
Mr. Endicott stand auf. Er ging quer durchs Zimmer zu einem Stahlschrank, schloß ihn auf und kam mit einem Briefumschlag in der Hand zurück. Auf der Rückseite des Umschlages war ein erbrochenes rotes Siegel. Er nahm zwei Briefbogen aus dem Umschlag und legte sie vor Poirot auf den Tisch.
Poirot las:

Lieber Endicott!
Diesen Brief werden Sie nach meinem Tod öffnen. Ich wünsche, daß Sie die Adresse meines Sohnes Nigel feststellen und sich erkundigen, ob er irgendwelche strafbaren Handlungen begangen hat.
Die Tatsachen, die ich Ihnen jetzt mitteilen werde, sind nur mir allein bekannt. Mein Sohn Nigel hat schon immer einen sehr schlechten Charakter gehabt. Er hat zweimal gefälschte Schecks ausgeschrieben; in beiden Fällen hat er meine Unterschrift gefälscht. Ich habe die Fälschung durchgehen lassen und ihn gewarnt, daß ich es nicht noch einmal tun würde. Bei der dritten Gelegenheit fälschte er den Namen seiner Mutter, die ihn daraufhin zur Rede stellte. Er bat sie zu schweigen. Sie weigerte sich. Sie und ich hatten uns oft über Nigel ausgesprochen, und sie gab ihm zu verstehen, daß sie es mir sagen

würde. Als er ihr an diesem Abend ihr Schlafmittel reichte, gab er ihr eine zu große Dosis. Aber bevor das Mittel zu wirken begann, kam sie in mein Zimmer und erzählte mir von dem gefälschten Scheck. Als sie am nächsten Morgen tot aufgefunden wurde, wußte ich, wem ihr Tod zuzuschreiben war.
Ich schuldigte Nigel an und sagte ihm, daß ich die Absicht hätte, zur Polizei zu gehen. Er flehte mich an, es nicht zu tun. Was würden Sie an meiner Stelle getan haben, Endicott? Ich mache mir über meinen Sohn keine Illusionen. Ich weiß, daß er ein gefährlicher, skrupelloser, grausamer Bursche ist. Ich sah keinen Grund, ihn zu retten, aber der Gedanke an meine geliebte Frau hielt mich schließlich davon ab, zur Polizei zu gehen. Hätte sie gewollt, daß ich der Gerechtigkeit freien Lauf ließe? Ich glaubte die Antwort zu wissen, sie hätte ihren Sohn um jeden Preis vor dem Schafott retten wollen. Und sie wäre, ebenso wie ich selbst, davor zurückgeschreckt, unseren guten Namen in den Schmutz gezogen zu sehen. Aber etwas anderes war zu berücksichtigen ... Ich bin fest davon überzeugt, daß ein Mensch, der einmal einen Mord begangen hat, imstande ist, einen zweiten zu begehen. Die Möglichkeit weiterer Verbrechen ließ sich nicht ausschalten. Ich schloß einen Kompromiß mit meinem Sohn — ob ich recht getan habe, weiß ich nicht: er sollte mir ein schriftliches Geständnis seines Verbrechens aushändigen, das ich aufbewahren würde. Er sollte mein Haus verlassen und nie wieder zurückkommen. Er sollte versuchen, sich ein neues Leben aufzubauen. Ich wollte ihm noch eine letzte Chance geben. Das Vermögen seiner Mutter würde ihm automatisch zufallen. Er hatte eine gute Erziehung genossen. Er hatte jede Möglichkeit, doch noch ein nützliches Mitglied der menschlichen Gesellschaft zu werden.
Sollte er sich jedoch, so lautete meine Bedingung, irgendwelche Verbrechen zuschulden kommen lassen, würde ich sein schriftliches Geständnis umgehend der Polizei übergeben. Ich schützte mich persönlich dadurch, daß ich ihm erklärte, daß das Problem durch meinen Tod nicht aus der Welt geschafft würde.
Sie sind mein ältester Freund. Ich lege eine schwere Last auf Ihre Schultern, aber ich bitte Sie um Ihre Hilfe, auch im Namen meiner toten Frau, mit der Sie ebenfalls befreundet waren.

Finden Sie Nigel! Wenn er ein einwandfreies Leben führt, bitte ich Sie, diesen Brief und das Geständnis zu vernichten. Wenn nicht — darf er der gerechten Strafe nicht entgehen.

In alter Freundschaft
Ihr
Arthur Stanley.

Poirot atmete tief und entfaltete den zweiten Brief, der folgendermaßen lautete:

«Hiermit gestehe ich, daß ich meine Mutter ermordet habe, indem ich ihr eine zu große Dosis Veronal gegeben habe.
18. November 195- *Nigel Stanley.»*

21

«Sie sind sich ja wohl über Ihre Lage klar, Miss Hobhouse», sagte Sharpe. «Ich habe Sie bereits gewarnt, daß . . .»
Valerie Hobhouse unterbrach ihn.
«Ich weiß, was ich tue. Sie haben mich davor gewarnt, daß alles, was ich jetzt sage, vor Gericht gegen mich vorgebracht werden kann. Darauf bin ich vorbereitet. Sie haben mich der Schmuggelei bezichtigt, und ich mache mir keine falschen Hoffnungen auf einen Freispruch. Ich bin auf eine lange Gefängnisstrafe gefaßt. Kommt hinzu, daß ich mich der Beihilfe an einem Mord schuldig gemacht habe.»
«Ihre Bereitwilligkeit, ein Geständnis abzulegen, mag Ihnen helfen, aber auch das kann ich Ihnen nicht fest versprechen.»
«Spielt schon alles keine Rolle mehr; vielleicht wäre mir sogar ein schnelles Ende lieber als eine jahrelange Haft. Ich wünsche auszusagen, und ich werde es tun. Ich mag mich der Beihilfe schuldig gemacht haben, aber eine Mörderin bin ich nicht. Ich habe niemals die Absicht oder den Wunsch gehabt, zu morden. So töricht bin ich nicht. Ich will nur den Fall Nigel endgültig klarstellen . . .
Celia hat zuviel gewußt, aber ich hätte das in Ordnung brin-

gen können, wenn Nigel mir nur Zeit gelassen hätte. Er hat sich mit ihr außerhalb des Hauses verabredet und ihr erzählt, daß er die Sache mit dem Rucksack und mit der grünen Tinte eingestehen würde; dann hat er ihr Morphium in den Kaffee getan. Ihren Brief an Mrs. Hubbard hatte er schon vorher gefunden und einen Satz herausgerissen, der sich auf Celias ‹Selbstmord› beziehen konnte. Diesen Zettel und die leere Morphiumphiole, die er heimlich behalten hatte, legte er auf ihren Nachttisch. Es ist mir jetzt klar, daß er schon seit geraumer Zeit Mordgedanken gehabt haben muß. Dann kam er und gestand mir, was er getan hatte. Ich mußte zu ihm halten, um meine eigene Haut zu retten.
Mit Mrs. Nick muß es sich ähnlich zugetragen haben. Er entdeckte, daß sie trank, daß sie unzuverlässig geworden war, und er traf sie irgendwo auf dem Nachhauseweg, ging mit ihr in ein Gasthaus und tat ihr Gift ins Glas. Das hat er mir gegenüber geleugnet, aber ich weiß, daß es so war. Dann kam Pat an die Reihe. Er kam in mein Zimmer und erzählte mir, was vorgefallen war. Er sagte mir, was ich tun sollte, damit wir beide – er und ich – ein einwandfreies Alibi hätten. Ich war im Netz gefangen – es gab keinen Ausweg mehr ... Wenn Sie mich nicht geschnappt hätten, wäre ich wahrscheinlich ins Ausland gefahren, um dort ein neues Leben zu beginnen. Aber Sie haben mich geschnappt ... Und jetzt habe ich nur noch einen Wunsch: den grausamen, grinsenden Teufel hängen zu sehen.»
Kommissar Sharpe holte tief Atem. All das war sehr befriedigend; sie hatten unglaubliches Glück gehabt, aber er war sich nicht im klaren, warum ...
Der Wachtmeister leckte an seinem Bleistift.
«Ich verstehe nur nicht ganz ...», begann Sharpe.
Sie unterbrach ihn.
«Sie brauchen auch nicht zu verstehen ... ich habe meine Gründe.»
«Mrs. Nicoletis?» fragte Hercule Poirot sanft.
Er hörte, wie sie den Atem anhielt.
«Sie war – Ihre Mutter, nicht wahr?»
«Ja, sie war meine Mutter», sagte Valerie Hobhouse.

«Ich nicht verstehen», erklärte Mr. Akibombo vorwurfsvoll. Er blickte verzweifelt von einem Rotkopf zum anderen.
Mr. Akibombo fand es schwierig, der Unterhaltung zwischen Sally Finch und Len Bateson zu folgen.
«Glaubst du, daß Nigel dich oder mich verdächtigen wollte?» fragte Sally.
«Einen von uns beiden — egal wen, glaube ich», erwiderte Len. «Die Haare hat er jedenfalls aus meiner Bürste genommen.»
«Ich bitte nicht verstehen», wiederholte Mr. Akibombo. «War es also Mr. Nigel, was gesprungen ist auf Balkon?»
«Nigel ist so gelenkig wie eine Katze. Ich hätte nicht von einem Balkon auf den anderen springen können; dazu bin ich viel zu schwer.»
«Möchte mich entschuldigen demütig und von ganzem Herzen für ungerechtfertigten Verdacht.»
«Geht in Ordnung», brummte Len.
«Sie haben, genau genommen, sehr geholfen — mit Ihrem vielen Nachdenken über den Borax», meinte Sally.
Mr. Akibombos Gesicht verklärte sich.
«Man hätte schon längst bemerken müssen, daß Nigel ein völlig unausgeglichener Mensch und ein Psychopath war, der . . .»
«Um Himmels willen hör auf! Du redest ja bereits wie Colin! Mir war Nigel, offen gestanden, schon immer unheimlich; jetzt weiß ich endlich warum. Bist du dir darüber klar, Len, daß drei andere Menschen noch am Leben wären, wenn der arme Sir Arthur Stanley nicht so sentimental gewesen wäre und Nigel sofort der Polizei ausgeliefert hätte. Ein sehr ernstes Problem . . .»
«Und doch kann man seine Gefühle verstehen . . .»
«Bitte, Miss Sally.»
«Ja, Akibombo?»
«Wenn Sie treffen mein Professor heute abend bei Universitätsgesellschaft, Sie wollen bitte ihm sagen, wie gut ich nachdenken kann, ja? Mein Professor oft sagen, daß meine Gedanken sind konfus.»
«Ich werde es ihm sagen.»

Len Bateson sah sehr trübsinnig aus.
«Heute in einer Woche bist du wieder in Amerika, Sally», stellte er fest.
Es folgte ein kurzes Schweigen.
«Ich werde zurückkommen», meinte Sally schließlich. «Oder vielleicht könntest du ein oder zwei Semester drüben studieren?»
«Welchen Sinn hätte das?»
«Möchten Sie einmal Trauzeuge sein?» wandte sich Sally an Akibombo.
«Bitte, was ist Trauzeuge?»
«Der Bräutigam — zum Beispiel Len — gibt Ihnen — dem Trauzeugen — einen Ring zur Aufbewahrung, dann gehen Sie und er fein gekleidet zur Kirche, und im richtigen Moment bittet Len Sie, ihm den Ring zu geben, und dann steckt er ihn an meinen Ringfinger, und dann spielt der Organist den Hochzeitsmarsch, und dann weinen alle. Und dann ist es vorbei.»
«Sie und Mr. Len werden heiraten, ja?»
«Das ist die Idee.»
«*Sally!*»
«Wenn Len diese Idee nicht zusagen sollte, dann natürlich nicht.»
«*Sally*! Du weißt ja nicht . . . mein Vater . . .»
«Natürlich weiß ich Bescheid. Was hat das damit zu tun? Viele Menschen haben verrückte Väter.»
«Ich bin allerdings nicht erblich belastet — die Art von Irrsinn ist es nicht — darauf kannst du dich fest verlassen. Ach, Sally, wenn du nur wüßtest, wie verzweifelt unglücklich ich deinetwegen war.»
«Das habe ich schon lange vermutet.»
«In Afrika, in alten Zeiten — vor wissenschaftlichem Denken und Atomzeitalter — wir hatten sehr sonderbare und interessante Zeremonie für Hochzeit», sagte Mr. Akibombo. «Ich Ihnen werde erzählen . . .»
«Lieber nicht», wehrte Sally ab. «Ich habe das Gefühl, daß Len und ich erröten würden, und das ist bei rothaarigen Leuten ganz besonders auffallend und unangenehm.»

Hercule Poirot unterschrieb die letzten Briefe, die Miss Lemon ihm vorgelegt hatte.
«*Très bien*», sagte er anerkennend. «Nicht ein einziger Fehler.»
Miss Lemon sah leicht beleidigt aus.
«Ich mache nicht oft Fehler», bemerkte sie.
«Nicht oft – aber es kommt vor. Wie geht es übrigens Ihrer Schwester?»
«Sie hat vor, auf eine Seereise zu gehen – nach Norwegen.»
«Aha», murmelte Hercule Poirot.
«Eine Seereise ... ob sich da wohl? ... möglich, möglich ...»
Er selbst würde allerdings nicht um die Welt auf eine Seereise gehen, da würde er schon eher zum Wanderstock greifen ...

«Hickory, Dickory, Dock.
Die Maus sprang übern Stock.
Hickory, Dickory, Dock»,

deklamierte er.
«Verzeihung, Monsieur Poirot?»
«Nichts», sagte Hercule Poirot.